ダンジョンに出会いを求めるのは間違っているだろうか

ファミリアクロニクル episodeフレイヤ

大森藤ノ

GA文庫

著 Fujino Omori
大森藤ノ
イラスト Niritsu
ニリツ
キャラクター原案 Suzuhito Yasuda
ヤスダスズヒト
「貴方、名前は？」
「…………アリィ」
ダンジョンに出会いを求めるのは間違っているだろうか
ファミリアクロニクル
episode フレイヤ

目次

contents

アルフリッグ・
ガリバー
小人族《パルゥム》にしてLv.5に
至った戦士。
二つ名は三人の弟と合わせて
【炎金の四戦士《ブリンガル》】。
ヘディン・
セルランド
フレイヤも信を置く
英明な魔法剣士。
二つ名は【白妖の魔杖《ヒルドスレイブ》】。

ファミリア・クロニクル

episode フレイヤ

著 Fujino Omori
大森藤ノ
イラスト Niritsu
ニリツ
キャラクター原案 Suzuhito Yasuda
ヤスダスズヒト

カバー・口絵　本文イラスト
ニリツ

アリィと
8人の眷族

Familia Chronicle

chapter

1

1

「私の伴侶《オーズ》はどこにいるのかしら？」

――また始まった。

オッタルは、その岩のような手で、顔を覆《おお》いたい衝動に駆《か》られた。

「ねぇ、オッタル」

「なりません」

「……まだ何も言ってないわ」

「いけません」

不機嫌そうに、あるいは少女のように唇を尖《とが》らせる主神フレイヤに、オッタルは生真面目《きまじめ》な顔で戒《いまし》めの言葉を重ねた。

迷宮都市オラリオ。その中心にそびえ立つ摩天楼《まてんろう》施設『バベル』の最上階。

その階《フロア》は、頂点に君臨する【ファミリア】の主神に許された特権の証《あかし》だ。

都市の景色を一望できる継ぎ目のない巨大な窓硝子《ガラス》に、壁の一面を埋め尽くす高級な本棚、足が沈み込む絨毯《じゅうたん》や、月と太陽の絵画、林檎《りんご》の果樹を象《かたど》ったミニテーブル。

顕示欲《けんじよく》の強い富者の部屋と比べれば調度品の数こそ少ないものの、匠《たくみ》の技をつくされた品々はそれだけで部屋の主《あるじ》の品位がわかるというものだ。

そんな美神の神室《しんしつ》で、オッタルは直立不動で述べた。

「また『運命』を探しに行くと……そうおっしゃるのでしょう」

フレイヤはたまに『発作』を起こす。

彼女の言うところの『伴侶《オーズ》』──字面の通り己《おのれ》の隣に立つ者を探し求めて、ふらりと旅に出ていこうとするのだ。

彼女に絶対の忠誠を誓い、敬意も尊崇《そんすう》も愛も捧《ささ》げるオッタル達【フレイヤ・ファミリア】からすれば、彼女の一人旅など気が気ではない。というより卒倒ものである。美しい彼女の肌に傷の一つでも生じればオッタル達は自らを大罪人と罵《ののし》った挙句《あげく》、彼女と同じ場所に同じ傷、と見せかけてより酷《ひど》い傷を刻《きざ》むだろう。オッタル達も大概過保護ではあるが、とにかくそれくらい彼等はフレイヤに心酔し、何より大切に想《おも》っているのだ。

今もそれの反動だ。

普段は従者の鑑《かがみ》たらんという姿勢を貫《つらぬ》くオッタルにしては珍しく、小言《こごと》めいた響きがある。

瀟洒《しょうしゃ》な肘《ひじ》掛《か》け椅子《いす》に腰かけるフレイヤはそれがお気に召《め》さず、片方の眉《まゆ》を品よくひそめた。

「オッタル？　いつから私にそんな口の利《き》き方ができるようになったの？」

「常ならば間違ってもいたしません。ですが、これはフレイヤ様をお思いしてのこと。御身の為《ため》ならば、諫言辞《かんげんじ》さぬのも我々《われわれ》の務めです」

「……」

少々慇懃《いんぎん》過ぎるくらいに言葉を選ぶオッタルの言わんとしていることは──『貴方《あなた》は都市最大派閥の主神です。自重してください』という訴えは──伝わっているだろう。フレイヤは無言を返した。

以前など、オラリオの中とはいえ広大な大都市をお供もつけず出歩き回り、オッタル達は血相を変えて探し回る羽目となった。団員総出で動き回るその行動を何かの計画と勘違いし、警戒する【ロキ・ファミリア】と誤って衝突までしてしまった。すわ抗争勃発《ぼっぱつ》かという大事件にまで発展しかけた始末である。

ちなみに、その惨状《さんじょう》を前に当の女王様《フレイヤ》は「ごめんなさい♪」と可愛《かわい》く微笑《ほほえ》んで許してもらおうとした（禁忌《テヘペロ》の業さえしそうな勢いだった）。神ロキが下《くだ》したフレイヤへの鉄拳《てっけん》を、オッタル達もその時ばかりは止めなかった。

閑話休題《かんわきゅうだい》。

そんな事態に繋《つな》がりかねないとフレイヤとてわかっているから、不満を表情にありありと出すだけにとどめているのだ。

その仕草は拗《す》ねた少女のようにとても愛らしく、神々のいう『格差《ギャップ》』という概念を痛感するほどで、オッタルとしては「くっ」と悶《もだ》えてもおかしくないほどの光景だった。

が、朴訥《ぼくとつ》な大男である自分がそんな壊れた真似《まね》をしてもただただ気持ち悪いという自覚があったので、鋼《はがね》の自制心で何とか封じ込めた。

「オッタルは私の側にいるのに、私の想いをわかってくれないのね」

「……どうかご不満をお鎮《しず》めください。それ以外のことであれば自分達が命に代えても……」

「鳥籠《かご》に閉じ込めようとしている。天界で私を囲おうとした愚《おろ》かな神々と同じ」

聞く耳を持たず、普段の神々《こうごう》しさも捨てて、気紛《きまぐ》れな精霊のように振る舞う。

フレイヤはつんと顔をそむけながら、片手を水平に払った。

「下がってちょうだい」

美しき美の神は、決して一つの愛だけでは満足できない。いや、無数の愛でさえも。

多情からなるそれは一見すれば不埒《ふらち》であって、不道徳なのだろう。しかしそれも下界の住人、人類の尺度《しゃくど》であり、神々からすれば何の不誠実もないのかもしれない。

フレイヤの『真の望み』に薄《うっす》らと感付いているオッタルとしては、複雑ではあるが理解はできる。だが、やはり止めずにはいられない。フレイヤの意志を尊重したい気持ちと、彼女の身を案じる気持ち、その二つが見事に矛盾《むじゅん》という事態を引き起こしている。

「……」

この時ばかりは、オッタルは困り果てた表情を隠さなかった。

武人である彼のそれは、他人から見れば沈痛の表情にしか映《うつ》らなかったが。

部屋の隅に控えていた年若い少女の侍従達もオロオロし、どうしたらいいかとこちらを窺《うかが》ってくる。

オッタルの頭の上で、片方の猪《いのしし》の耳が、困り果てたように折れ曲がった。


夜。

眠らない迷宮都市が光の洪水《こうずい》と喧騒《けんそう》の歌を広げる中、彼等は巨大な円卓《えんたく》に集まっていた。

そこはバベルの最上階でもなければ、場末の酒場でもない。

都市第五区画に存在する【フレイヤ・ファミリア】の本拠《ホーム》、『戦いの野《フォールクヴァング》』。

幹部のみが入室を許された円卓の間である。

「オッタル、話ってのはなんだ」

円卓の一角に座す猫人《キャットピープル》、アレン・フローメルが口を開く。

一六〇C《セルチ》ほどの小柄な体に反して、他者を萎縮《いしゅく》させるほどの鋭《するど》い眼差《まなざ》し、そして何をしでかすかわからない暴力的な気配を秘めている。黒い毛並みと黄の瞳《ひとみ》の容姿は端整と呼べるものの筈《はず》なのだが、その雰囲気のせいで剣呑《けんのん》さの方が勝《まさ》っていた。

彼の二つ名は、【女神の戦車《ヴァナ・フレイア》】。

都市どころか世界にもその名を轟《とどろ》かせるほどの傑物《けつぶつ》、オラリオを代表するLv．6の第一級冒険者である。

「緊急招集なんていつ以来だ？」

「闇派閥《イヴィルス》との全面戦争以来か」

「ならば今回もそれ相応の戦場と見た」

「得物を手入れしておくか」

同じ声を四度響かせるのは、アレンの対面に座する四つ子の小人族《パルゥム》だ。

ガリバー四兄弟。

【女神の戦車《ヴァナ・フレイア》】と並ぶ【フレイヤ・ファミリア】の第一級冒険者であり、その二つ名は四つ子全員合わせて【炎金の四戦士《ブリンガル》】。

Lv．5であるものの、彼等の連携は迷宮都市随一と言わしめるほどであり、小人族《パルゥム》という種族差《ハンデ》を覆《くつがえ》すほどの強者である。容貌は四人とも区別がつかず、差異は瞳の色しか存在しない。

右から順に――長男から順に――アルフリッグ、ドヴァリン、ベーリング、グレールと並ぶ。

「つまり今より始まるは、迷宮都市《オラリオ》に黄昏《たそがれ》を告げる終焉《しゅうえん》の角笛《つのぶえ》、その前触《ぶ》れ……【ファミリア】にまつわる世紀の大戦がこれより……み、右腕が疼《うず》く……ク、ククク……」

「無理に喋《しゃべ》ろうとするな、ヘグニ」

不気味《ぶきみ》な笑《え》みを口角に刻む――笑みは引きつっているだけで、口下手《べた》なあまり言葉の表現を見事にこじらせている──黒妖精《ダーク・エルフ》に、慣れきったように忠告するのは白妖精《ホワイト・エルフ》の男だ。

血の繋がりはないものの、同じエルフということで組合《コンビ》と見られがちの彼等はヘグニとヘディンという。

正式名称《フルネーム》はヘグニ・ラグナールに、ヘディン・セルランド。

前者は褐色《かっしょく》の肌に薄紫にも見える銀《ぎん》の髪、後者は透《す》き通るような白い肌に金の髪を背に流している。

彼等《かれら》もまたLv.6の第一級冒険者であり、両者ともに強力な『魔法』と凄《すさ》まじい戦技を振るう『魔法剣士』だ。神々から授かりし称号は【黒妖の魔剣《ダインスレイヴ》】と【白妖の魔杖《ヒルドスレイヴ》】。二人合わせて『白黒《はっこく》の騎士』という異名《いみょう》まで持つ。

今、この円卓にいるのが、【フレイヤ・ファミリア】の誇《ほこ》る最強戦力であった。

「招集をかけた理由は他でもない……フレイヤ様のことだ」

面々を見回したオッタルは、重々《おもおも》しく口を開く。

彼は端的に今日の主題を説明した。

つまり、フレイヤが何度目とも知れない『発作』を迎えたことを。

「……そういうことか」

すぐに、アレンを含めた団員達は静まり返り、割と本気《ガチ》で深刻《シリアス》な表情を帯《お》びた。

「であるならば、我々の招集の理由も納得いく」

「前は危《あや》うく……【ロキ・ファミリア】との抗争直前まで行ったからな」

「ああ、【九魔姫《ナイン・ヘル》】を殺してしまうところだった」

「いや、敵対派閥《ロキ・ファミリア》以外の妖精《エルフ》達からも憤怒《いかり》を買って、返り討ちに遭《あ》いかけなかったか？」

「「「黙れよアルフリッグ」」」

冷静に突っ込みを入れた約一名に総スカンを食らわすガリバー四兄弟を他所《よそ》に、アレンはオッタルを厳しく睨《にら》んだ。

「前から言ってんだろ、そもそもあの方を自由にし過ぎだと。多情だろうが何だろうが、少しは主神らしく居座らせろ。檻《おり》に閉じ込めてでもな」

「――口を慎《つつし》め、薄汚い猫《ねこ》」

「貴様ごときがあの方の自由を汚すな」

それに激しく噛《か》みつくのは、内輪揉《も》めをしていた筈のガリバー四兄弟である。

四対の目を見開いて猛烈な殺気を放つ小人族《パルゥム》達に、アレンは怯《ひる》むことなく毒を吐いた。

「てめえ等こそつけ上がるな。群れねえと何もできねえ小人風情《ふぜい》が」

「ク、クク……今こそ蛮勇《ばんゆう》を超えた我が忠義を示す時……この想いは何人《なんぴと》にも負けず、無論貴様ら塵芥《ちりあくた》にも……」

「だから喋るな、ヘグニ」

そこに黒妖精《ダーク・エルフ》のヘグニも加わって収拾がつかなくなる。

ヘディンの長嘆が殺意溢《あふ》れる円卓に虚《むな》しく響いた。

アレン達《たち》幹部は、いや【フレイヤ・ファミリア】という派閥そのものは、決して団員同士の仲が良いわけではない。むしろいがみ合っている者の方が多い。

彼等が忠誠を誓うのは主神《フレイヤ》ただ一柱《ひとり》。

そして彼等が求めるものは彼女の寵愛《ちょうあい》のみ。

彼女の神血《イコル》を分け合う眷族《けんぞく》など、蹴《け》落とすべき障害に過ぎない。彼等はフレイヤの愛に見合う存在になりたいがために、日々鍛練という名の『殺し合い』を繰り広げているほどだ。

フレイヤはそんな派閥の実情を知っておきながら止めることはせず、それどころか、

『仲がいいのね』

と微笑むだけだ。

だが、それが都市最大派閥《フレイヤ・ファミリア》の強さの秘訣《ひけつ》でもある。

酷烈《こくれつ》なまでの【ファミリア】内競争。

切磋琢磨《せっさたくま》などという言葉を鼻で笑い飛ばす競《せ》り合いは、【ファミリア】そのものを他派閥とは比べものにならないほどの速度で更なる高みへと導いていく。全ては女神の愛を求めるが故。

フレイヤの神性《カリスマ》がそうさせる。

仲間を顧《かえり》みない強さ――【勇者《ブレイバー》】を始めとする偉大な首脳陣のもと一致団結する【ロキ・ファミリア】との決定的な違いは、そこだった。

突き詰められた『個』の力の集まりと、互いを補完し合う『組織』の力。

『迷宮都市の双頭《そうとう》』と比喩される両派閥の特徴をあえて対比するなら、そういうことになるだろう。

「貴様等が見苦しい諍《いさか》いを起こしても何も解決しない。早急に手を打たなければ」

進展のない円卓を先に進めるのはエルフのヘディンだった。

神に愛されたと言っても過言ではない眉目秀麗《びもくしゅうれい》の彼の言葉に、アレン達は反論できない代わりに舌打ちを返し、オッタルは首肯《しゅこう》で意を返す。

「フレイヤ様を押しとどめるのは……今回も不可能だ。むしろ自由を奪うだけ、後の反動が強まる。最良なのは、やはり陰から護衛すること」

オッタルの重い声音に、アレン達の目が鋭く光った。

いくつもの瞳が、自分以外の第一級冒険者達を牽制《けんせい》し合う。

円卓の次なる論争は、『誰が主神《フレイヤ》の護衛に相応《ふさわ》しいか』に変換《シフト》した。

「俺《おれ》がつく。俺はあの方の戦車だ」

「ふっ」

「──誰《だれ》だ、笑った糞《くそ》は」

真っ先に切り出したのはアレンで、嗤《わら》ったのは小人族《パルゥム》の一人。

刹那《せつな》のうちに殺意を募《つの》らせる猫人《キャットピープル》に、ガリバー四兄弟が嘲笑《ちょうしょう》する。

「猫が戦車とは笑止」

「おい、話が進まないから止めろ、ドヴァリン」

「戦車ではなく犂《すき》でも引いて畑を耕《たがや》していろ家畜《かちく》め」

「話《はなし》聞けよ、ベーリング」

「あの方に喉《のど》をこしょこしょされて万年発情しているド淫乱《いんらん》猫が」

「いや止せって言ってるだろグレールッ」

「「これだから腐れ畜生は」」

「だからヤメロってエェ!!」

——訂正。四兄弟ではなく三兄弟があざ笑い、長男が必死に制止をかける。

アルフリッグ・ガリバー。四兄弟一の苦労人。母親の腹からほんの僅《わず》か早く産まれたせいで、凶暴な弟達の手綱《たづな》を任された男である。

泣く一歩手前までアルフリッグが喚《わめ》き立てるが、円卓の人間は誰も助け船を出さない。オッタル達にしてみれば日常の光景だからだ。

誰かが火に油を注いでは一触即発となる円卓会議。

埒《らち》が明かないその光景を前に、オッタルは、再び重々しく口を開いた。

「……やはり、俺がつくのが適任だ」

「「あぁ?」」

次の瞬間、円卓が凍《こお》る。

息を合わせたように、その場にいる全員の眼差《まなざ》しがオッタルを穿《うが》った。

「いい加減にしやがれ猪《いのしし》。でかい顔をしてあの方の隣に陣取りやがって」

「ていうかその図体《ずうたい》でどうやって隠れる気だ脳筋」

「暑苦しいんだよ脳筋」

「恥《はじ》を知れ脳筋」

「冗談はその体だけにしろ脳筋」

「ククク……の、脳筋」

「お前は本当に残念な奴だなヘグニ。あとオッタル脳筋」

「…………………」

主神《フレイヤ》の従者に任命されている猪人《ボアズ》は、当たり前だがアレン達から酷《ひど》く不興を買っている。

心ない仲間の容赦のない口撃《こうげき》に、彼は無表情となり口を噤《つぐ》んだ。

自分は団長であるから団員の文句《もんく》を受け止めている――などというわけではない。

オッタルだって怒りもすれば我慢《がまん》の限界もある。彼とてそこまで寛容ではないのだ。

だが武人である彼は、口でアレン達に勝てないのを悟《さと》っているのである。

つまり、そう、彼等を黙らせるに必要なのは――己の拳《こぶし》のみ。

各々《おのおの》の視線が交錯《こうさく》し合う。

徒手空拳《としゅくうけん》であろうが十分な凶器と化す第一級冒険者の手がゴキッと鳴らされる。

限界まで張り詰めた糸が千切《ちぎ》れそうになった、その時。

「あの……フレイヤ様が置き手紙を残して、出て行かれました……」

「「「なにっ」」」

報告にきたフレイヤお付きの女性団員、ヘルンの言葉に一斉に振り向くオッタル他。

誰もが石像のように、目を見開いて固まっている。

──駄目《だめ》だ、この第一級冒険者達《ひとたち》。

遠い目をする少女《ヘルン》は独《ひと》り、心の中でそう思った。


「オラリオの中で、騒《さわ》ぎを起こさなければいいのでしょう?」

迷宮都市が誇る巨大市壁、その外で悠々《ゆうゆう》と呟《つぶや》くのは我等が女王、もといフレイヤである。

自分の言動が揚げ足取りとわかっていながら、気紛《きまぐ》れな女神はどこ吹く風で闊歩《かっぽ》していた。

こっそりギルド本部・ギルド長の執政室に突撃したのが先刻。

何事だと緊張するロイマン・マルディールに誘惑するがごとく近付いた彼女は、彼の鼻がだらしなく伸びた瞬間、囁《ささや》いた。

——老神《ウラノス》に内緒にしている汚職《ひみつ》をバラしちゃうわよ？　と。

蒼白《そうはく》になる彼に、満面の笑みを見せたフレイヤの提案は一つ。

『今なら、貴方は私の魅了にかかって都市から出してしまった、ということにしてあげるけど？』

誰をも魅了する美しい笑みを浮かべる彼女は、やはりどうしようもなく、ただただ魔女であった。都市の主要人物の秘事を知っている辺り、どんな隙間《すきま》もすり抜ける風のようですらあった。

日頃から都市外への【ファミリア】流出を断固禁止しているギルド長も、この時ばかりはこの世の終わりのように青ざめながら、がっくりと首を折ったのだった。

「こうして見る外界の景色も綺麗《きれい》ね……ふふっ、心が弾《はず》んでいるのは私の方かしら？」

フレイヤの視界に広がるのは草原の海だ。

白い石材で作られた街路が橋のように伸びている中、新芽の香りと美しい花びらが歓迎するように舞い踊る。

季節は初春。春を司《つかさど》る女神も、今なら機嫌良くフレイヤを祝福してくれるに違いない。

「西か東か、それとも北か南か……ねぇ、貴方達はどちらがいいと思う？」

フードとローブで体を覆うフレイヤは、都市へ向かおうとしている者達を呼び止める。

すぐ側をすれ違う荷馬車の行商、旅装を纏《まと》う旅人達、あるいは亜人《デミ・ヒューマン》の吟遊《ぎんゆう》詩人。ローブ越しでもわかるフレイヤの美しさによろめきながら、彼等彼女等は各々《おのおの》が勧める方向を指差す。

北はベオル山地。

──険《けわ》しい谷を越えた先に迷宮《ダンジョン》にも劣らぬ秘湖がございます。

西は汽水湖へと繋がる大海。

──この時期は世にも珍しい天に上る滝が見える筈です。

東は大陸中央に繋がる陸地。

──織《おり》の道で栄えた市場《バザール》が千年王国のごとく貴方様を出迎えます。

南の彼方は開拓しきれていない未開の地。

──歴史から忘れ去られた遺跡が御身に『未知』をもたらすに違いありません。

女神を称《たた》える詩《うた》のように、それぞれの方角を謳《うた》う子供達に、フレイヤは微笑を浮かべる。

目の前に広がる景色に、艶《あで》やかに目を細めた。

「さぁ、私の伴侶《オーズ》はどこにいるのかしら？」

2

船が『海』を進んでいる。

空を高々《たかだか》と仰《あお》ぐのは二本の帆柱《マスト》、西の風を掴《つか》んで膨らんでいるのは白の帆《ほ》だ。

船体は木と金属の合成。外観は中型と言える大きさで、乗員数は優に五十は超すだろう。

舳先《へさき》が音を上げ、『海』をかき分ける姿は雄々《おお》しくすらある。

しかし。

その一隻《いっせき》の船が進むのは蒼《あお》い海原《うなばら》ではなかった。

一面の褐色《かっしょく》が広がる、『砂の海』だった。

「砂漠《さばく》を船で行《ゆ》くなんて、新鮮を通り越して珍妙《ちんみょう》ね」

迷宮都市《オラリオ》とは比べものにならない、ぎらついた日光が照りつける中、フレイヤは呟《つぶや》いた。

彼女がいるのは『甲板《かんぱん》』である。

砂漠を進む一隻《いっせき》の船の上、船縁《ふなべり》に腰掛けるように体重をかけながら、広大な砂漠世界を眺めていた。

一般的な常識を持つ者が見れば、それは異様な光景に違いないだろう。

海を航海する筈《はず》の船が砂漠を進むなど。

「けれど、これは確かに私の知らなかった下界の景色。南東《こちら》へ足を運んでみて正解だったかしら？」

乾燥した風を浴びながら、フレイヤは目を細めた。

かつては世界の果てと呼ばれていたオラリオ——大陸の最西端——からフレイヤが足を向けたのは、南東。

今まで赴《おもむ》いたことのない未知の土地を目指《めざ》した女神を出迎えたのは、地平線とともにどこまでも広がる砂の領域だった。

大海原とは対極の大砂原《グランド・サンド・シー》。

その名は『カイオス砂漠』。

多くの国々がひしめく大陸中央部から見て、遥《はる》か南西に広がる大砂海地帯である。

「オッタル達が砂漠の迷園《サンド・ランド》から、砂漠ゆかりの品を持ってきてはくれるけど……やはり自分の目で見るのとは違う」

山脈のようにどこまでも続く砂丘。

無限に広がる砂の絨毯《じゅうたん》から、ふわっと舞う砂煙《すなけむり》が青い空に吸い込まれていく。

視界の遥《はる》か彼方《かなた》で揺らめく岩石砂漠《ハマダ》は陽炎《かげろう》か、はたまた蜃気楼《しんきろう》か。

凄《すさ》まじい酷暑《こくしょ》と乾燥しきった大気さえ考えなければ、素晴《すば》らしい景色だ。そんな壮大な砂の世界を船の上で眺めているというのだから笑えてくる。

紗幕《しゅまく》で顔の下半分を隠す女性の僕従《ぼくじゅう》が、船内の部屋を勧めてくるが、フレイヤは片手を上げて断った。

「砂漠の船旅はお気に召《め》して頂けていますかな、フレイヤ様？」

そこに一人の男が近付いてくる。

男は恰幅《かっぷく》のいいヒューマンだった。

この船旅を用意した張本人に、フレイヤは素直に答える。

「刺激的ではあるわ。少なくともオラリオ以外でこんな船《しろもの》に巡り会えるなんて、思っていなかったもの」

「それは重畳ですぞ！　このボフマン・ファズール、商人の端くれとして幾《いく》らでも女神様の力になる所存ゆえ！　なんなりとお申し付けください！」

ボフマンと名乗る商人は調子のいい笑みを見せてくる。

その名前といい体型といい、ギルド長のロイマンを彷彿《ほうふつ》とさせるが、彼より縦《たて》も横も大きい。小麦色《こむぎいろ》の肌《はだ》に蓄《たくわ》えられた黒髭《ひげ》、とどめに頭に巻かれたターバンと、これぞ砂漠出身の人間という風な格好だ。

「そのお力と珠玉《しゅぎょく》の美を下界中に轟《とどろ》かすフレイヤ様とお会いすることができただけでも天からの御恵みだというのに、このような侶伴《りょはん》に預かれるとは全くもって幸運の極み！　きっと商人を庇護《ひご》する神が私に微笑《ほほえ》んでくれたに違いありませんぞ！」

おべっかのつもりか、大仰《おおぎょう》過ぎるくらいに仰々《ぎょうぎょう》しいボフマンの言葉に、フレイヤは失笑しそうになってしまった。オラリオで商人の神と言えば、真っ先に思いつくのは胡散臭《うさんくさ》い優男《ヘルメス》の笑みだ。

ボフマンは侶伴などと言っているが、別段フレイヤが旅のお供として雇《やと》ったわけではない。

彼と出会ったのは、カイオス砂漠を目前にした町の中だった。

立ち寄った酒場にいたボフマンは、深く被っていたフードから覗いたフレイヤの絶世の美貌《びぼう》を見て、まず喉を鳴らした。

そして身分を明かした途端、飛びついてきた。

彼自ら『無償』で、目的地も決めていないフレイヤの旅の案内を名乗り出たのだ。

多くの商人がこぞって手を上げる中、誰よりも早く。

それはひとえに、女神《フレイヤ》の旅の援助という『栄誉』を得るためだ。

【フレイヤ・ファミリア】に貸しを作る、ひいてはあの美の神フレイヤに名を覚えてもらう。

それは商人として莫大な利益を手にすることと同義《イコール》だ。

強大な【ファミリア】との繋がり《コネクション》は多方面において有益である。

資材や設備、武器の売買は勿論《もちろん》、荒仕事や厄介事の解決も依頼することができる。

『下手な王侯貴族より、力のある神の派閥《ファミリア》に手を採《も》め』。

商人の界隈では有名な格言だ。

ましてや、『世界の中心』たる迷宮都市《オラリオ》の最大派閥となれば、その得分《リターン》は計り知れない。

フレイヤとの神脈《じんみゃく》が開拓できるならば、宛《あて》のない道案内の費用など安いものだろう。

このように一介の商人《ボフマン》が目の色を変えてしまう程度には、フレイヤの名はオラリオを超えて世界中に知れ渡っている。

「ボフマン。私は退屈を殺すために砂漠《ここ》へ来て、才能を見込んで貴方を選んだ。引き受けたというのなら、神の自我《エゴ》を満たしてちょうだいね」

「勿論ですぞ、フレイヤ様！　この砂漠切っての豪商ボフマンにお任せあれ！」

「ひとまず、子供達が集まるところへ行きたいわ」

「合点承知ですぞ！　ドゥフフ！」

高言を吐きがちな品性はともかく、ボフマンが商人としては有能であることを神《フレイヤ》は見抜いている。喋り方と笑い方にはたまにイラッとさせられるが。

ともあれ、フレイヤは期待に胸を膨らませていた。

砂漠の景色を楽しみ、迷宮都市《オラリオ》の女王とは異なる笑みが浮かぶ程度には。

『美の神』が作る、どこか少女めいた微笑に、ボフマンも、側にいた女性の僕従も時を忘れて見惚《みほ》れていた。

「そういえば、この船は魔法大国《アルテナ》が作ったものだったかしら？」

「はっ⁉　さ、左様でございます！」

　ふと尋ねると、我を取り戻したボフマンは声の調子を高くした。

「その名も『砂海の船《デザート・シップ》』！　近年彼《か》の国より、このカイオス砂漠へ売り込まれるようになった品でございまして！」

　砂を巻き上げながら進む船について、意気揚々《ようよう》と語る。

　オラリオを除いた『世界勢力』が一つ、魔法大国《アルテナ》製のこの船は、言わば巨大な魔道具《マジックアイテム》。

　何十人もの魔術師《メイジ》の手で生産された、世界初の『砂漠専用』の船だ。

「船の動力は？　砂丘をいくつも越えておいて、まさか風だけというわけではないでしょう？」

　今も船は勾配《こうばい》のある砂丘を越えたばかり。

　高波を乗り越える純然な船とはわけが違う。

　フレイヤが尋ねると、ボフマンは甲板の真下を示した。

「『魔力』によるものですぞ。船底には三十以上もの奴隷《どれい》が配置しておりまして、彼奴等《きやつら》の力を絶えず供給することでこの船は推進力を得ております。『魔力』で船を操作とは、実に魔法大国《アルテナ》らしいではありませんか！」

　何でも、船底には複数の水晶球があるらしく、そこに両手を添えることで『魔力』を流し込む作りらしい。櫂《オール》を漕《こ》いで推進する軍船《トライリーム》ならぬ、魔船《マギアナウス》というわけだ。

　なるほど、確かに『らしい』とフレイヤも思った。

　魔法大国《アルテナ》は完全なる『魔法至上主義』。

魔導士や魔術師《メイジ》による強い選民思想を持ち、『魔法こそ全て』と堂々と掲げている。

万人が『魔力』によって生活を営《いとな》んでいるとも、住民の大半はエルフが占めるとも、まことしやかに囁《ささや》かれているほどだ――だからこそ強大な魔導士を抱えるオラリオは一方的に目の敵《かたき》にされているのだが――。

『魔力』を持たぬ者は、この船を扱う資格なし。

そんな魔法大国《アルテナ》の声がどこからか聞こえてきそうである。

「魔法大国《アルテナ》も侮《あなど》れないわね……」

今日《こんにち》、オラリオが誇る魔石製品は下界中に輸出され、その有用性から最も使用されている道具であることは周知の事実だが、この『砂海の船《デザート・シップ》』も十分発明の域だ。

『魔力』がなければ操れず、万人向けの道具ではないが、少なくとも砂漠地帯では新たな交通手段の一つになりうるだろう。迷宮都市ばかりに美味《うま》い思いをさせてはならじ、と魔法大国《アルテナ》を含めた諸国・諸都市も必死なのだ。

一方で、使役される奴隷はいつだって過酷だ。

規格外の魔道具《マジックアイテム》が発明されようが、彼等は船の櫂《オール》を漕ぐ代わりに、『魔力』を搾《しぼ》り取られるようになっただけ。

「ボフマンの商会も奴隷を扱っているの？」

「私ども、というよりカイオス砂漠圏全体が、といった方が正しいですぞ。フレイヤ様が居城を構えるオラリオとは異なり、この大地は不毛かつ過酷な砂の世界。よって奴隷制度が認められているのですぞ」

神ながら非人道的、などと言うつもりは毛頭ないが、オラリオには存在しない『奴隷制』に言及するとボフマンは丁重に返答した。

カイオス砂漠以外にも、奴隷文化が根付いている地域は下界中に多々ある。

むしろ冒険者の都《みやこ》と謳《うた》っておきながら奴隷の売買が行われていないオラリオの方が特殊と言っていい。他の国・都市以上に【ファミリア】の枠組《わくぐ》みを『ギルド』が徹底しているという背景もあるが、一番の理由は都市《ウラノス》の創設神や彼に協力してきた神々の意向によるものが大きいだろう。

『英雄』が生まれる『約束の地』とするために、邪法《じゃほう》を嫌ったのだ。

「詳《くわ》しく聞いていなかったけれど、貴方の商会が主にしているのは交易《こうえき》？」

「流石《さすが》フレイヤ様！　真理を見通すご慧眼《けいがん》、お見逸《みそ》れいたします！　おっしゃる通り、私どもはいち早くこの『砂海の船《デザート・シップ》』を手に入れ、砂漠貿易の一端を担っておりますぞ！」

気まぐれに聞いただけなのだが、ボフマンはここぞとばかりに熱弁し始めた。

「カイオス砂漠広しといえど、この『砂海の船《デザート・シップ》』を所持している商会は数えるほどしかありません！　フレイヤ様の旅に快適を約束するのは、まさに私のファズール商会がうってつけだったというわけですぞ！」

指紋が消えてしまいそうなほど揉《も》み手をしているボフマンが誇張していることを、あっさり見抜きつつ、それも事実なのだろう、とフレイヤは納得する。

視界を外に開いても、一面の砂漠世界に別の船影が見えることはない。

黒い点と化している、駱駝《らくだ》に乗った行商がいいところだ。

このような『砂海の船《デザート・シップ》』を所持している者自体、稀《まれ》なのだろう。

交易するにあたって、砂漠に船など一種珍妙《ちんみょう》に感じられるが、これを『海』に置き換えてしまえば何もおかしなところはない。

貿易において海路が重宝されるのを顧《かえり》みれば——大量の積荷を運ぶ輸送船が利用されていることを考えれば——『砂漠を行く船』を持つ者が成功を収めるのは道理だ。交易での船の地位は歴史が物語っている。

まさに大砂原《グランド・サンド・シー》を渡る『砂海の船《デザート・シップ》』は交易商にうってつけだ。

その点、ボフマンは力を持つ商人と言えるだろう。

「こちらで用意させて頂いたその衣装も、似合っておりますぞ！」

しかし話が長い。そして恩着せがましい発言も目立つ。

辟易《へきえき》した思いを抱きつつ、フレイヤは自分の体を見下ろした。

白の短衣と、日除け用の赤いフードに腰布。

その瑞々《みずみず》しい肢体《したい》を隠す黒の薄絹《スカート》と併《あわ》せて、それぞれ輪で留められている。

凶悪な日照《ひで》りの下で過ごす砂漠用の衣装と考えるとあれだが、それは外套《がいとう》でも被《かぶ》ればいい。

それに一応、不変の神々は日焼けなんてしない。

長旅ということで新調したこの服もボフマンが提供したものだ。

女神の扇情的《せんじょうてき》な姿に、早くも甲板の上では目を奪われる船員が続出している。

『美の神』であるフレイヤがそこに立っているのだから当然の成り行きだが、そんなようでは船の舵《かじ》を切り損ねるのではないのかと今から心配になってくる。

「ぐふふ……」

他方、ボフマンはその好色の視線を隠しもしなかった。

本人は極めて理性的に自粛《じしゅく》しているようだが、その粘《ねば》つくような視線がフレイヤの肌を這《は》っては撫《な》で回す。

「ふふっ、フレイヤ様、私も少なくない旅費を捻出《ねんしゅつ》している身です。貴方様の旅の目的が叶《かな》ったその暁《あかつき》には、ぜひ『ご寵愛《ちょうあい》』を賜《たまわ》りたいものですぞ……」

「……」

薄絹《スカート》から覗く、この世のものとは思えない瑞々《みずみず》しいフレイヤの腿《あし》を視姦《しかん》してくる。

欲望に忠実なのか、『おこぼれ』に預かる気が満々だ。

夜の閨《ねや》に呼ばれれば、という腹だろう。

商人としての成功とは別のところで、『美の神』と同衾《どうきん》できるというのなら、それは下界における最高の栄誉にして快楽だ。

全財産を擲《なげう》ってでも一夜の夢を見たい。

そんな者も後を絶たないほどである。

『美の神』達からしてみれば、そんな浅ましい者達ほどつまらないので、空気として扱うのだが。

（好色な上に貪欲、最低限の品性はあるけれど抜け目がない……ある意味、誰よりも商人らしいわね）

その神の銀瞳《ひとみ》をもってボフマンの本質を見透《みす》かしながら、フレイヤも他の『美の神』と同じように『萎《な》え』を感じていた。

フレイヤ自身、己の心身の『価値』がわかっているから、その欲にまみれた視線を前にしても不快の感情を抱くことはない。代わりに、『オッタル達がいなくて良かったわね』なんて他人事のように思う。

あのフレイヤ様命《いのち》の聖騎士《クルセイダー》もとい従者達がここに居合わせれば、不埒な視線を向けてくる輩《やから》など即刻破砕《はさい》・粉砕《ふんさい》・大爆砕だ。ボフマンは実に運が良かった。

女神に無礼を働いた者が惨《むご》い姿で発見される謎の事件は数知れず、オラリオではフレイヤに不埒な真似をする輩は皆無と言っていい。

『美の神』である以上、煩《わずら》わしさ、あるいは『生き辛さ』はいつだって付いてくる。

他にも女神の嫉妬《しっと》とか嫉妬とか嫉妬とか。

だからフレイヤは達観の境地で、不満を感じた素振りを見せなかった。

ただ、自然な動作で、耳朶《じだ》の裏に髪をすくった。

そして。

「音が聞こえるわね」

「はっ？」

「あまり歓迎したくない『音』が」

目を瞑《つむ》り、そう告げた。

面食らうボフマンを他所《よそ》に、女神だけが聞き取れている『異音』は徐々に近付いてくる。

砂の海で潮騒《しおさい》や海鳥の鳴き声はありえない。

高波や渦潮《うずしお》なども無縁だ。

砂嵐もなく、凪《なぎ》の海よりも静寂《せいじゃく》な砂漠に響くとすれば、それは――

『――グオオオオオオオオオオオオオオオオオオッ！』

怪物の仕業《しわざ》に他ならない。

船の真側面、地雷のごとく大量の砂が弾けたかと思うと、地中より現れたのは巨大な『蠕《ぜん》虫《ちゅう》』であった。

砂と同じ色の体皮に、生理的嫌悪を催《もよお》す蠢《うごめ》く長駆《ちょうく》。

顔と呼べる器官は存在せず、頭部の位置に並んでいるのは円形の大口に醜悪な牙《きば》だ。

鎌首《かまくび》をもたげる長軀の体長は、なんとこちらの『砂海の船《デザート・シップ》』にも届く。

「あれは、『サンド・ワーム』⁉　しかもでかい！」

船縁《ふなべり》に両手をつくボフマンが動揺する。

古代、『大穴』より地上に進出したモンスターの版図《はんと》は陸《おか》、海、空、下界中のあらゆる領域に及んでいる。

このカイオス砂漠も例外ではない。

『サンド・ワーム』は地中を移動し、獲物の存在を感知するや否や地上に飛び出したのだ。

フレイヤが知覚していた『異音』は、まさしくモンスターが掘り進む穿孔音《せんこうおん》である。

「ふ、船を転進させりょぉぉぉぉ⁉　急げ‼」

遠方で駱駝に跨《また》がる行商達が泡を食って離脱を図ろうとする中、ボフマンが間抜けな言葉とともに大唾《つば》を散らす。

甲板で見張りをしていた護衛の人間が蒼白になって船に備わる大砲、あるいは『魔法』を用いようとするが、遅い。伝令が奴隷達に『魔力』を振り絞らせ船を加速しようとするが、これも遅きに失した。

限りない不意打ち。索敵が間に合わなかった。距離が近過ぎる。

モンスターの大顎《あぎと》は間もなく帆柱《マスト》を砕き、船の横っ腹を抉《えぐ》るだろう。

「必要ないわ」

「はっ？」

そこで。

女神は淡々と告げた。

「残念だけれど――」

それは諦めの言葉ではない。

フレイヤの続きの言葉を引き継ぐように、勢いよく、『サンド・ワーム』の頭部がはね飛ばされる。

『ゲェッッッ⁉』

断末魔の悲鳴は、放出される大量の鮮血《せんけつ》の音にかき消された。

太陽の光をもはね返す鋭い銀の一閃《いっせん》。

それが横手から走ったかと思うと、全てを終わらせていたのだ。

「…………は？」

ボフマンと船員、みな時間を止めた。

血飛沫《ちしぶき》を噴出させながらゆっくりと倒れていくモンスター。巨体を受け止めきれない幾億《いくおく》もの砂粒が震え、舞い上がり、砂塵《さじん》を起こして、ずぅうん、という音を轟かす。

呆然《ぼうぜん》と立ちつくすボフマン達を脇《わき》に、フレイヤは、微笑とともに言葉の続きを口にした。

「――もう追いつかれちゃったみたい」

巻き起こる砂煙の奥。

見えたのは八つの影だった。

四つの小人の影、二人の妖精の影、大剣を肩に担ぐ武人の影。

そして、神速をもってモンスターの首をはね飛ばした闘猫《とうびょう》の影。

それはまさしく、醜悪な怪物から女神を守る戦士達の姿だった。

「……!!」

目の前の出来事に小揺《こゆる》ぎもせず、泰然《たいぜん》としているフレイヤを横目に、ボフマンは顔を引きつらせた。

その視線は先程までの好色から一転して、震慄《しんりつ》の眼差しに変わっている。

今、自分の目の前にいる女神がどのような存在で、いかなる最強《ファミリア》を従えた愛と戦《ヴァナディース》の女神であるのか、彼はようやく思い出すに至ったらしい。

己の不敬を自覚するのと並行して、処刑《ギルティ》されないかダラダラと危惧《きぐ》の汗を垂《た》れ流す。

ボフマン以外からも戦慄の眼差しに囲まれるフレイヤはただ、「行きましょう」と。

軽い調子で、旅の再開を促《うなが》した。

止まった時を砕かれた船員達は肩を揺らし、慌てて女神の神意《しんい》に恭順《きょうじゅん》の意を示す。

一隻の船はモンスターの死骸《しがい》を置き去りにして、砂の海を進んでいった。

「ようやく追いついたか……」

普段の装備の上に、フード付きの外套を被ったアレンが、銀槍《ぎんそう》を振り鳴らす。

乾いた風に乗っていくのは、散々煩わせてくれた奔放《ほんぽう》な主《あるじ》に対する舌打ちの音だ。

粘度の高いモンスターの血が槍から振り払われる中、オッタルが口を開く。

「行くぞ」

彼の指示を聞くまでもなく、ガリバー四兄弟、ヘグニとヘディン、そしてアレンは、各々勝手に駆け出す。

その速度は避難しようとしていた行商達が白昼夢かと疑うほど、音もなく、足跡から僅かな砂煙を残すのみの、かき消えるほどの速さだった。

女神の眷族達はもう逃がさないとばかりに、遠ざかっていく船を追跡するのだった。


フレイヤ達が辿り着いたのは、『リオードの町』といった。

清水を湛《たた》えるオアシスを中心に築かれた町で、あるいは海にぽつんと浮かぶ島のような印象を受ける。

町の南側に設けられているのは砂海の船《デザート・シップ》専用の『港』。モンスターの襲撃に備えた三M《メドル》ほどの防壁――町の外縁に沿って移動して着港する。砂の海故《ゆえ》に下ろす錨《いかり》はなく、停泊用の柱と鎖《くさり》をもって固定された。

石材で造られた大掛かりな砂漠の港に広がるのは、それこそ海の港と同様の光景だ。

周囲の船から多くの積荷が降ろされては運ばれていく。

高価かつ稀少な砂海の船《デザート・シップ》とあって船の数こそ少ないが、それを中心に動き回る人の数は一般的な港町のそれにも劣らないものに見えた。体格のいい男性はもとより、小姓《こしょう》のように動き回る子供の姿も少なくない。種族としては、やはり力仕事に強いドワーフが目立つ。

あえて海港との差異を挙げるとすれば、潮《しお》の香りがしないこと、あとは凶悪な日光から身を守るため肌を露出させる者が少ないといった点だろう。通気性がよく、ゆったりとした作りの服を纏う者がそこかしこで見受けられる。

「乾燥しているのは今更だし、ね」

言いながら、フレイヤは船に架けられた舷梯《タラップ》を渡り、港に足を踏み入れた。

フードと外套を被っているにもかかわらず、彼女の存在に気付いた者から動きを止め、その目を奪われていく。老若男女関係なくだ。フレイヤはここでも慣れきったように、ボフマンとその子飼いを引き連れ悠々《ゆうゆう》と港の真ん中を突っ切っていった。

「オッタル達はもう町にもぐり込んでいるでしょうし……」

「はい？　何か言われましたかな、フレイヤ様？」

港の喧騒《けんそう》にかき消される呟きにボフマンが反応するが「なんでもないわ」とだけ返す。

オッタル達は姿を現さない。

船の追跡に失敗するなど天地が引っくり返ってもありえないことだから、既に『近辺』にひそんでいるのだ。それこそフレイヤの身に何が起きても即応可能な位置に。

もうここまで来てしまったし、敬愛する主の気分を害するのも不本意だから『貴方の好きなようにしてください』という意思表示《サイン》である。

今頃オッタルは無愛想な顔で黙りこくり、ヘディンは瞑目《めいもく》して嘆息《たんそく》しているだろう。

アレンは不機嫌になりつつ、誰よりも近い位置で護衛しているに違いない。

笑みを漏らすフレイヤは遠慮なく、自由気ままに振る舞うことにした。

「ボフマン、この町は？」

「『イスラファン』という国に属する、言わば『商人の町』ですな。イスラファン自体商業が盛んな国でして、中でも国境近くに存在するこの『リオードの町』は、オアシスを中心に栄えていますぞ」

ファズール商会が買い取っているという倉庫地帯の一角を進む傍《かたわ》ら、斜め後ろに控えるボフマンに町の概要を尋ねる。

カイオス砂漠は、中央を縦断する巨大な『ニレ川』を境に東西に分かれている。

その中で商業国《イスラファン》及び『リオードの町』が位置するのは西カイオス側。

カイオス砂漠の歴史を紐解《ひもと》くと、偉大なる大河《ニレ》に近ければ近いほど大国が興《おこ》り、遠のくほど国は小さくなる。商業国《イスラファン》はその中間といったところだ。

多くの国に囲まれた西方砂漠の中心地帯に、『リオードの町』は存在した。

「町の規模こそ大きいと呼べるものではないですが、オアシスの恩恵もあって人が集まりやすい場所です。更に西カイオスのほぼ中心地ということもあって、交易の要所と言っても過言ではありません」

「『港』が充実しているのも、それが理由？」

「その通りですぞ。周囲の物流……各国の動向も窺《うかが》いやすく、商人にとっては生きやすくも油断ならない、重要な拠点の一つ、といったところでしょうか」

このような町は他にも複数存在しているらしいが、その中でも『リオードの町』の利便性は優れていると聞く。治安も良く、モンスターの被害も少ない。とどのつまり『潤《うるお》った町』というわけだ。

フレイヤ自身、砂海の船《デザート・シップ》専用の『港』が築かれていた時点で、町の繁栄振りには見当が付いている。まだ砂漠世界に普及しきっていない魔法大国《アルテナ》製の発明《マジックアイテム》の実用性を見抜き、多大な財を投資している以上、ここはボフマンの言う通り商人達の要所なのだろう。

「そして西方砂漠のどの国にも赴けるこの町ならば、フレイヤ様の『探しもの』も見つかるのでは――そう愚考した次第ですぞ！」

ボフマンが恩を売るように締めくくった。

ちなみに、彼にはフレイヤの『探しもの』――伴侶《オーズ》については何も話していない。

どこか誇らしげなボフマンを、フレイヤは自由な風のごとく華麗に無視し、先へと進んだ。

港に隣接する倉庫地帯を抜けると、一気に視界が開ける。

「へぇ……『商人の町』とはよく言ったものね」

フレイヤを迎えたのは市場《バザール》だった。

目抜き通りなのだろう、幅広の通りを埋めつくさんばかりに多くの露店が並んでいる。

ボフマンと同じようにターバンを巻いたヒューマン、あるいは亜人《デミ・ヒューマン》の露天商が、差し出されるヴァリス金貨と様々な品を交換していた。

絨毯《じゅうたん》や壺《つぼ》などの嗜好品《しこうひん》を始め、砂漠行のための衣類、刀剣や銃などの武器に防具、更には油と火薬。とにかく節操がない。

食料関係は焼きたてのパンや豆類、干し肉など様々《さまざま》だ。干し果物《くだもの》の種類も多く、棗椰子《なつめやし》の果実《デーツ》が宝石のように輝いている。麻袋や壺になみなみとそそがれ大量に売られている香辛料《こうしんりょう》の数々は輸入品――ボフマンのような交易商が砂漠世界の外から仕入れているもの――か。

注文を受け、香辛料を魔法の砂のように混ぜながらごろごろと干し肉を煮たスープを売る覆《ふく》面《めん》のエルフもいれば、その横で冷えた水瓶《みずびん》から水をすくい、客へ見せつけるがごとく美味そうに啜《すす》る小人族《パルゥム》もいる。新鮮な魚を串焼きにしているのは獣人の青年だ。恐らくは町の大オアシスで養殖しているものだろう。『商人の町』の名に違わず、大枚をはたいて投資することで地場産業として成立しているのかもしれない。

行き交《ゆか》う人々に踏み固められた地面は赤銅《せきどうしょく》色で、アマゾネスが跨《また》った駱駝が雑踏をかき分けていく。通りの両端に並ぶ日干し煉瓦《れんが》造りの店は商会のものだろう。酒場も多く、路上にはみ出た丸卓の席で、赤っ面をしたドワーフ達が昼間から豪快に酒を飲んでいた。通りの喧騒が止むことは決してない。

頭上から照る太陽と相まって、オラリオとは別種の熱気だ。

こちらの方が雑然としていて、激しく、野性味に溢れる。

フレイヤはそのように感じた。

通りを歩きながら、品良く顔を左右に巡らせ、砂漠の異国情緒を堪能《たんのう》する。

「オアシスも見事なものね」

視線を正面に向ければ、町の中心には件《くだん》の大オアシスが広がっている。

市場《バザール》を抜けた先に見える緑玉蒼色《エメラルドブルー》の湖面。

緑も多く、南国でしかお目にかかれないような樹木がオアシスを中心に生えていた。更に橋がかけられているオアシス中心の島には、明らかに通りのものとは作りが異なる豪奢《ごうしゃ》な建物が数棟建っている。

中でも一際《ひときわ》目立つのは、いかにもといった丸屋根を持つ巨大な屋敷だ。城のようにすら見える。

中堅【ファミリア】の本拠《ホーム》では逆立ちしても勝てないほどの壮観を誇っていた。上位階級の領域《テリトリー》といったところだろう。

「確かに人も物も、流れが活発ね。見ていて飽きないわ」

「そうでございましょう、そうでございましょう！」

すっかり案内者役《ガイド》が定着しているボフマンが、手を頻《しき》りに揉みながら有頂天《うちょうてん》となる。

見れば、魔石製品を取り扱っている露店も多い。意匠を変えているのか、砂漠独特の装いの魔石角灯《ランタン》が数多く並んでいる。オラリオの魔石製品はこの砂漠世界にも及んでいるようだ。

『ギルド』も鼻が高いでしょうね、と何の感慨もなく思っていたフレイヤは――不意に瞳を細めた。

(けれど、空気はひりついているわね)

市場《バザール》そのものは盛況。しかし空気はどこかピリピリとしている。

全てを見抜く神の眼差しをもってフレイヤが敏感に町の雰囲気を察していると、その様子に気付かないボフマンが手で周囲を示す。

「ご覧の通り、この町には多くの人と物が集まります」

そして、次の言葉を続けた。

「異国の品はもとより――奴隷も」

その言葉に同調するように、ざわっ、と。

これまでとは異なる喧騒が市場《バザール》に響き渡る。

「ああ、噂《うわさ》をすればというやつですな」

ボフマンとともに振り返ると、ある集団が横道から目抜き通りに現れるところだった。

性別、種族に統一性がない彼等はしかし、一様に服とも呼べない襤褸《ぼろ》を纏っている。

その顔は疲弊しきっており、ある者は悲観の色を、またある者は絶望を滲《にじ》ませている。赤黒い血が凝固した傷を負っている者も多々いた。

暴れぬよう両手に嵌《は》められているのは鉄枷《てつかせ》。

首輪に取り付けられているのは錆《さ》びついた縛鎖《ばくさ》。

鎖《くさり》で繋がれて列を作るのは、正真正銘『奴隷』であった。

「……ボフマン、あの奴隷達は？」

「奴隷商が仕入れたのでしょう。この町には奴隷市場もありますゆえ」

「随分と数が多いようだけど、あんな風に頻繁《ひんぱん》に『人狩り』が行われているわけ？」

視線の先の光景に、別段《べつだん》動揺や嫌悪《けんお》の類は抱かないフレイヤではあったが、疑問は覚えた。

奴隷の数が多過ぎるのだ。

ざっと目視で数えても百はくだらない。

身売り、人攫《さら》いの類では、いっぺんに『入荷』できない数である。

あれではまるで、複数の村や町を丸ごと落とすことで仕入れた『捕虜《ほりょ》』のようだ。

「いいえっ、滅相《めっそう》もありません！　間違ってもこの周辺一帯の秩序が失われているわけではないのですぞ！　……ただ」

同時に、フレイヤはボフマンが口にする答えを半《なか》ば予想していた。

妙な町の空気と大量の奴隷。

この二つが意味するところは――

「この西カイオスでは、ただいま『戦争』が起きておりまして……」

つまり、そういうことだ。

「戦争、ね」

「ええ。商業国《イスラファン》の北に位置する『シャルザード』という王国に、東の『ワルサ』という国が攻め込んだのです」

フレイヤは砂漠世界の情勢に明るくないが、一般的な基礎知識ならば知っている。

カイオス砂漠にて建国された国々は例外なく王国。神の神意《しんい》が反映される国家系【ファミリア】は存在せず、神の派閥は大抵『軍部』という枠組みの中で形成される。

小規模な衝突こそあるが、砂漠世界の覇権を争って国中が盛んに戦争、といった背景はなかった筈だ。

「近年、『ワルサ』が強大な傭兵系の【ファミリア】を軍部に引き入れたという噂がありまして。そして隣国である『シャルザード』に一方的に開戦を言い渡し……」

「そのまま『シャルザード』は、敗北した？」

「はい。『ワルサ』の軍勢にまるで歯が立たず、王都は陥落《かんらく》、国内も蹂躙《じゅうりん》されたと……」

「ふぅん……つまり国が荒れ、奴隷が生まれやすい環境になっているということね」

「おっしゃる通りですぞ」

血と暴力に酔った兵士は容易に獣《けだもの》と化す。

『シャルザード』進攻の過程で『ワルサ』の軍勢は、途中にある村々をことごとく襲ったのだろう。無辜《むこ》の民は惨《むご》たらしい蹂躙に遭《あ》い、かろうじて逃れた者達もこうして人買いに攫《さら》われてしまうというわけである。

「町の空気がどこか物々しかったのも、そういうわけね」

市場《バザール》でやけに武器や火薬の類を見かけるのも、それが理由だったのだろう。

戦の臭いを嗅《か》ぎつけた商人達が戦時需要を見込んで仕入れていたのだ。

一方で、町の住人は住人で、戦争の気配を不安に感じているといったところか。

「ご、ご安心を！『シャルザード』の王都は確かに落ちましたが、軍は逃げのびた王子を擁《よう》して、今も各地で抗戦を続けていますぞ！『ワルサ』も対応に手一杯でしょうし、こちらに飛び火することはまずないでしょう！」

まだ侵略の最中、というわけだ。

王都を押さえられたとしても、国の忠臣や兵が抵抗を続ける以上、二国の戦争は長引くだろう。第三国が間違っても巻き込まれることはないと、ボフマンはフレイヤの顔色を気にしつつ町の安全を訴えた。

「と、ともかく、『ワルサ』の兵は今も、『シャルザード』国内の村や町を荒らしていると聞きます。逃れた難民が奴隷に堕ちる……この砂漠世界ではよくあることですぞ」

「……」

市場《バザール》の中央を歩かされる、老若男女を問わない大行列。

道の左右に退いた群衆がひそひそと言葉を交わしている。

そこに込められているのは侮蔑《ぶべつ》か、あるいは哀《あわ》れみか。フレイヤはあまり興味がない。

ただ、その銀瞳《ひとみ》の力によって子供達の『魂』の輝きを見ることができる彼女からしてみれば、なんと『つまらない』光景だろうか。

奴隷に堕ちた者達の魂はことごとく灰の色に汚れている。

鮮烈な輝きを尊ぶフレイヤにとって、それはいっそ『不快』といえる域であった。

汚泥の山を見せつけられて鼻歌を奏でられる者はいないだろう。対岸の火事とはいえ、燃え盛る戦火によって目の前の光景――奴隷の数はまだ増えていく筈だ。

これでは伴侶《オーズ》を探す気分にもなれない。

「フ、フレイヤ様っ。お召し物が……！」

さしものフレイヤも醒《さ》めた視線を送っていた時、風が吹いた。

フードが外れたことにボフマンが慌てふためく。

『美の神』の美貌に当てられ、市場《バザール》が混乱することを危惧《きぐ》してのことだろう。かくいう彼自身もフレイヤの横顔に懲りずに見惚れている。

周囲でも波のようなさざめきが起こったかと思うと、すぐに凪《な》いだ海のように静まり返っていった。フレイヤに気付いた者から動きを止め、ぼうっと夢見心地のような面持ちとなる。

それは奴隷達も同じだった。

止まる足、見張られる瞳、開かれる口。彼等はこの世のものとは思えないものに巡り合ったように、絶望の境地の中でなお心を手放した。何度も鎖を引き、鞭《むち》を鳴らしていた奴隷商の遣いとともに、女神の美に酔いしれる。

通りを進む奴隷達の列が一度、完全に停止した。

「────!!」

その時だった。

フレイヤの銀の瞳が、その『輝き』を捉えたのは。

ぐちゃぐちゃに入り乱れた列の中央。

人影に隠れるように──無数の淀《よど》んだ魂の陰に隠れるように──その『少女』はいた。

褐色《かっしょく》の肌にぼさぼさの黒の髪。

瞳の色は薄紫《うすむらさき》。

顔は薄汚れているが、酷《ひど》く整っている。

少女と大人の間で揺れ動く容姿は、フレイヤをして瑞々しい青い果実を彷彿《ほうふつ》とさせた。

年は十五、十六といったところか。

他の者と同じように襤褸を頭から被っており、うつむきながら自分の姿を少しでも隠そうとしている。

「っ……！」

少女は女神の視線に気付いたのか、こちらを見返し、他の奴隷と同じように大きく目を見開くと――すぐに視線を断ち切った。

フレイヤにとって、それは驚愕《きょうがく》だった。

誰しもが酔いしれる『美の神』の美貌に、少女は自らの意志で抗《あらが》ったのだ。

再び地面を見つめる少女の横顔は苦境に歪んでいて、けれど凛々《りり》しい。

険《けわ》しくも鋭い瞳は死んでおらず、その眼差しはまるで雌伏《しふく》して時を待つ虎《とら》のそれだ。

フレイヤにはそう見えた。

正気を取り戻した遣いが鞭を鳴らし、列の歩みを再開させる中、少女は奴隷の波とともに視界から消えていく。

「ボフマン。行くわよ」

「はっ……？　ど、どちらでございますか？」

フードを被り直し、風のように歩き出すフレイヤに、ボフマンが慌てて付いてくる。

女神の唇は、三日月の形に変わっていた。

「奴隷市場に連れて行って頂戴《ちょうだい》」


奴隷市場は『リオードの町』の中でも中央区、オアシス南西の岸辺に沿《そ》って作られていた。

一目で腕のいい石工の手で造られたとわかる建物が多く、奴隷を立たせる台が作り付けされている。市場を訪れた者に『商品』を吟味させるためのものだろう。広場には天幕が乱立しており、土の上に敷いた絨毯に奴隷を並べるだけの店もある。

労働用として需要があるのか、男性は体格のいい獣人が多く、女性はあらゆる種族と子をなせるヒューマンが心なし少ないか。アマゾネスはもっと姿が見えない。器量の良い者ほど目に付きやすい場所に立たされている。異国風《エキゾチック》な褐色肌の美女達のほとんどが、ほぼ透けている衣《ヴェール》を着せられていた。

右手に望めるのは美しいオアシス。傷がないかすぐ確かめるためだろう。

左手に広がるのは諦観《ていかん》を顔に貼り付けた奴隷の園《その》。

いい趣味をしているとフレイヤは皮肉なく思った。

炉の女神《ヘスティア》か貞潔の女神《アルテミス》、あとは正義の女神《アストレア》などが目にしたら真っ先に口をへの字にしそうだとも。まぁ貞潔の女神《アルテミス》あたりは弓矢をもって盛大に暴れた挙句、望む者を片っ端から助けそうだが。

「これはこれは女神様！　ようこそ奴隷市場へ！　私《わたくし》、こちらの顔役を務めておりますロッゾと申します」

目当ての商会を訪ねると、フレイヤを出迎えたのはボフマンと同じヒューマンだった。

中年かつ中背中肉。顔の造形は悪くなく、口髭を生やしている。

身なりも他の商人が束になっても敵わない程度には良い。

言っては悪いが、ボフマンの上位互換という言葉が浮かんだ。

「やいロッゾ、こちらは彼《か》の迷宮都市で雷名《らいめい》轟かすフレイヤ様であられるぞ。粗相《そそう》があったら許さんからなっ」

「なんだ、ボフマン。私の商会との競争に負けたお前が、まるで極東で言う『虎《とら》の威を借る狸《たぬき》』ではないか。ああ。あれは狐《きつね》だったかな？」

ボフマンが釘《くぎ》を刺すように身を乗り出すものの、ロッゾにニヤニヤと嘲笑《わら》われる。

「島の館を買えもしない弱小商会のくせに。我々の席にまだ未練でもあるのか、ん？」

「きぃぃぃぃ！　商会四天王最弱の癖《くせ》にィィィィ！」

顔を赤くしながら地団駄《じだんだ》を踏むボフマン。

どうやら因縁《いんねん》があるようだが、フレイヤは心底どうでもよかった。

というか、いい大人が腹の肉を揺らして悔しがる光景は醜かった。

「ここに連れて来られた奴隷の中で、気になる子がいたのだけれど。見せてもらえる？」

「勿論でございます！　――おい、並べろ！」

ボフマンに言われるまでもなく、既にフレイヤの情報は仕入れているのだろう。ロッゾは一も二もなく従い、先程『入荷』したばかりの奴隷達を並ばせるよう部下に命じた。

「……酷い色ね」

準備が勧められる傍《かたわ》ら、フレイヤはあらためて周囲を見た。

活気があるのは商人と客だけ。

数えきれない奴隷達の多くが罪人のように項垂《うなだ》れている。

普通に考えれば好き好んで奴隷に堕ちた者などいないだろう。良き主《あるじ》に買い取ってもらえれば、あるいは元の生活より恵まれるかもしれない――そんなたくましい奴隷も探せばいるかもしれない。しかし、少なくともフレイヤの視界に映る者達はみな『濁《にご》っていた』。

誇りを失い、尊厳を踏みにじられ、誰もが絶望の色を顔だけでなく『魂』にも帯びている。

助けを請う者すらいない。

神に願う者も。

息が詰まりそう、と。

フレイヤは小さく呟いた。

その呟きは嘆息にも似ていた。

目敏く気付いたボフマンのみが、女神の機嫌を案じ、ハラハラとした眼差しで何度もこちらを窺ってきた。

「おまたせしました。こちらがご要望の『商品』でございます。女神様がおっしゃられる品々は仕入れたばかりですので、何も『躾《しつけ》』は施していませんが……」

ややあって、凶悪な日差しの下に奴隷達が横一列に並べられる。

長い距離を歩き続けたのだろう。誰もが疲弊しきった顔をしている。体力のない老人や幼い子供達は今にも膝《ひざ》が折れそうだ。奴隷商《ロッソ》だけがニコニコと笑みを浮かべている。

フレイヤはすぐに列に沿って歩き出した。

縋《すが》るような視線も、魅了された者の眼差しも全て無視し、奴隷達の顔を順々に確かめる。

そして、見つけた。

「……！」

先程の少女。

自分の目の前で立ち止まった影に、うつむいていた彼女は顔を上げ、息を呑《の》む。

フレイヤは少女の頤《おとがい》に指を添え、じっくりと目を合わせた。

「貴方、名前は？」

「…………アリィ」

女神の神意《しんい》に逆らえぬように、少女はそれだけ呟いた。

その声音はまるで砂漠の夜に響く竪琴《リラ》のようだ。

目を細めたフレイヤは手を放し、あらためて周囲を見回す。

誰もが『美の女神』の一挙一動に見惚れ、その様を眺めていた。

「ねぇ、買うものを決めたわ」

「おおっ、誠でございますか！」

フレイヤが口を開き、奴隷商《ロッソ》が喜色満面の笑みを浮かべる。

「それでは、どちらの品に——」

続けられようとした奴隷商の言葉は、遮られた。

女神の次の一言によって、断ち切られた。


「全て」

時が停止した。

「………………は？」

熱い日差しだけが依然と降り注ぐ中、一瞬、奴隷市場から音が消失した。

誰もがそう錯覚した。

アリィと名乗った少女も、ボフマンも、周囲の奴隷達も。

己の耳を疑ったまま、動けなくなった。

女神に視線を向けられるロッゾだけが、間抜けな声の破片を落とす。

「全て、と言ったの。貴方が抱えている『商品』の在庫……そして、この市場にいる子達、全てをもらう」

固まった奴隷商の男に要求を突きつける。

時が止まった市場の中で、フレイヤは笑っていた。

暴虐《ぼうぎゃく》も理不尽も不条理も、全てが許される女王の笑みをもって。

「この淀んだ景色は不快なの。狭い町だから、余計に目につく。だから奴隷は邪魔」

フレイヤは滔々《とうとう》と語り出す。

「私がいなくなった後、いくらでも商売を続ければいい。ただし私がこの町にいる間は、不快なものを見せないでちょうだい」

故に奴隷を全て買い取る、と。

慈善でも、慈愛でもない。

たかが僅かな日数、滞在するためだけに自分の思う通りに町の景色を『改造』すると。

自由気ままに、奔放に告げる。

「……めっ、女神様っ、お言葉ですがっ、私どもの『商品』はそれなりに値が張るものですっ。そ、それを全てっ……この市場の全ての奴隷をお買い上げ頂くとなると……！」

硬直が解けた代わりに、顔の痙攣《けいれん》が収まらなくなった奴隷商《ロッソ》が、言外に『そんなことできるわけがない』と告げようとするが――フレイヤは口答えを許さなかった。

笑みを深め、眼前に立つ奴隷商に再三問いかける。

「私は誰？」

「……フレイヤ様です」

「私の【ファミリア】は？」

「……【フレイヤ・ファミリア】ですっ」

「私達の雷名《な》は？」

「……最も美しくっ、最も強い！　この世の富と名誉を手中に収める女神の眷族です!!」

奴隷商の顔面から大量の汗が吹き出す。

最後に。

フレイヤはもう一度だけ、問うた。

「全て、もらっていくわね？」

「――ははぁっ!!」

ロッゾは跪《ひざまず》き、従うしかなかった。

その姿に、立ちつくしていた他の奴隷商達までもが青ざめ、全員ロッゾと同じ動きに倣《なら》う。

それは奴隷市場が一柱《ひとり》の女神に平伏したことを意味していた。

次の瞬間、

『――おおっっ!!』

凄まじい歓声が轟いた。

ボフマンとその従僕が耳を塞ぐほどの大音声。

瀑布《ばくふ》の斉唱にも似たそれは、砂漠の喝采《かっさい》である。

歓喜する者がいた。

咽《むせ》び泣く者がいた。

その場で膝をつき、両手を組んで、女神に感謝の祈りを捧げる者がいた。

男も、女も、子供も、老人も。種族さえ関係なく。

爆発する感情に支配される奴隷達のうねりが、市場を、いや町全体を揺るがす。

『本命の少女』が呆然《ぼうぜん》と立ちつくす中、フレイヤは彼女に背を向けて、やはり悠然と歩き出した。

「ボフマン。あの子達の戒めを解いて。あんな枷と鎖《アクセサリー》、私の子には要らないわ」

「かっ、かしこまりましたぁ⁉」

びくっ！　と肩を揺らすボフマンが、子飼いの部下達に叫び散らす。

商人達から鍵を奪い取り、奴隷の枷と首輪を次々と外していく。この場にいる子飼いだけでは足りるわけがない。部下の一人が大慌てで呼びに行ったファズール商会の人間、総動員しての奴隷の解放が始まった。

歓喜の声が収まらない奴隷市場が、引っくり返ったような騒ぎに包まれる。

そんな周囲に頓着《とんちゃく》することなくスタスタと進み続けるフレイヤに、ボフマンは血相を変えて追い縋った。

「フ、フレイヤ様、お言葉ですが、だ、代金はっ……？」

「立て替えておいて。後で【ファミリア】の証文を渡すわ」

さらりと爆弾発言をされ両目をかっ開くボフマンを他所に、フレイヤは更に注文を重ねる。

「それと、あの子達を運ぶ準備をして」

『あの子達』とは言うまでもなく買い取った奴隷達のことだ。

その数は何百人いるかもわからない。

既にこの時点で冷や汗をかきまくっているボフマンは、もつれかける舌を必死に動かした。

「で、ですがフレイヤ様、運ぶといってもどこへっ？　申し訳ありませんが、私の商会が持つ館では、これだけの奴隷を入れることは……！」

ボフマンの危惧に対し、フレイヤは指一本で答えた。

視界に映るオアシス。

その中央の島に建つ、いかにもといった丸屋根を持ち、城のようにすら見える最も巨大な建物を指差しながら。

「あの屋敷も買うわ」

今度こそ、ボフマンは顎が外れたように口をあんぐりと開けた。

3

それは町の住人から『オアシスの屋敷』と言われている。

名の通り、大オアシス中央の島に立つ建物で、宮殿を彷彿《ほうふつ》させる丸屋根を備《そな》えている。日差しを照り返す白の石材で造られており、鏤《ちりば》められた金の装飾が目に眩《まぶ》しい。棗椰子《なつめやし》の木に囲まれた屋敷は、『リオードの町』の中でも最も大きな建物だった。これならば何百もの旅芸人を招いては、連日宴《うたげ》を行えるというものだ。

上流階級の人間、正確には町一番の豪商だけが住むことを許される豪邸である。

——そんな豪奢《ごうしゃ》な屋敷はしかし、現在とある女神の私物と化していた。

「何をしているの？　料理も、酒も、全て振る舞って頂戴《ちょうだい》」

屋敷の大広間。

屋内に贅沢《ぜいたく》に設けられた噴水《ふんすい》——水瓶《みずがめ》を持つ精霊像——が絶《た》えず水の音を奏《かな》でる中、フレイヤは美しいソプラノの声を響かせる。

床から数段高い段差の上で長椅子《いす》の肘掛《ひじか》けにもたれる彼女の眼下《がんか》、百を優に超える『元奴《ど》隷《れい》』達が、次々と出される食事にがっついていた。

戦争の影響で奴隷に堕《お》ち疲弊《ひへい》していた者は無論《むろん》のこと、杜撰《ずさん》な管理のもと満足な食事にありつけていなかった者も、杯《さかずき》にそそがれた水や酒をあおっては手摑《づか》みで肉や果実を頰張《ほおば》る。

作法も理性も放り出した姿は見苦しいそれではなく、生命の謳歌《おうか》だ。

彼等を戒《いまし》めていた枷《かせ》と鎖《くさり》は既にない。女神の気儘《きまま》によって奴隷の軛《くびき》から解き放たれた子供達は頰《ほお》を上気させ、涙を流しながら枯《か》れた心身を潤《うるお》していた。

「ボフマン様ぁ！　人手が全《まった》く足《た》りませぇん⁉」

「ええいっ、他の商会の人間にも声をかけるのだっ！　金は払うと言って引っ張ってくるのですぞーーーッッ‼」

他方、てんやわんやの大騒《さわ》ぎに包まれるのは商人のボフマンと、その子飼い達である。

奴隷達をこの屋敷に連れ、町の市場《バザール》から食料を買い占めた挙句《あげく》、宴もかくやといった無数の料理を振る舞い続ける。

忙《せわ》しなく皿を運ぶ屋敷の使用人（これも前の屋敷の主からフレイヤが買い取った）だけでは到底手《て》が足りず、ここでもファズール商会の人間が働き回る羽目《はめ》となった。

「『財の真の用途とは満たすことではなく、恵むことにある』……どこかの哲学者《こども》の言葉だったかしら？　私が言ったら、悪友《ロキ》に鼻で笑われそうね」

この『オアシスの屋敷』を手に入れたフレイヤが最初に行ったことは、買い取った奴隷に施《ほどこ》しを与えることだった。

それは慈善《じぜん》というより最低限の落とし前だ。『目障《めざわ》り』と言って全ての奴隷を買い荒らしておいて、それじゃあ後は自由に、ではフレイヤの品格が問われる。彼女の美しさとは外の見目麗《うるわ》しさはもとより、絶対者たらんとする内なる『品性』に基づくものだ。

何より、彼等《ら》彼女等《ら》は既にフレイヤの『所有物』。

ならば美神は微笑《びしょう》をもって受け入れ、手足のように使役しよう。

「フレイヤ様、どうぞ召《め》し上がってください！」

「あら、ありがとう」

器《うつわ》に載せた色とりどりの果物《くだもの》を差し出すのは、フレイヤに助けられた奴隷の一人だ。

『美の神』に劣るとはいえ、多くの男性を魅惑するに違いない褐色《かっしょく》肌の美女は、その瞳を陶酔の色に濡《ぬ》らしていた。

彼女だけではない。

い、い、い、い、い、
そういった趣向で売り出される筈だった美男美女を、フレイヤは侍《はべ》らせていた。

というより、彼女達から勝手に侍ってきた。

酒を注《そそ》ぐ者もいれば、大きな葉の団扇《うちわ》で風を送る者もいる。一様に陶然《とうぜん》たる面持《おもも》ちを浮かべ、今にも象《ぞう》でも連れてきて余興を開きかねない勢いだった。

彼女達は決してフレイヤが『魅了』したわけではない。

自分達を救い出した麗《うるわ》しの女神に、深い敬愛と忠心を抱《いだ》いているのだ。

それは女王の貫禄《かんろく》を持ち、絶対的な神性《カリスマ》を持つフレイヤだからこそその光景で、

『ハーレム？　逆ハー？　温《ぬる》いわ』

などと言わんばかりであった。

幾人《いくにん》もの美男美女を侍らせるその光景は、下界の住人が一度は夢見る奢侈《しゃし》的なそれに違いなく、彼女のもとで忠誠を誓う眷族《ファミリア》のように誰《だれ》もが銀髪《ぎんぱつ》の美神に心酔していた。

もはや贅沢ここに極《きわ》まれりだ。

「フレイヤさま、助けてくれてありがとうございます！」

と、そこで。

まだ幼《おさな》い少年と少女がフレイヤのもとへ近付く。

『美の神』に対し何と無礼《ぶれい》な、と咎《とが》める者はここにはいなかった。

少女達のその真《ま》っ直《す》ぐな感謝こそが、ここにいる者の全ての代弁だった。

「貴方達《あなた》、名前は？」とフレイヤが尋ねると、緊張する少年が「ヨ、ヨナといいます！」と名乗り、彼より年下の少女が「ハーラです！」と元気よく答える。

「そう、いい名前ね。ならヨナとハーラ、礼は要らないわ。私は自分のために貴方達を解放しただけだから」

それはフレイヤの偽《いつわ》りなき本音だった。彼女は慈愛《じあい》や慈善の精神をもって子供達に自由を与えたのではないのだから。全て自分本位で、神の気紛《きまぐ》れというやつだ。

それを理解できないヨナとハーラは小首を傾《かし》げたが、すぐに顔付きをあらためた。

「あの、フレイヤさま……お願いがあります！」

「ふふっ、なに？　言ってみなさい」

「僕らを、フレイヤさまの【ファミリア】に入れてください！」

「わたしたち、フレイヤさまのためにはたらきます！」

少年と少女は、そんな健気《けなげ》な懇願《こんがん》をしてきた。

苦境から解放した女神に恩を返そうというのだろう。

愛らしい少年達に、フレイヤは何の含みもない純粋な微笑を浮かべた。

「ダメよ。貴方達はまず、ボフマンのところで世話になりなさい」

「ファ⁉」

突然の名指しに、移動中だったボフマンが足を止めて奇声を上げる。

この砂漠《さばく》世界からオラリオに戻る際、買い取った奴隷を全てファズール商会に預けるつもり満々のフレイヤは、微笑のまま諭《さと》し始める。

「貴方達の魂《ひかり》は、まだ未熟とも呼べないほどの種《たね》のまま。私は美しい花が好き、輝かしい宝石《いと》が愛しい。だから、この砂漠の地で経験を積みなさい」

【フレイヤ・ファミリア】の入団条件は、完全に主神の気分次第。

才能はもとより『魂』の輝きをも見抜くフレイヤが選ぶのは、強靭な勇士《エインヘリヤル》に到《いた》れる者だ。

だからこその頂点。だからこその最強。

才ある者でさえ過酷な派閥内競争の中で踏《ふ》み台にされるのが【フレイヤ・ファミリア】だ、そんな中に未成熟な子供を放り込めば間違いなく振り落とされ、悲惨な目に遭《あ》う。

故《ゆえ》にフレイヤは厳選するのだ。

己《おのれ》の眷族になりうる相応《ふさわ》しい存在を。

子を愛《め》でるため、愛するため、何より『未知』を期待するために。

「そこから成長して、花が開き、私の瞳《ひとみ》にかなったのなら……その時は眷族《ファミリア》に迎え入れてあげるわ」

「は、はい！」

伸ばされた手に頬《ほお》を撫《な》でられた少女は、喜びと決意を秘めた声を返した。

目の前の少女達がもし花開くとすれば、その『魂』の光度からみても十年後ほどか。

しかし、まさに『下界の可能性』をもってフレイヤの予想を裏切り五年後、あるいはもっと早く開花を迎えるかもしれない。その時は喜んでフレイヤは少女達を迎え入れよう。

口にした約束は守る。フレイヤはそういう神だ。

「フレイヤ様、どうか私も！」

「このナセルめも、貴方様の眷族の末席に名を連ねさせてください！」

少女達の行動を皮切りに、大の大人達も懇願してくる。

少女達と同じ対応をしつつ、フレイヤは有能かつ気に入った者は神血《イコル》を授《さず》けない──【ステイタス】を刻《きざ》まない――非戦闘員として迎え入れることを確約した。要は主神《フレイヤ》と派閥《ファミリア》を支援する『信者』だ。狙っているわけではないが、フレイヤはこうして都市外の『協力者』を増やす。

明確な区別をされているにもかかわらず、元奴隷達のフレイヤへの心酔は微塵《みじん》も揺らぐことはなかった。自分達を救い出した女神に、王への拝謁《はいえつ》のごとく慣《な》れない礼法で、誰もが感謝の言葉を口にする。

いつの間にかフレイヤの前には、人々の列が伸びるようになっていた。

「ボフマン、この子達の中で望む者は商会で雇いなさい。私への忠誠が本物なら、のし上がろうとして大成する筈《はず》。私がオラリオに帰った後はこの館をあげるから、自由に………ちょっと、聞いているの？」

「は、はい、フレイヤ様……」

やることをやり終え、フラフラとフレイヤのもとへ戻ってきたボフマンは、憔悴《しょうすい》していた。

ボフマンはこの時になってようやく、神の気紛れに振り回されることがどういうことなのか――いやフレイヤの侶伴《りょはん》を務めることがどれほどの重労働なのか――身をもって知った。

理不尽や無茶《むちゃ》振《ぶ》りは当たり前。

普通に考えて不可能なことでも『やりなさい』の一言で命じられる。

諸々の代金こそ、莫大な【フレイヤ・ファミリア】の資産から払われる手筈にはなっているが、それでも相応の労力を強いられる。

打算で神に取り入ろうとする者がよく遭う、『げっそり』の事例《パターン》である。

「フ、フレイヤ様……商会はもとより、この私も惜しみない献身をつくしています……ので、貴方様の念願叶った暁《あかつき》には、自分への『褒美《ほうび》』も取らせていただけると幸せですぞ……ドゥ、ドォフフ……！」

よって、懲《こ》りずに『見返り』を期待するのは致《いた》し方ないことだった。

今も匂《にお》い立つよう女神の生脚《なまあし》に視線をそそぎ、鼻息荒い不気味な笑い声を上げるボフマンに、フレイヤが一周回って感嘆を覚えていると——四つの影が音もなく出現した。

「何をしてる黒豚《ブタ》が」

「去勢《きょせい》されたいのか黒豚《ブタ》が」

「眼球《がんきゅう》をくり抜くぞ黒豚《ブタ》が」

「クソ黒豚《ブタ》が」

「ぐえええぇッ⁉　ちょっ、なにっ、あ……‼　やめっ、腕っ、そっちに曲がらなっっっ——ぎょあああああああああああああああぁ⁉」

まず響いたのはスパァン！　という小気味《こぎみ》いい足払いの音。次いで鳴ったのはゴンッ！　というボフマンの肥《こ》えた体が後頭部から床に突っ込んだ鈍《にぶ》い音。

すかさず、ギシギシギシギシ！　と両手両足の関節が余分に増えかねない極技《サブミッション》の旋律《せんりつ》が奏でられる。

まさに地面に這《は》いつくばる豚のごとき体勢の彼を取り押さえるのは、四つ子の小人族《パルゥム》だった。

「あら、いたの？」

「暗殺者《アサシン》の類がいないか、屋敷中を隈《くま》なく調べていました」

フレイヤに答えるのはガリバー四兄弟の長男、アルフリッグだ。

主神がこの『オアシスの屋敷』を購入した時点でオッタル達ともども調査していた彼等は、女神に不埒《ふらち》な視線を送る輩《やから》を認めるなり天誅《てんちゅう》を下したのである。

ボフマンの拘束もとい拷問《ごうもん》を三人の弟達に任せながら、アルフリッグは装着していた砂色の兜《かぶと》を脱ぎ、その青の瞳をあらわにする。そしてゴミ屑《くず》を見るような目付きで男を見下した。

「くだらぬ下心を抱く黒豚《ブタ》にフレイヤ様のお側にいる資格なし。しばらくお時間をください。い、い、い、痛めつけます」

「使い物になるよう、とどめなくてはダメよ？　砂漠《ここ》では必要な目と足なのだから」

「心得ております」

一礼するアルフリッグは弟達とともにボフマンを強制連行した。引きずりながら。

「フレイヤ様ぁ!?　お助けくださっンンンアアアアアアアアアアアアア!?」と打ち上がる奇声じみた悲鳴。元奴隷達はいきなり登場したガリバー四兄弟にぎょっとして、その後はひたすら恐怖の汗を流していた。外に連れ出された愚かな商人が辿《たど》る末路《まつろ》は想像に難くない。

彼等の賢《かしこ》い選択は全てを忘れ、フレイヤへ礼を告げていくことだった。

「──あら。来たわね」

そして。

『その少女』が現れたのは、並んでいた列が終わろうかという頃《ころ》だった。

褐色の肌にぼさぼさの黒髪。

美しい薄紫色の瞳を持つ彼女の名は、アリィ。

フレイヤが見初《みそ》めた奴隷の少女であり──旅の目的である『伴侶《オーズ》』になりうるかもしれない人物である。

「……この度は、助けて頂いて、ありがとうございます」

緊張を帯《お》びた表情のアリィは、他の者に倣《なら》うように感謝の言葉を並べた。

一瞬、手を胸に置こうとしたかと思えば、ぴたりと止め、当たり障《さわ》りない礼を取る。

フレイヤはその様子に、目を細めた。

「アリィ、体の調子はどう？」

「女神様のおかげで、随分《ずいぶん》と良くなりました……」

奴隷から解放され、成り行きで連れてこられたが、顔色は良くなっている。十分な水分と栄養を摂れたためだろう。

一方で、その話し方はどこかぎこちない。

あるいは、何かを『危惧《きぐ》』しているようにすら見える。

しかしそれすらも愉快そうに、フレイヤは笑みを深めた。

「なら今夜、私の部屋に来なさい」

「‼」

少女の顎《あご》に優しく指を添え、ぐっと引き寄せる。

何かが間違えれば女神の唇が届きそうな距離で、銀の瞳が命じる。

間近で『美の神』に見つめられるアリィは、ぞくっ、と体を震わせるが――しかしやはり、
再び抗《あらが》った。

唇を噛《か》み、頬の紅潮《こうちょう》をとどめ、視線を無理やり横に逃がすことで『魅了』から逃れる。

『器』の昇華《ランクアップ》もしていなければ、『神の恩恵』さえ授かっていない、ただの少女が、である。

フレイヤの好奇心、ついでに嗜虐心《しぎゃくしん》が止まらなくなる。

「少し派手《はで》な買物をしてしまったけど――本命は『貴方』なの」

「っ……⁉」

「だから、逃《のが》さない」

耳に囁《ささや》いて顎から指を離すと、アリィはよろめくように後ろへ下がった。

だが、その顔は強く歪《ゆが》められている。

フレイヤに拝謁《はいえつ》を許されておきながらそんな表情を浮かべる下界の住人は、未《いま》だかつていな

かった。それが益々《ますます》女神の期待を膨らませる。

元奴隷達から驚きの視線が少女に集まる中、フレイヤは椅子から立ち上がった。

「夜が来るまでに、身を清めておきなさい。私の寝室に足を運ぶに相応しい、貴方の美しい姿を見せて頂戴」

ボフマンの子飼いである女性の僕従に、少女を浴場へ連れて行くよう指示する。

呆然としていたアリィは、僕従が集まる前に一瞬、素早く視線を周囲に走らせた。

その様子に、フレイヤは「ああ」と思い出したように『忠告』した。

「さっき逃さないと言ったけど……あれは脅しではなく、ただの事実よ。私の眷族が今も屋敷を見張っている。だから、変な真似をしても無駄だから」

その言葉と微笑に、少女は今度こそ愕然《がくぜん》とし、フレイヤは愉快《ゆかい》げにその場を後にした。

屋敷の外で日が落ちようとしている。

夜はもう、すぐそこだった。


砂漠の夜は冷え込む。

激暑の昼から様変わりするというのが、砂の世界の常識だ。

だが、『リオードの町』に関してはそれが当てはまらない。

大量の水《オアシス》があるためだ。

水は空気に比べて熱しにくく、冷《さ》めにくい性質を持つ。

水分は昼に太陽の光をゆっくり吸収し、夜にその熱を放出するので、豊富な水があれば寒暖の差は小さくなる。棗椰子を始めとした緑や雑多な町並みも、地表から逃げる熱を遮る効果を持つ。よって『リオードの町』の夜は西カイオスの中でも比較的過ごしやすい。

だからフレイヤも薄手の夜着《よぎ》を着て、少女が来るのを待っていた。

「そろそろかしら？」

ファズール商会が取り寄せた高価な葡萄酒《ぶどうしゅ》を唇で楽しみながら、女神は刻限を確認した。

場所は人払いを行った寝室である。

『オアシスの屋敷』の最上階に存在する部屋は、ランプ型の魔石灯《とう》によって薄明かりに包まれていた。

橙色《オレンジ》の光が夜気と混ざり合い、どこか幻想的な雰囲気を醸し出している。

豪奢な肘《ひじ》掛け椅子に座る美神は艶美な足を組み直し、ふと隣の人物に問いかけた。

「ボフマン、大丈夫なの？」

「は、はぃ……大丈夫ですぞ……ボフマンは女神様に無礼な真似なんてしない、ゴミクズも同然の豚野郎ですぞ……」

この場にいるのはフレイヤを除けばボフマン一人である。

アルフリッグ達から解放された彼は酷《ひど》く摩耗《まもう》していた。というかボロボロだった。一見やつれているようにすら感じられ、虫の息という表現がぴったりだ。相当厳しくアルフリッグ達から『矯正』を食らったのだろう。

その証拠に、大胆に胸もとが開いたフレイヤの夜着《ナイティ》を決して直視しようとしない。以前の彼ならば生唾《なまつば》の一つや二つ呑み込んだだろうが、今は怯《おび》えの方が勝《まさ》っている。

……別に、まぁ、眷族達の『折檻《せっかん》』が怖いのであってフレイヤの体を恐ろしく感じているわけではないのだが、ビクビクと怯えきった豚のような姿を見せられ、女神は何だか微妙な気持ちを覚えた。

「……失礼します」

部屋の扉が開かれたのは、間もなくのことだった。

僕従に連れられてきたアリィは惨《みじ》めな奴隷の格好から様変わりしていた。

ボサボサだった髪は櫛《くし》で整えられ、清楚《せいそ》な砂漠風のドレスを着せられている。体は隅々《すみずみ》まで洗われ、香油もたっぷり使われたのだろう。ほんのりと耶悉茗《ジャスミン》の香りがした。

シミ一つない褐色の肌は極上の絹《シルク》を彷彿とさせる。

決してフレイヤを見まいとしていたボフマンも、ほう、と目を見張《みは》ったほどだ。

これほど器量のいい奴隷などそうはいまい。

「ようこそ、アリィ。美しくなったわね。ええ、見違えたわ」

「いえ……」

「それとも、わざと目立たないように自分の体を汚していたのかしら？」

「………」

「ふふ、そんな顔しないで。そう思っただけだから」

僕従達が頭を下げて退出する中、椅子に腰掛けるフレイヤの前まで移動したアリィは、強《こわ》張《ば》った表情を隠さなかった。自分に執着する『美の神』への警戒が見え隠れしている。

フレイヤはその様子をつぶさに観察しながら、手にしていたワイングラスを小さな丸卓《サイドテーブル》の上に置いた。

「……私に、何の御用でしょうか？」

絞《しぼ》り出すように少女は尋ねた。

しかしフレイヤは、『本題』の前に、別の事柄について触れる。

「アリィ、貴方は現状を嘆《なげ》いていない？　あるいは、恨《うら》んでいないかしら？」

「……？」

「貴方を奴隷に堕《お》とした『シャルザード』と『ワルサ』の戦争……どう思ってる？」

「！」

変化は劇的だった。

アリィはうつむきがちだった顔を上げ、その薄紫の瞳を見開く。

「気になることがあるの。私の質問に答えてくれない?」

対してフレイヤの目は細まるばかり。

笑みを深める女神を前に、少女が取った行動は——返答を放棄し、目を閉じることだった。

「貴様っ！　フレイヤ様の御前《ごぜん》ですぞ⁉　そのような無礼を——‼」

叱咤《しった》するボフマンを、片手を上げて制する。

フレイヤは構うことなく問いを投げかけた。

「陥落した『シャルザード』の王都は今も悲鳴が絶えないそうね」

「……」

「王族は多くが始末され、生き残りは僅《わず》か」

「……」

「今、『シャルザード』の民は何を思っているのかしら?」

「……っ！」

アリィは沈黙を重ね、時には漏れ出る感情を抑え込むように細い肩を震わせる。

答えが返ることのない壁に問うように言葉を投げ続ける女神と、黙《だま》り続ける少女。

その奇妙な光景に、ボフマンだけがフレイヤとアリィとの間で視線を往復させ、状況に置いていかれていた。

「ボフマン。敵国から逃《のが》れたという『シャルザード』の王子について、知っていることを聞かせて」

「はっ？　あ、いえ、承知いたしましたぞ」

フレイヤにおもむろに尋ねられ、ボフマンは戸惑いを浮かべつつ答えた。

「王子の名はアラム・ラザ・シャルザード。王都陥落の際に処刑されたシャルザード王の第一子にして唯一の男児であり、絶世の美男子と聞いております。年齢は……確か十六」

「年が近い妹、あるいは姉はいる？」

「……？　いえ、自分の記憶が正しければおられない筈です。シャルザード王は子宝に恵まれなかったらしく、王子は王家の期待と責務をその双肩《そうけん》に……」

ボフマンの説明に、フレイヤの笑みは崩れない。

そして目の前の少女は何かに耐えるように、ただ瞼《まぶた》をきつく閉じ続けるのみだった。

部屋に一つしかない魔石灯の薄光が揺らめく。

ややあって、女神は確信のこもった声音で、次の言葉を告げた。

「アリィ、貴方って『男装』が似合いそうね。身なりを整えれば、そうね、きっと『一国の王子』のようにも見えるに違いない……」

その瞬間、アリィの顔が致命的に歪んだ。

そこまで言われてボフマンも察したのか、まさか、という驚愕を顔中に広げる。

「アリィ、貴方は私の前で『拝礼』を止めたわね？」

「っ……！」

「あれは奴隷はおろか、砂漠の民も知ることのない『神への拝礼』だったんじゃない？」

この屋敷で元奴隷の子供達に感謝される中、フレイヤのもとまで足を運んだアリィは一瞬、『拝礼《なにか》』をしようとしたところで動きを止め、当たり障《さわ》りない礼を取った。

あれは『神への礼法』を知る者の動きだ。

あのぎこちない動きは、無知な民を装うためのもの。

フレイヤの瞳はそれを見逃さなかった。

「そして神《わたし》が問い詰めようとするや否や、『黙秘』の構えを取った。これは神との接し方をよく知っている者の対応」

「ど、どういうことですかっ？」

驚愕も半ばに尋ねてくるボフマンに、フレイヤは少女を見つめながら説明した。

「神は子供達の嘘《うそ》を全て見抜く。そんな『神の尋問』に対する有効な手段……それは『黙秘』よ」

下界の住人は、神には嘘をつけない。

正確には、神は嘘を全て看破《かんぱ》してしまう。

一方で、嘘はついていることがわかっても、その嘘の内容を見透かすことは神々といえど不可能だ。『神の力《アルカナム》』を封じている彼等彼女等は心の声まで読み取れるわけではない。

よって、『黙秘』。

下界の住人に許される『神の尋問』に対する唯一の抵抗にして、有効打である。

「【ファミリア】は軍属が多いというこの砂漠世界で、一般人が神々と触れ合う機会は少ない筈《はず》。ましてや、反射的に神への対抗手段を取れる者はそうそういないでしょう。……あらかじめ『教育』を受けてきた者でもなければ」

オラリオほど神々が集まる地域であれば――『痛い目』に遭《あ》った冒険者ならば、自ずとそういった対応策は身につけることも可能だろう。

しかし、ここは迷宮都市から遠く離れた『カイオス砂漠』。

【ファミリア】の多くが、国に所属する軍部扱いというのはボフマンが語っていた情報だ。

必然的に、派閥をまとめる主神と顔を合わせる者は国の上層部の人間となる。

そんな環境の中で直ちに『黙秘』を貫ける人間というのは、日頃から神と接している者か、機密を漏らさないよう『教育』を受けてきた者に違いない。

「そ、そのような『教育』を受けているとすれば、限られた商人ないし貴族か……王族」

蒼《あお》い顔で声を震わせるボフマンは、全てを悟った。

つまり、フレイヤが投げかけた『神の尋問』それ自体が、高貴な身分の者か確かめる騙欺《ブラフ》だったのだ。

尋問に対する答えの如何《いかん》など、端《はな》から関係なかったのである。

「何より、最初に見た時に感じたわ。『威風』が違うと」

『雌伏《しふく》して時を待つ虎《とら》』。

あの市場《バザール》で一目見た瞬間から、フレイヤはアリィの本質に気付いていていた。

「そ、それではっ、アラム王子とは……！」

「男児ではなく、『女児』。子宝に恵まれない王が王子として育てていた……そんなありきたりな話かしら」

全然ありきたりじゃないっ、と汗まみれのボフマンが高速で顔を横に振る。

恐らくは、自国に攻め寄せられた戦争の中、何か不手際が発生して奴隷商の手に堕ちたのだ。

それこそ王都が陥落した後、軍を率いて敵国《ワルサ》との抵抗を続ける中で味方とはぐれてしまった、とか。

同席を許されたボフマンは顔色を著《いちじる》しく変えていた。

劣勢に立たされた国の王子、いや『王女』。

それを懐に置いた際に生じる利益《メリット》と不利益《デメリット》を高速で計算しているのだろう。

「アラムという王子が王女だったと情報が出回ったら……今の情勢は、どうなるのかしら？」

フレイヤが意地悪そうに口端を吊り上げた瞬間。

沈黙していた少女は、かっ、と瞼を開いた。

「私を脅すつもりか!!」

雰囲気も、口調も一変する。

その姿は、まさしくフレイヤが見抜いていた通り『王家の威風』を纏《まと》う者だ。

自称豪商のボフマンでさえ「ひっ」と竦《すく》ませるほどの喝破《かっぱ》が、その小柄な体から放たれる。

一方、優雅に腰掛けるフレイヤの姿勢は、小揺るぎもしなかった。

「ないわ。脅すつもりなんて欠片《かけら》も」

そして、あっさりと返答した。

「なっ……」

「付け加えるなら、二つの国も、今起こっている戦争にも興味はない。私が関心を抱いているのは貴方だけ」

貴方の本当の姿を見たかったから『からかった』、と。

何の悪気もなくフレイヤは微笑む。

アリィは異質なものを見るように、女神の視線に身じろぎした。

「……御身の名は、女神フレイヤで間違いないだろうか」

「ええ。何度も聞いているでしょう？」

「ならば神フレイヤ、私を解放してほしい」

やがて、惨めな奴隷の振りを止めたアリィは、フレイヤの美貌に抗いながら、まさしく王族の貫録をもって発言した。

「奴隷から解放してくれたことは、誠に感謝している。本当に、嘘ではない。しかし私は貴方が見抜いた通り、女であろうと王子を名乗る身。戻らなければならない場所があり、救わなければならない民がいる」

「……」

「貴方への恩は、いつか必ず返す。だから、どうか……私を自国《シャルザード》へ行かせてほしい」

薄紫色の双眸《そうぼう》が真《ま》っ直《す》ぐフレイヤの瞳を見つめる。

自分でも無茶な願いを口にしている自覚があるのだろう。アリィの顔は硬い。

そもそも彼女は敵国《ワルサ》から狙われている身でもある。明日の命運さえ知れない。よしんば自国《シャルザード》の軍に合流できたとしても、王都を陥《お》とされた国とその王子が、一体なんの『恩』を返せるというのか。

王家の血筋ということでアリィの存在を最初こそ持て余していたボフマンも、女神に何の利益もないと思ったのか口を挟もうとするが――フレイヤは再びボフマンの言葉を遮《さえぎ》った。

「いいわよ」

そして、今度もまたあっさりと答えた。

「なっ……？」

「好きにすれば、と言ったの。聞きたかったことは聞けたし、どこかへ行こうというのなら止めはしない。もう奴隷の首輪も外れている、貴方が思う通りに動けばいいわ」

アリィは瞬《まばた》きを繰り返した。

一蹴《いっしゅう》されるか、意地の悪い神のごとく無茶な見返りを押し付けられると思っていたのだろう。目に見えて拍子抜けした顔を見せる。

「もとより、私は隷属する人形が欲しくて貴方を買ったんじゃないもの」

そこまで言ったフレイヤは、唇を上げた。

「けれど、貴方の言う『恩』は必ず返してもらうわ」

うろたえていたアリィは、その言葉に緊張を纏い直す。

あたかも本《ものがたり》の一幕に存在する、悪魔と禁断の契約を結んだ咎人《とがびと》のような面持ちで、深く頷《うなず》きながら、

「……感謝します。外の世界の女神よ」

と形ばかりの礼を告げた。

フレイヤは、くすり、と一笑を漏らす。

「話は終わりね。ボフマン、この娘《こ》を部屋へ案内して」

「よ、よろしいのですか？」

「ええ。これでいいの」

恐る恐る確認するボフマンへ、鷹揚《おうよう》に構えながら促した。

やがて呼び鈴で呼んだ女性の僕従が、アリィを連れて寝室を後にする。

去り際、こちらを一瞥《いちべつ》してくる少女に、フレイヤは薄い笑みを投げかけるのだった。


砂丘が連なる地平線より、太陽が顔を出す。

蒼い闇《やみ》が薄れていき、深く冷えた夜を脱すると、カイオス砂漠はぐんぐんと気温を上昇させていった。

朝である。

「寝過ぎた……！　悠長にしている暇《ひま》はないというのに！」

王子の身分を隠すアリィが飛び起きたのは、日の出からしばし時間が経った後だった。

昨夜あてがわれた部屋は上質なもので、柔らかい寝台《ベッド》はあっさりと彼女を眠りに誘《いざな》った。

奴隷商に捕まる前も捕まった後も移動続きだったので、限界まで疲弊していたのである。おかげで疲れはほとんど残っておらず、頭もすっきりしているが。

慌ただしく行動を開始し、旅支度を済ませる。

フレイヤにこれ以上の借りは作りたくないアリィだったが、お付きの僕従達に恭《うやうや》しく差し出された旅装だけは受け取ることにした。

今、彼女の手持ちと言える服は奴隷の時に被っていた襤褸《ぼろ》かフレイヤに与えられたドレス、あとは薄手の寝衣くらい。どれも外を歩いていたら否応なく注目を集めかねない格好だ。身分が明るみになるのを避けなければならないのは勿論《もちろん》のこと、『リオードの町』を出るつもりでいるアリィに選択肢はない。

彼女は複雑な気分で旅装を受け取った。

（あの女神の考えていることが、全くわからない。『本命』だと言っておきながら、手もとから逃がすなど……。いや、関わってはいけない類の神だとは、はっきりわかっているが……）

決して自分の見解が間違っていないことを確信しながら、アリィはフレイヤが購入した『オアシスの館』を出た。

その間際、門衛よろしくたたずんでいた猫人《キャットピープル》に、

「ちッ」

と露骨な舌打ちをされたが。

身に覚えのない苛立《いらだ》ちをぶつけられ、うろたえたものの――すぐにその疑問は氷解することになる。

「……何故《なぜ》、ここにいるのですか？」

屋敷が建つオアシス中央の島から町の北側にかかる、木製の大橋の上。

欄干《らんかん》に寄りかかりながら待ち構えていた女神に、アリィは足を止め、顔を引きつらせた。

「貴方を待っていたからよ」

答えになっていない答えをいけしゃあしゃあと口にする美の神――フレイヤに、アリィは橋を行き来する者達の目もはばからず、叫んでいた。

「な、何のおつもりですか⁉　昨夜、貴方は私を解放すると言って……！」

「貴方の行動を止めはしない、とは言ったけれど、『付いていかない』とは一言も言っていないわ」

フレイヤの服装は昨日出会った時と同じもので、白の短衣と赤いフード、同色の腰布と黒の薄絹《スカート》を巻いていた。ボフマンがしつらえた服は、なるほど動きやすくもあれば通気性もよく、旅装の代わりにもなるだろう。

アリィからしてみれば、そんなこと知ったこっちゃないが。

「付いていく⁉　私に⁉　一体なにを言って……！」

「私が関心を抱いているのは貴方だけ。これも昨夜言ったわ。だから、貴方を見守るの。すぐ近くで。観察したい」

アリィは自分が王族だということも忘れて、その目をかっ開いた。

何を言っているのだ、この女神《おんな》は、理解できない――。

そんな言葉が胸の内をぐるぐると駆け巡る。

神に心を見透かされるなんてことはもはやどうでもよく、アリィは混乱の一途を辿った。

「貴方の魂がどんな風に変ずるのか、あるいはより輝くのか、見てみたい――そして確かめたい」

――私の伴侶《オーズ》に相応しいかどうか。

その最後の言葉だけは、激昂《げきこう》するアリィの耳に届くことはなかった。

「ふざけないでもらいたい！　私は祖国のために今も戦っている将兵達のもとへ戻らねばならない！　神の気紛《きまぐ》れに構っている暇は――」

得体の知れない神に付き纏われるなど御免だと、拒絶しようとするアリィだったが、

「『路銀《ろぎん》』」

その一言に、動きを止めた。

「この町を出ていくつもりのようだけれど、今の貴方に先立つものはあるの？」

更に続く女神の言葉に、二の句が告げなくなる。

「私にこれ以上の借りをどうしても作りたくないのはわかったわ。でも、身一つの状態でどうする気？　どこへ行くかは知らないけれど、そこはすぐに足を運べる場所？　そうでないなら、どうやって砂漠を越えるの？」

フレイヤの指摘はことごとく的を射ていた。

確かに今のアリィは、いわゆる『一文なし』である。資金もなければ旅支度もできていない状態で砂漠に出るのは無茶を通り越して自殺行為だ。

別に、アリィも考えなしで屋敷から出てきたわけではなかった。

ここは商業国《イスラファン》国内。シャルザード王家と懇意にしている商人は勿論いる。

男装した上で、『王子』として身分を明かし、彼等の協力を得るつもりであったが——

「そういえば、ボフマンが言っていたかしら？　貴方の国《シャルザード》の情勢は極めて不安定。多くの商人は攻め込んでいる敵国《ワルサ》の方に尻尾を振る……行方不明の王子が名乗り出たら、匿《かくま》う危険性《リスク》より売り払う利益を取ると」

まるで思考を読んでいるかのように、フレイヤが頬に片手を当てながら述べる。

「国ではなく、貴方自身と親密な商人はいる？　利を度外視し、義勇をもって『シャルザード』につく者は本当にいる？」

アリィの楽観的な考えも、藁《わら》にも縋《すが》る思いも、女神は微笑み一つで砕いていく。

個人的に顔を突き合わせて別懇にしていた商人もいなければ、一国の王子として抱えていた商会も存在しない。

アリィは性別を偽《いつわ》らなくてはならなかった身だ。

事情を知る者以外、必要以上に外の人間と接することは許されなかったのである。

「年端もない少女があてもなく一人旅……また奴隷に逆戻りするかもね？」

「ぐぐぐっ……!?」

薄い笑みを貼り付けるフレイヤに、アリィは呻《うめ》いた。

ことごとく、逃げ道が塞がれる。

「私の同伴を許してくれるなら……支援するのもやぶさかではないけれど？」

笑みはそのまま、フレイヤは交渉してきた。

縋るべきものが限られている――いや全くないと言っていいアリィにとって、フレイヤの申し出はまさに天の助けだ。

後でもっと酷い目に遭う可能性もなきにしもあらずだが、少なくとも『シャルザード』を害し『ワルサ』に利する真似を彼女はしない。するつもりだったら、とっくにしている筈だ。

戦争に興味がないという昨夜の発言は、彼女の偽りのない神意《しんい》なのだろう。

（しかし、このままいいように手の平の上で転がされるというのは……！）

それでも、アリィは言うことを聞きたくなかった。

それは得体の知れないものに対する警戒心であり、神とはいえ下手に出るわけにはいかない一国の王子の矜持《きょうじ》でもあり、何より子供じみた反発心でもあった。

目の前の女神の笑みが、どうしても気に食わないのである。

その美貌は同性のアリィでも見惚れてしまうものだが、神にありがちな下界《しもじも》の者を見下ろす、あるいは値踏みする眼差しが含まれている。

自分本位の言動も相まってアリィはフレイヤをどうしても好きになれなかった。

自身の惨めさも手伝い、最後まで頷くのを渋っていると、

「『恩』」

「……！」

「『私への恩は必ず返す』……貴方はそう約束した。その『恩』を今、返してもらうわ」

その言葉が止《とど》めだった。

フレイヤが指摘した通り、アリィ自らが告げた口約だ。

すこぶる揚げ足取りのような気もするが、ここで反古《ほご》にすることはシャルザード王家の沽券《こけん》に関わる――むしろこの程度の要求ならば安いもので、裏を返せば『これっぽっちの恩を返すつもりもなかったの？』と言われるだろう――。

頭をかきむしりたくなった。

ふざけるなと言い返したい。

しかし、それらの衝動を全て封じ込め、アリィはがっくりと肩を落とした。

「約束したのは、私だ……。貴方に助けられたのも、私……。貴方の同伴を、認める……」

「そう。良かったわ」

結局、女神の思うがままに踊らされた。

あの猫人《キャットピープル》が舌打ちをした理由も、こうなることを予期していてのことだったのだろう。

アリィには何ら非はないが。

全くもって、早い『恩』の返済であった。

「ただしっ！　くれぐれも私の邪魔《じゃま》はしないでほしい！」

「勿論。約束するわ」

譲れない一線とばかりにアリィは精一杯凄んだ。

目の前の女神は小憎《こにく》らしくもにっこりと笑い返すだけだったが。

アリィは諦め半分の思いで、歩き出すのだった。


オアシスの大橋を渡りきると、昼を目前にした『リオードの町』は賑《にぎ》わっていた。

町の北側の市場《バザール》は盛況の一言であり、昨日アリィとフレイヤが通った南側にも劣らない。あちらと比べれば通りを埋めつくさんばかりに店が並び、人通りも盛んだ。荷物を吊《つ》るした駱駝《らくだ》は移動するのも苦労していそうだった。

「そういえば、アリィというのは偽名？　アラムと呼んだ方がいいかしら？」

「……本来の名がアリィだ。死にゆく正妃《はは》の懇願を受け、父王《ちち》は私から『個』を奪うことはしなかった。私自身、真名を忘れそうになるが……」

群衆の中で行方不明の王子の名を呼ぶ気か、と内心悪態を吐きつつ、アリィは説明した。

この頃になると、アリィはフレイヤに対し畏《かしこ》まらなくなっていた。

口調は神々に向けるそれではなく、むしろ忌々《いまいま》しいものに対する語調に変わっている。

しかしフレイヤは何も気にせず、それどころか、

「そう——じゃあ、これからもアリィと呼ぶわ」

女神の笑みではなく、そう、まるで少女のように微笑んだ。

とても嬉《うれ》しそうに。この出会いが何を芽吹かせるのか今から期待するように。

アリィは不覚にも、その笑みに時を止め、目を奪われてしまった。

「アリィ？　私を楽しませて頂戴ね」

「っ……！　貴方を楽しませる義理など私にはないっ！」

その上からの物言いに『やっぱり好きになれないっ』とすぐに思い直したが。

「で、どこへ行くつもりなの？　まさかそのまま自国《シャルザード》に舞い戻る気ではないでしょう？」

「……この商業国《イスラファン》と我が国シャルザードの国境に、隠し砦《とりで》がある。万が一の時はそこで臣下達と落ち合う予定だった。そこを目指す」

神々に嘘はつけないし、旅の道連れになると決まった以上、秘しておく理由はない。

素直に白状すると、フレイヤは「ふぅん」と髪の一房を耳の後ろにすくった。

「次はこちらの質問に答えてくれ。今の手持ちは？」

雑踏を避《よ》けながら、目も合わせず尋ねる。

目的地の隠し砦が存在する国境は『リオードの町』から随分とある。

水と食料は勿論のこと、移動手段として砂海の船《デザート・シップ》は無理でも駱駝《らくだ》は欲しい。

護衛も重要だ。カイオス砂漠は盗賊も出ればモンスターも盛んに出現する。力自慢の用心棒がいなければ、女の二人旅などできる筈がない。

隊商《キャラバン》に同行するのが手っ取り早くはあるが、自分の素性上あまり人目につきたくはない
し……とアリィが考えを巡らせていると、フレイヤはさらりと返答した。

「今の手持ち？　ないわよ。金貨なんてかさばるものは持ち運びたくないし、【ファミリア】

の証文はボフマンに預けっぱなしだもの」

「なっ⁉」

涼しそうに告げる女神に立ち止まり、そんな馬鹿《ばか》なという面持ちで振り返る。

「ど、どういうことだ！　先立つものを提供するというから、私は貴方を……！」

すわ騙したのかと言い寄ろうとするアリィだったが、次の言葉にぴたりと動きを止めた。

「だって、これは『私と貴方の初めての旅』だもの。ボフマンのお金を持ち込むなんて嫌よ」

まるで、そう、二人の『デート』のようにのたまう。

アリィは面食らった。

何度目とも知れない、不可思議な感覚に襲われた。

（出会った時から感じていたが……本当におかしな女神だ）

圧倒的に美しく、高圧的で、超然としていて。

奴隷商を跪《ひざまず》かせたり、寒気を喚起させるほどの冷笑を浮かべたかと思えば、今みたいに無《む》
垢《く》な少女のような言動をする。

アリィは与《あず》り知《か》らないことであったが、迷宮都市《オラリオ》にいる時でさえも、フレイヤはこのような一面を見せることはない。

その女神の顔は、正真正銘、アリィだけに見せているフレイヤの顔だった。

「……では、どうするつもりだ？　資金がないことは変わりないだろう」

怒る時機を失ったアリィが声をひそめて尋ねると、女神は彼女を置いて先を歩き出した。

「現地調達ね」

そう言ってフレイヤは足を向けたのは、一軒の酒場だった。

大衆向けというには外観も内装もしっかりとしており、いっそ社交場《サロン》のようにすら見える。

市場《バザール》を進みながら探していたのか、フレイヤはするりと店内に入ってしまう。

顔を隠しながらアリィが慌てて追うと、女神はとある二人組の男に声をかけているところだった。

「ねえ、私と指さない？」

「あぁん？」

男達は卓を挟み、盤上遊戯《ボードゲーム》をしていた。

訝《いぶか》しげに振り向いたヒューマンの男は、フレイヤの美貌を目にするなり動きを止めた。

そして、わかりやすいほどデレッと相好《そうごう》を崩す。

「こ、これは女神様、私めに何か御用ですか？」

「今、言ったでしょう？　私と一勝負どうかって」

同じようにだらしない顔を浮かべた獣人の男に目配せし、立ち上がらせ、フレイヤはあれよあれよと椅子に腰かけてしまった。

何をする気だとうろたえていたアリィは、そこで気付いた。

「貴方、商人でしょう？　それも昼間から豪遊できるほどの」

「え、ええっ！　私の名はナァーゾ、この町の商人四天王の一人でございます！」

宝石類や上質な衣服を纏う身なりや、昼間から高い酒を飲み交《か》わしている様から、男達は商人、それも『豪商』と呼べる人物であるとわかる。

フレイヤの問いに男は顕示欲を丸出しに答えた。というか四天王ってなんなのか。席を明け渡した獣人の男も四天王なのか。

アリィがくだらなそうな視線を配っていると、フレイヤは猫のように目を細める。

「私が今から貴方に勝ったら、お願いを聞いてくれない？」

「お、お願いでございますか？」

「ええ。今、貴方の財布に入っているお金、全て譲ってほしいの」

ぬけぬけと告げられた要求に、アリィはフレイヤをまじまじと見てしまった。

何を言ってるんだこの女神《おんな》は、という驚きと呆れである。

それは対面にいる男も同様だった。

もう一人の商人の男と顔を見合わせ、狼狽《ろうばい》と苦笑を見せる。

「い、いくら女神様の頼みとはいえ、さすがにそのようなことは……」

「もし私が負けたら、私の体をあげる。今日一日、好きにしていいわ」

その言葉に、ぴたりと男の動きが止まった。

女神が己の手で、服の上から体を手でなぞる。

豊かな胸、それに反してくびれた魅惑的な腰つき、裾《すそ》から覗く柔らかそうな悩ましい腿《もも》。万人を虜《とりこ》にしてのける体付きに、男はごくりと生唾《なまつば》を飲み込んだ。

間もなく、ごちそうを前に置かれたハイエナのような目を向ける。

「……いいのですか、そのような約束をされても？　そこまで言われては、無礼を働くとわかっていようとも手加減できませんぞ？」

「私から持ちかけているんだもの。嘘は口にしないわ」

願いを聞いてもらうのだから見合う対価は提示する。そのように言いきるフレイヤに、男は欲にまみれた笑みを口角に刻んだ。『賭け』に乗った了承の笑みである。

まさかの交渉に呆然としていたアリィは、慌てて口を挟んだ。

「ま、待てっ！　自分の身を何だと思っている⁉　そのような賭け事になど……！」

「あら、心配してくれているの？」

「そ、そうじゃない！　そのようなふしだらな真似《まね》、見過ごせないだけだ！」

一度言葉に詰まったアリィは、赤面しながら声を荒げた。

その様子にクスクスと肩を揺らすフレイヤは、「貴方の気持ちは嬉しいけれど、今は見過ごしてちょうだい」と告げた。

「欲しいものがあるなら、相応のものを賭けるのは普通のことでしょう？　今の私達は身一つしかない。だから賭けるだけ。それにこのままだと、貴方に路銀を提供すると言ってしまった私はただの道化に成り下がるもの」

「し、しかしっ……！」

詰め寄って食い下がろうとするアリィに、フレイヤは手を伸ばした。

細い首に指を絡め、引き寄せて、彼女にしか聞こえない声音で囁《ささや》いた。

「貴方は、次期の王を名乗る立場なのでしょう？」

「‼」

「であるなら、覚えておきなさい。どんなに善政を敷く賢王でも、戦上手な武王でも、理不尽を極める暴君だって、王を名乗る以上、何度も『博打《ばくち》』に臨むものなのだから」

頭の中身を溶かすような囁き声に、アリィは瞠目《どうもく》した。

硬直したのは一瞬で、すぐにばっと身を離す。

囁かれた左の耳を手の平で押さえつけ、生理反応のように頬に集まる熱を憎々《にくにく》しく思いながら、フレイヤを必死に睨み返した。

同時に、アリィは胸の中で不可思議な波紋が広がっていることも自覚していた。

証拠に、今の彼女の口からフレイヤを止める言葉が出てくることはなかった。

今フレイヤが諭した言葉が、まるで天啓のように聞こえてしまったのだ。

「待たせたわね。始めましょう」

フレイヤは足を組み直し、商人の男に声をかけた。

相手は今にも舌なめずりしそうな顔で頷き、卓上の盤と駒《こま》を整理し始める。

動きを止めていたアリィは、はっとして再びフレイヤに詰め寄った。

「ル、規則《ルール》を知っているのか？　砂漠世界《こちら》の盤上遊戯《ボードゲーム》は大陸側のものと異なるっ。かなり複雑でっ……！」

「ちっとも知らないわ。初めて見るし。だから、楽しみなの」

その軽い返答に、アリィは卒倒しそうになった。

先程から百面相を繰り返す彼女は、半ば怒《いか》りながら口早に規則《ルール》を伝える。

フレイヤ達が今からしようとしている盤上遊戯《ボードゲーム》は、『戦盤《ハルヴァン》』と言う。

カイオス砂漠圏では主流と言える盤上遊戯《ボードゲーム》の一つで、大陸のチェスや、極東の将棋に当たるものだ。

アリィが口にした通り、『戦盤《ハルヴァン》』の戦略はチェスや将棋と比べて複雑かつ多彩だ。

駒の動きや『布陣』など、基本的かつ最低限の規則《ルール》を教えたところで敵う筈がない。アリィはそう思った。『戦盤《ハルヴァン》』に何度も興じているのだろう相手の商人もほくそ笑み、自身の勝利を疑っていない。

フレイヤは興味深そうに規則《ルール》を聞き終えた後、

「わかったわ」

とだけ告げた。

そして、駒の一つを手で弄《もてあそ》びながら、告げた。

「時間がもったいないから、早指しで終わらせましょう」

そして。

時間にして、十五分ほど経った頃。

「そ、そんなっ……⁉」

酒場の一角では、絶句するアリィと獣人の男、そして顔面蒼白《そうはく》となるヒューマンの男が盤上を見下ろしていた。

もはや語るまでもない――女神の完全勝利であった。

思考時間《ノータイム》なしの速攻決着である。

「それじゃあ、貴方のお財布、もらっていくわね」

椅子からずれ落ちる豪商の男に微笑みかけ、フレイヤは手を差し出す。

男はその手と銀の瞳の間で視線を往復させ、力なく財布を差し出した。

酒場の店内では、まばらにいた客がすっかり『戦盤《ハルヴァン》』の一戦に注目し、美神の勝利に頻《しき》りにざわついている。けれどフレイヤは既に興味を失ったように、酒場の外へと向かった。

立ちつくしていたアリィは、はっと彼女の後を追いかける。

「な、なんだ今のは⁉　『戦盤《ハルヴァン》』をやったことがないというのは嘘だったのか⁉　いっそ胸がすくほど相手をボコボコにして……！」

「下界に降りてきても、神々は『全知零能《ぜんちれいのう》』よ。下界には私達が思いつかなかった娯楽が沢山あるけれど、物事《ゲーム》の枢機を掌握してしまえば勝てるわ」

「むしろ勝てないと思われていたのが心外ね」と、まるで息を吸う行為が当然であるかのように告げられる。

『神』からそんな風に言われてしまえば、何も追及することなどできなかった。

下界にはふざけた神々が多いが、あらためて肌で感じた超越存在《デウスデア》の理不尽さに、アリィは胸焼けを起こしそうだった。

「さて、軍資金……いえ、デートの準備金も手に入ったし、買物といきましょう」

「……デートではないっ」

もう既に疲れてしまったアリィがかろうじて言い返せたのは、それくらい。

フレイヤに半ば引っ張られるように、賑わう通りを進んだ。

『リオードの町』の南の市場《バザール》は砂海の船《デザート・シップ》用の港があることから、様々な品が揃う『交易所』としての趣《おもむき》が強かった。対してこの北の市場《バザール》に並ぶ品物は、旅人や現地人に向けての物が多い。携行食や旅装を始め、日用品などが見受けられた。

食料では扁桃《アーモンド》の実が人気を博しているらしい。毛深い獣人は酷暑に耐えられなかったのか、建物の物陰に座り込みながら氷菓を口にしている。そういえば砂漠にも氷室《ひむろ》は作成できたわね、とフレイヤが露店に目を向けると、氷菓売りは魔石製品の冷凍庫からあっさり品物を取り出して売っていた。これには女神も苦笑する。

「いいか、余計な買物はしないでほしい。まずは食料と水を買って――」

「アリィ、あそこの焼肉料理《ケバブ》を買いましょう。どんな味なのか、興味があるわ」

「――貴方は自由過ぎる!!」

ここでも疲れ果てる羽目になったのはアリィだった。

自由奔放な女神に振り回されては、怒鳴《どな》り散らす。フードを目深《まぶか》に被っているとはいえ、もはや自分の素性を隠すことも忘れた声量だった。フレイヤはそんな彼女の胸中を知ってか知らずか笑い顛りだ。砂漠《ここ》でしか味わえない出来事《もの》を堪能せんと、自由に動き回る。

絶対にここを動くなと言い含め、アリィが水と食料を購入して戻って来ると、やはり女神は言うことを聞かず、別の店で一見無駄なものを買い込んでいた。

様々な、そして高価な魔石製品である。

「おい！　何を買っているんだ！」

「旅の支度は貴方が済ませるでしょう？　なら私は旅を楽しめるように『嗜好品《しこうひん》』を揃えておくことにするわ」

アリィは怒りを飛び越え、ふらりと卒倒しそうになった。

「馬鹿な！　砂漠の旅は過酷だ！　この地で育ったわけでもなく、砂漠を歩き慣れていない余《よ》所者《そもの》となれば尚更！」

「アリィ？　貴方は頭が固いと、そう言われるでしょう？　未来を常に懸念するのは悪いことではないけれど、子供達《あなた》の人生から豊かさを奪うわ。『楽観視』は愚者《ぐしゃ》の極み、けれど『楽しみ』を持つことは賢人の嗜《たしな》みよ。人としても、王としてもね」

小馬鹿《こばか》にしたように――本人はそんなつもり更々《さらさら》ないが――含蓄めいたことを言う女神に、アリィは反感を持つ。

それは過去、王宮でアリィが散々《さんざん》叩かれていた陰口でもあったからだ。

曰《いわ》く、王子は生真面目《きまじめ》過ぎると。

図星を指された気分となったアリィは顔を赤らめ、今日一番の反抗的な態度をとった。

「わ、私は使命のために進まねばならないんだ！　そこに楽しむ余地などない！　ならば私の同伴者である貴方もそれに従うべきだろう⁉」

もはや子供のように、言うことを聞けと迫るが、

「嫌よ。私はこの旅をただの、つまらない旅にするつもりなんてないもの。どうせ行くなら愉快なものにするわ」

フレイヤはどこ吹く風だった。

奔放の神の権化《ごんげ》、あるいは温床のごとき発言に、アリィは頭をかきむしりたくなる。

そんな少女の様子に、女神はやはりクスクスと笑った。上機嫌に。

見る者が見れば、今のフレイヤの姿に驚いたことだろう。

自分への口答えを許し、むしろ楽しそうに受け入れているのだから。

「今日はよく笑われる……」

「今日も、だろう。砂漠《ここ》に来て、あの少女を見つけてから、ずっと楽しまれている」

周囲に散らばり、陰から見守る美神の眷族達の中で、小人族《パルゥム》の長男と白妖精《ホワイト・エルフ》が言葉を落とす。女神達の様子に無愛想な表情を浮かべる者、不機嫌を隠さない者と様々だったが、猪人《ボアズ》の武人だけは僅かに瞳を細め、気ままな女神の笑顔を、眩《まぶ》しそうに見つめた。

「〜〜〜っ！　もういいっ！　次は護衛だ！　傭兵系の【ファミリア】を雇って……！」

「必要ないわ。それより駱駝を借りにいきましょう。荷物を運んでもらわないといけないし。できるだけ乗って移動したいけれど、お尻、痛くならないかしら？」

「って、おい！　だから勝手に動くな！」

眷族達が見守る先で、女神が少女を振り回し続ける。

アリィを何度も叫ばせながら、フレイヤは機嫌よく旅の支度を進めるのだった。


『リオードの町』の玄関口と呼べるものは四つある。南に設けられた砂海の船《デザート・シップ》の港と、徒歩や駱駝で訪れる旅人や隊商《キャラバン》が頻繁《ひんぱん》に出入りする北と東西の門だ。

フレイヤ達は北の門から出発した。

「砦《とりで》は一日二日で行ける距離ではない。幾つか中継点を見繕ってあるから、そこで夜を過ごして出発の繰り返しだ。今日は北のオアシスへ向かう」

「好きにして頂戴。私は付いていくだけだから」

荷物を結んだ駱駝に跨《また》がり、たった二騎、視界一面に広がる砂の海を渡っていく。

砂海の船《デザート・シップ》が登場するまでは、それこそ駱駝は『砂漠の舟』と呼ばれていたほどだ。

前脚がぐいぐいと歩を刻み、砂丘を面白いように越えていく。

一方で乗り心地は馬が上等と思えるほどで、アリィは既に慣れたものだが、フレイヤは品よく眉をひそめていた。

その顔が見られて、アリィの溜飲《りゅういん》も少しは下がるというものだったが。

「昼夜《ちゅうや》問わず移動し続けるの？　夜の方が涼しそうだけれど」

「我々がそう考えるように、砂漠の生物、ひいてはモンスターも夜行性の種が多い。襲撃の可能性を考慮するなら移動すべきは日中だ。……何より、時間が惜しい。一刻も早く我が軍に合流しなければ」

既にだるそうにしているフレイヤにつっけんどんな態度を取りながら、アリィは説明した。

とはいえ、出る時は出る。

モンスターはいつだって人の都合など顧みない。

護身用の剣は市場《バザール》で購入し、最低限の自衛の術も心得ているが、専門の傭兵と比べればアリィの戦闘能力などたかが知れている。モンスターに囲まれてしまえば一溜《ひとたま》りもないだろう。

自由気ままな美の女神が本当に護衛を探さないまま出発し、一体どうするのだと気を揉んでいたアリィだったが――結局、杞憂《きゆう》に終わった。

『――――ツッ⁉』

砂漠の大蜥蜴《おおとかげ》『デザート・リザード』が、断末魔の悲鳴さえ許されず瞬殺される。

尾を含めれば全長二Ｍ《メドル》を超す四足歩行のモンスターは、雷のように走った槍《やり》の穂先によって屠《ほふ》られていた。それが五頭分。アリィは、その一瞬の出来事を目で追うこともできなかった。

獲物の匂いを嗅ぎつけ現れたモンスターの群れを刹那《せつな》のうちに片付けたのは、銀槍《ぎんそう》を持つ猫人《キャットピープル》である。

「……護衛が要らないとは、こういうことか」

「ええ。私の眷族《こ》がいるもの。最初は一人旅のつもりだったけど、付いてきちゃったのなら働いてもらうわ」

女神の神意を、アリィはここに至って理解した。

【フレイヤ・ファミリア】は、このカイオス砂漠にも名声が聞こえてくる程度には最強の派閥だ。彼等がいるのなら、確かに傭兵など雇おうとしたアリィは愚かだった。

「しかし、護衛なら側にいればいいだろうに……。一体、どこへ潜んでいたんだ……」

どこからともなく現れ、自分達を――正確にはフレイヤを――守ったアレンに一瞥《いちべつ》を投げかける。簡素な外套を頭から被っただけの猫人《キャットピープル》は、くだらなそうに槍を振り鳴らした。

アリィに関しては、まるで最初からいないように無視である。

「愛想が欠片もない奴だな……付いてきたのは彼だけで、他の者は町に残っているのか？」

「全員、いるわよ。過保護だから」

「な、なにっ？　どこだ⁉　あの猫人《キャットピープル》以外、姿なんて見えないぞ！」

「すぐ側よ。私達の視界の邪魔にならないよう、付かず離れずで守ってる」

顔を巡らせて四方を見渡しても、そこは茫漠《ぼうばく》たる砂漠が広がるだけ。付かず離れずの護衛など影も形も見当たらない。隠れているのか、あるいはアリィが知覚できないだけなのか。

どんな集団なのだと少女は顔を引きつらせる思いだった。

一方、軽い調子で話すフレイヤは既に駱駝から下りていた。

やっぱりお尻が痛い、のだそうだ。

後は酔いそうだと。

手綱《たづな》を持ち、駱駝と並んで歩む女神に溜息をつきながら、アリィも仕方なしに下りた。

あれな女神ではあるが、神を差し置いて駱駝の上から見下ろすことに抵抗があったのだ。

「アリィ、今更だけれど、どうして貴方は奴隷に堕ちていたの？」

「……敵軍《ワルサ》から逃げ延びるためだ。潰走《かいそう》の憂き目《うめ》に遭《あ》い、部隊が散り散りになる中、私は出くわした奴隷商の一味にわざと捕えられた」

「自ら奴隷に？　思いきったわね」

体力を消費するから無駄話はするなと言っているのに、フレイヤは退屈なのか話を振ってくる。諦めたアリィは先を行く女神の背中に答えてやった。

「それしか逃れる術がなかっただけだ……。王家の鎧《よろい》も装束も脱ぎ捨て、無力な小娘を演じて素性を悟られまいとした。たとえ酷い仕打ちを受けたとしても、私の立場では生き延びることが最優先だ。それ以外のことは……些事《さじ》に過ぎん」

最後の言葉は、言い切るまで躊躇《ちゅうちょ》があった。話を聞いている筈のフレイヤは、特に何も言わなかった。

うだるような日差《ひざ》しが少女と女神、駱駝の影を伸ばす。

革袋の水筒をあおり、何度も喉を潤した。

進めど進めど景色に変化はない。砂の丘と砂の山が広がるのみ。

時折転《ころ》がっているのは、干からびた生物の骨。

力つきた動物か、あるいはモンスターの白骨《ドロップアイテム》か。アリィは後者のような気がした。

砂漠は広い。

この地に住まうアリィでさえ、地平線の先で砂の海が途切れぬことはないのでは、と思ってしまうほど。

「──シッ」

道中、モンスターは何度もアリィ達を襲ってきた。

そしてその度に、アレンの銀槍《ぎんそう》が処理した。

彼のブーツが地を蹴り、砂が弾け飛ぶ間に、モンスターの血飛沫《ちしぶき》と絶叫が舞う。

アリィがモンスターの存在を知覚すると同時に全滅していた、なんてことは何度もあった。

それは僅かな砂塵《さじん》を伴《ともな》う一陣の風だ。大蜥蜴《デザート・リザード》の首がはね飛ばされ、砂蠍《サンド・スコーピオン》の全身がバラバラに解体され、宙を飛ぶ狩鷹《バルチャー・ハンター》でさえ翼を断って串刺《くしざ》しにされる。鋭くも荒々しい闘《とう》猫《びょう》の残影はまともに視認することもできない。それでも、アリィは感嘆を禁じえなかった。

下界の住人はここまで強く、そしてこうまで『規格外』になれるのかと。

同時にアレン以外の他の眷族が姿を見せない理由もアリィは察した。

それは、この猫人《キャットピープル》がフレイヤの眷族の中で最も速いからだ。

最も効率よく、危うげなく主神を守ることができる。

だからこそ他の者は直接の戦闘を彼に任せ、周囲の警戒でもしているのだろう。それが信頼関係に拠《よ》るものか、認めざるをえない事実故《ゆえ》の傍観《ぼうかん》かはアリィにはわからなかったが。

「じろじろと見るんじゃねえ、クソガキ。煩《わずら》わしい」

「クソガっ……⁉」

【フレイヤ・ファミリア】の凄《すさ》まじさ、恐ろしさの一端を垣間見《かいまみ》て、戦闘を終わらせたアレンの横顔をつい見つめていると、乱暴な文句が飛んでくる。

『貴方の方こそ私に負けず劣らず小柄《チビ》ではないか！』と憤ろうとしたアリィだったが……直前で止めた。

その言葉は禁句のような気がした。

あと容赦なく八つ裂きにされるような気がした。

「……貴方は何故、あの女神にそうまで尽くすんだ？」

代わりに口から出てきたのは、単なる疑問だった。

何も言い返せないのは癪《しゃく》に障る、というだけで発した問いであったが、

「てめえに言う必要がどこにある、間抜《まぬ》け」

「っ……！　貴方は町を出る前も、出てからもずっと不機嫌そうだっ。主神のお守《も》りなど面倒だと、今も思っているのではないのか⁉」

返ってきた暴言を前に、声を荒げる。

そんなアリィを前に、アレンはそれこそ心底面倒臭そうに、背を向けて答えた。

「俺は俺であるために、あの方に身も心も捧げている」

「！」

「本音を言えば鎖《くさり》で縛って閉じ込めておきたいが、それをしたら『あの方』は『あの方』じゃなくなる。俺が俺じゃなくなるようにな。なら……俺が面倒に苛立っている方が上手く回る、それだけのことだ」

返ってきたアレンの言葉に、アリィは少なくない衝撃を受けた。

（態度は最悪、性格も凶暴……しかし、こうまで屈強な眷族にここまで言わせるとは、あの女神は一体どれほどの器なのか……）

それは奇《く》しくも、アリィとフレイヤの『王』として差を提示しているかのようだった。

片や味方とはぐれ一度は奴隷に堕ちた自分、片や精鋭に忠誠を誓われ女王のごとく振る舞う女神。神と比べるなどおこがましい話だが、この身はやはり未熟なのだと、そのように付きつけられた気分に陥る。

アリィを——王子《アラム》を慕《した》う臣下は確かにいる。彼等はいくらでも王子《アラム》の力になってくれる。

しかし、裏を返せばアリィは何もしていない。

優秀で有能な臣下が全てを行う。自分はただ命じるだけ。いや、その命令すら彼等の指針になっているのか疑わしい。でなければ王都を奪われることも、惨めに潰走することもなかったのではないか。

『お飾りの王子』。

それが性別さえ偽り、本当の姿さえ晒すことのできないアリィの自己評価だった。

「……お前達は、何故そこまであの女神に忠誠を誓う？」

「……なに？」

そんな劣等感を刺激されてか。

気付けば、アリィの唇はそんな言葉を吐いていた。

警備に戻ろうとするアレンが立ち止まり、ゆっくりと振り返る。

「あの女神は、自分勝手だ。神らしいと言えばそれまでだが、横暴に過ぎる。娯楽だと言って笑い、己の欲を満たすことしか考えていない。王などではなく、まるで妖婦のようにっ」

「おい、口を塞げ。俺はお前の喉を引き裂く許可をもらっちゃいねえ」

主神を侮辱されているのだ、常に不機嫌だったアレンの口調にも明確な棘《とげ》が交じり始める。

しかし、それも静かな苛立ちだった。

構うに値しない鼠《ねずみ》が、毛繕いする猫の眼前で喚《わめ》き立てている。そんな光景すら目に浮かぶほど。歯牙にもかけられていないという事実が、かぁっ、と頭に血を昇らせ、今のアリィから見境を奪った。

先を歩いていたフレイヤも立ち止まり、こちらを見守ってくる中、アリィは叫んでいた。

「貴方達もどうせ女神の美に酔い、体《てい》のいい人形に成り下がっているのだろう！　あの女が『魅了』したが故に‼」

直後だった。

アリィの視界が、空を仰いでいたのは。

「──えっ？」

『正面』が『頭上』に切り替わったことを自覚するのに、一秒。

砂の上に仰向けに倒されたと察するに、二秒。

緩慢な動作で顔を上げ、眼前に『槍』が突き付けられていると気付くのに、三秒。

「────」

自分が殺されかけたと、それを理解するのに四秒かかった。

少女の足を蹴り払い、眉間《みけん》に叩き込まんと銀の穂先を繰り出したのは、アレン・フローメルその人。その凍《い》てついた双眸《そうぼう》から放たれるのは容赦ない殺意である。

そんな彼の背後、槍の柄《え》を片手で摑《つか》むのは、猪人《ボアズ》の武人。

倒れた少女《アリィ》の両隣に立ち、黒剣と長刀《ロンパイア》を交差させ穂先を止めるのは、黒妖精《ダーク・エルフ》と白妖精《ホワイト・エルフ》。

そして猫人《おとこ》の周囲で、その首もとに四振りの剣《つるぎ》を突き付けるのは、四つ子の小人族《パルゥム》。

彼等のおかげで自分は殺害されずに済んだのだと、アリィはそう悟《さと》ると同時に、どっと汗を噴出させた。

「やめろ、アレン。女神の神意に反する」

今も少女の相貌を穿《うが》とうとしているアレンを、背後に立つオッタルが低い声音《こわね》で制する。

アレンの怒りは収まらない。

不要な言葉を捨て、一筋の純粋な殺意でアリィを殺そうとしている。それは主《あるじ》を貶《おとし》められた者が放つ瞋恚《しんい》の炎であった。

凶悪な男の眼差しに呼吸を停止させる中、アリィは気が付く。

オッタル達は殺生を忌避《きひ》してアレンを止めたのではない。

むしろ彼等もアリィに怒りを抱きつつ、それでも女神のために制止したのだと。

「アレン、槍を下げて頂戴」

見守っていたフレイヤが、おもむろに口を開く。

得物を止められても、首もとに刃を突き付けられても、少女を貫き殺さんとしていた猫人《キャットピープル》は、その女神の一声を聞いて、ようやく槍を下ろした。

しかしそれも、胸中で怒りと忠誠がせめぎ合うのが見て取れる、遅々《ちち》とした動作だったが。

「私のために怒ってくれるのは嬉しいけれど、乱暴な真似はだめ。アリィが怯えているわ」

「……貴方はそれでいいのですか」

「大丈夫よ。慣れているもの」

アレンの感情を押し殺した声に、本当に、何てことのないように、フレイヤは微笑んだ。歩み寄り、手を伸ばす。

倒れたままのアリィは衝撃が抜けきらず、無意識のうちに手を取り、立ち上がっていた。

武器を下げたオッタル達が音もなく場を離れ、警備に戻っていく中、美の女神は、

「行きましょう」

とそれだけを告げ、何事もなかったかのように、旅を再開させた。

痛がっていた臀部《でんぶ》は回復したのか、するりと駱駝に腰かける。

もう一頭の駱駝とともに取り残されたアリィが、呆然と立ちつくしていると──唯一居残っていたアレンが、口を開いた。

「俺達を、いいや、あの方を侮辱すれば──次は必ず殺す」

びくっ、と体を揺らすアリィを射竦めるアレンは、その眉間に皺《しわ》を刻む。

そして吐き捨てるように言った。

「あの方が本気で『魅了』すれば、全て『茶番』に成り下がる」

えっ？　と。

アリィは、アレンの顔を見返していた。

「あの町で行ったことも、てめえ自身のことも、全てだ。自覚しろ、その腐った頭がどれだけ能天気なのか」

「それは、どういう……」

アレンが答えることはなかった。

それだけで殺せそうな鋭い目付きで一瞥《いちべつ》を浴びせた後、彼は今度こそ蜃気楼《しんきろう》のようにその場から消えた。周囲を見渡すも、女神の眷族達の姿はどこにも見えない。

アリィはぎこちない動きで前を向く。

そこには駱駝に乗ったフレイヤがいた。銀の瞳が、ちらりとこちらを見やってくる。

しばらく動けなかったアリィは、陽炎《かげろう》を纏う女神の背中を見つめ、やがて引き寄せられるように追いかけるのだった。


国境沿い、『シャルザード』の隠し砦へ向かってひたすら北上する。

【フレイヤ・ファミリア】の護衛もあって、駱駝に跨るアリィ達はただ進むだけでよく、初日にして相当な距離を稼いだ。

しかし、あれからアレンがアリィ達の前に現れることはなかった。代わりにモンスターの駆除を買って出たのは黒妖精《ダーク・エルフ》のヘグニ。黒の長剣を振りかざす彼は、剣の一振りでモンスターを何匹も両断するというアレンに負けず劣らずの苛烈《かれつ》振りだった。

一方で、アレンが姿を見せなくなったことにアリィは胸の内を渦巻く感情を説明できず、口を噤《つぐ》むことしかできなくなった。

天高く輝いていた日は傾き、西の空を美しく燃やして、やがて夜を迎える。

宵《よい》の空に現れるのは、弧を描く黄金《こがね》の三日月だ。

「あら、思ったよりずっと素敵なオアシスね」

予定より早い時間に辿《たど》り着いたのは、中継点の一つである小オアシス。

小高い砂丘、そして棗椰子の木を始めとした緑に囲まれている。人影はなく、フレイヤ達のように立ち寄った旅人はいないようだった。『リオードの町』のものとは比べるまでもないが、フレイヤは「可愛《かわい》い」と場違いなことを口にする。

「食事にしましょう。私、お腹が空いてしまったわ」

「……ああ」

さしものフレイヤも砂漠の旅に疲れたのか、駱駝を木に繋ぐとすぐにそんなことを言ってきた。

主神の言いつけなのか、アリィは辺りを窺うが、オッタル達が出てくる気配はない。

「調理して頂戴。私、料理は上手《うま》くないの」

『二人の旅』の域《いき》を乱す真似はしないようだ。

「ああ……」

「干し肉ばかりは嫌。果物《くだもの》が食べたいわ」

「ああ……」

「実は私、パンより重いものを持ったことがないの。だから食べさせて」

「ああ……」

「………」

生返事に、上の空。

食事の準備を進める少女と会話が成立しない。

フレイヤがわざと我儘《わがまま》を口にしても、怒ったり叫んだりといった反応が返ってこない。張り合いのなさに、フレイヤはつまらないとばかりに溜息をついた。

そうして、食事を終えた後――

「アリィ。私、泳ぐわ」

「ああ………はっ？」

そう切り出したフレイヤに、生返事しかしていなかったアリィも、動きを止めた。

耳を疑う少女に、フレイヤは唇の端を持ち上げる。

「泳ぐの。このオアシスで」

「なっ、何をいきなり!?」

「だって、あれから貴方、碌《ろく》に口を利かないじゃない。アレンも悪いけれど、このままじゃあ私が退屈で死んでしまうわ。だから、話し相手になってくれない貴方の代わりに、泳ぐの」

はッ、と猫人《キャットピープル》が鼻を鳴らすような声がどこからか聞こえてきた気がしたが、アリィは反応する余裕もなく、何やら荷物を漁《あさ》り出している女神に食ってかかる。

「オ、オアシスは旅人の共同の財産だ！　垢《あか》を落として汚していいわけがっ――!!」

「完全な存在《デウスデア》からは老廃物《きたないもの》なんて出ないけれど？　まぁ、そんなに気になるなら買っておいた魔石製品を使いましょう。この浄化柱《どうぐ》は水の濾過《ろか》用だけど、使う前よりは綺麗になるわ」

「さ、砂漠の夜は冷える！　今だって十分寒いだろう⁉　水浴びなんてすれば凍えるぞ《ここ》！」

「それも、魔石製品ね。町を出る前、ちゃんと市場《バザール》で買っておいたわ」

アリィの弾幕のごとき指摘を、全て『魔石製品』の一言で無効化する美の女神。

オラリオ万歳とばかりに、天下の迷宮都市に身を置く女神は迷宮都市産の魔石製品を次々に袋から取り出す。

――やたらと荷物が重いと思っていたら、こんなものを買っていたのか！

アリィは状況を忘れ、噴火しそうになった。

一見《いっけん》大きめな行灯《カンテラ》に見えるその魔石製品は、一種の暖房器《ストーブ》だ。灯りを放つ魔石灯としての機能と熱を発する暖房機能を併せ持つ。フレイヤが購入したものは小型でありながら高性能の反面、道具としての寿命は短い。ちなみに途轍《とてつ》もなく高価だ。

この美神は、そんな高価な代物を買い込んでやがったのである。

砂漠の旅に必要なものは水、次に食料が鉄則だというのに！

「水辺に沿って置けば……ほら、暖かくなった♪」

オアシスの岸に沿って複数の魔石灯を設置し、作動させる。

ややあって、薄着では到底耐えられなかった気温が随分と上昇する。これならば確かに水浴びもできるだろう。おまけにフレイヤは何か装置をいじったのか、魔石製品は青、紫、黄色と不規則《ランダム》に点滅し始める。

「一度でいいから、砂漠のオアシスを独《ひと》り占《じ》めしたいと思っていたの。……夜の遊場《ナイトプール》に変えてみたいって」

この女神《おんな》、最初からするつもりだったのだ！

夜の静謐《せいひつ》なオアシスは幾つもの魔石灯の輝きによって、いかにも人工臭い、きらびやかな泉へと変貌していた。なるほど、視界に広がる光景は確かにアリィにとって『未知』で、神の言う『夜の遊場《ナイトプール》』に相応しいのだろう。

砂漠で夜の遊場《ナイトプール》……こんなことをするのはきっと、この女神しかいない。

アリィは何度めとも知れない卒倒の感覚を覚えながら、確信するのだった。

「――って、本当に脱ぐなぁ⁉」

「女同士なのだから、隠す理由もないでしょう？」

遠慮なく服に手をかける女神に、アリィは赤面して叫んだ。

「ここには私と貴方しかいないのだし」

「だっ、誰に覗かれたりしたら……！」

「大丈夫よ。今、ここは世界で一番安全なオアシスだから」

豪語するフレイヤにアリィは面食らったが、すぐに納得してしまった。

オアシスの周辺を守るのは【フレイヤ・ファミリア】だ。

盗賊やモンスターはおろか、女神の水浴びを覗こうとする眼球一つも許さないだろう。

ただの小オアシスは、半径一〇〇M《メドル》以内の侵入も許さない不落の城塞と化しているのである。

「……っ！」

服を繋ぐ輪を外し、黒の薄絹《スカート》を腰から落とし、白の短衣を脱ぐ。

それだけで艶《なま》めかしい女神の脱衣に、アリィは咄嗟《とっさ》に目を背けた。

まろび出る豊かな乳房に、そこにかかる一房の銀の髪。覆うものが何もなくなった臀部は直接触れずともその柔らかさを伝えてくるようで、きめ細かな肌は言うに及ばず瑞々《みずみず》しい。

この世のものとは思えない美し過ぎる裸体。

同性にもかかわらずアリィは見惚れかけ、生唾を呑み込みそうになった。

これではまるで、本当に世間知らずの『王子』になったようだ！

「あはっ、冷たいけれど——気持ちいい！」

そんな中、フレイヤは遠慮なくオアシスの中に飛び込んだ。

魔石灯の光にライトアップされた水飛沫《しぶき》が、貴石のようにきらめく。七色に輝く水と戯れる女神は宝石世界の住人のようで、やはりこの世のものとは思えない美しさを誇っていた。

「……まったく、こっちの気も知らないで」

ばしゃばしゃと音を立てて水と踊る女神の姿に、アリィは長嘆して、岸に腰を下ろした。胡坐《あぐら》をかき、頬杖《ほおづえ》をつきながらフレイヤとオアシスを眺める。本人に自覚はないが、そこはあまねく世界の男神《おとこ》と人々が羨《うらや》む特等席だ。

フレイヤは美しい。ひたすら美しい。

泳ぎ回る姿も、水をすくう姿も、その唇から漏れる笑い声も。

このオアシスはもう、女神の小さな楽園と化している。眺めて耳にするだけで、多くの者は幸福に満たされるだろう。高木を揺らす砂漠の夜の風も、まるで感極まっているかのようだった。蒼然《そうぜん》とした空に浮かぶ月もまた、女神を祝福するかのように光を落とす。

「……あんな風にも、笑うのか」

奴隷市場の時は、まさしく暴虐な女王のごとく超然とした立ち振る舞いだった。

旅の途中は、アリィを散々振り回して娯楽を楽しむ、まさしく神の物腰だった。

そして今は、無邪気の少女のそれだ。

異国のオアシスを、今という時間を、純粋に楽しんでいる。

それはきっと、迷宮都市の中で彼女が見せることはない笑顔。

ここでしか見せない女神の表情。

もしかしたら、アリィしか目にしたことのない美神の相好《そうごう》。

知らないフレイヤの顔が増える。その度にアリィはうろたえる。

彼女はまさしく神だ。そう思った。

女王と少女。正と負の二面性。

気紛れな風のように、女神フレイヤは掴みどころがない。

「ねぇ、アリィ？　貴方は何を悩んでいるの？」

「……！　な、なんのことだ？」

視界に広がる光景に意識を奪われていたアリィは、投げかけられた声にはっとし、平静を装った。

「私には『魂』の輝きが見える。そして今の貴方の『魂』は、うっすらと曇っているわ」

「っ……」

「アレンと一悶着《ひともんちゃく》を起こす前から。私が出会った時から既に、貴方は何かに迷ってる」

フレイヤはこちらを見ることもなく、水との戯れを続けながら告げてくる。

心中を見透かされているアリィは、身じろぎをした。自分以上に、己の心を女神が理解しているような気さえした。

唇を結び、何も答えようとしないアリィに、フレイヤは一瞥を投げる。

「アリィ、私が迷宮都市《オラリオ》から出てきた理由、わかる？」

「えっ？」

不意に、フレイヤは話を変えた。

アリィが顔を上げると、女神は背中から倒れ、水面《みなも》にその身を浮かばせる。

「私がこの砂漠に来たのは伴侶《はんりょ》……運命の相手を探すため」

「――ただの色ボケじゃないか!!」

非常にくっっっだらなかった理由に、アリィは真面目《シリアス》を忘れ大声で叫んでしまった。

神妙になっていた私の気持ちを返せっ、と怒鳴ってもフレイヤはどこ吹く風で、ゆったりと背泳ぎを始める。

「目に適《かな》う子が、『魂』がないか探していた。そして私は貴方を見つけたわ。高貴で美しい、紫水晶《アメジスト》のような輝きを」

女神の胸がまるで白桃《はくとう》のように浮かび、その存在感を主張する。

あの女神は全身が凶器だ。男にとっても女にとっても。

もはや女の人生を歩むつもりはないアリィだが、それでも自分にはないものを見せつけられ、半眼で睨んでしまった。

「アリィ、美しい『魂』を持つ貴方は私の伴侶《オーズ》になるかもしれない」

「私はお前と同じ女だぞっ！」

「関係ないわ。愛の前ではね」

「勝手なことを言うなっ。まったく……」

「だからこそ私は、輝きを曇らせる淀《よど》みを取り払いたい」

「！」

「その淀みを乗り越えて、より輝きを増してもらいたい」

水面に浮かび、砂漠の夜空を見上げながら告げられた言葉に、アリィは目を見張った。

月の光を反射する水の揺り籠《かご》に包まれた女神の姿は、そんな風にも言っているようだった。

喋《しゃべ》りたかったらどうぞ？

聞いてあげるし、神託《こえ》も授けてあげる。

しばらく黙りこくっていたアリィは、静かに口を開く。

「……王子としての自分に、疑念を抱いている」

ぽつぽつと、少女は語り出した。

「果たして自分は国の将来を担うに足るのか。本当に正しき王となれるのか。……使命を全うして、世継ぎを残すことができるのか」

「ありきたりね。王族を名乗る者なら、きっと誰でも一度は抱く悩み」

「わかっている。だけど、思ってしまうんだ。敵国《ワルサ》に攻め寄せられたあの日、私が王として相応しい人物であれば、王都は陥落せず、今も無辜《むこ》の民が苦しむことはなかったのではないかと」

「……」

「敵国《ワルサ》は強い。どうあがいても、あの侵攻は止められなかった。理解している。ああ、しているんだ。でも、それでも………」

それは王子《アラム》ではなく、少女《アリィ》としての言葉だった。

ずっと抱いていた懊悩《おうのう》と、焦燥の正体だった。

フレイヤとの旅があまりにも危険とはほど遠く、平和だから、忘れてしまいそうになるが、今も祖国では多くの血が流れている。

勇敢な将兵は抗戦を続け、民は蹂躙《じゅうりん》されている。父王《ちち》が死んだ今、自分はそれを覆《くつがえ》すこともできない。あまつさえ味方の部隊を逃がすため、囮《おとり》になるためと言い聞かせ、奴隷に堕ちて逃げ出すのが精一杯だった。

「国を荒らされ、窮地以外のなんでもない状況に落とされた今……自分は逸《はや》るばかりで何もできないと、殊更《ことさら》、強く思ってしまった」

胸のわだかまりを吐き出したアリィは、うつむいた。

弱音を吐いた自分がどうしようもなく矮小《わいしょう》で、惨めなものの気がしてならなかった。

静まり返るオアシスがせせら笑っている。

きっと聞いているであろう女神の眷族達が唾棄《だき》している。

そんな幻覚に襲われた。

無能を認めるアリィは、短い生涯の中で、最も己を恥じた。

「王は孤高だと、誰もが言うわね」

その時。

女神が呟《つぶや》いた。

「王は孤独だと、誰もが憐《あわ》れむ」

「……？」

「当然よ。王とは、己の責務を誰にも渡さない者を言うのだから」

責任を、決断を分かち合おうとした者から王として腐っていく。

そのように告げる。

アリィが目を向けると、水面に浮かぶフレイヤは空に向かって手を伸ばしていた。

慈しむように、たった独りで輝く月の輪郭を撫《な》でる。

「だから、今を悩んで、苦しんでいる王子《あなた》は健全」

何もおかしなことはない。それこそ数多の王がぶつかってきた壁だと。

まるで己を恥じるアリィを慰めるように、声を響かせる。

「だから、当たり前のことを言うわ、アリィ」

フレイヤはそこで、立ち上がった。

水底に足をつき、腿から上を晒しながら、こちらに背を向けて。

それに合わせるように、魔石灯の光が途絶える。

魔力がつきたのだろう。

きらびやかな色が途絶えた瞬間、オアシスが蒼《あお》い薄闇に包まれる。

女神を照らすものが、月明かりだけとなる。

その後ろ姿に――アリィは時を止めた。

「自分らしく振る舞いなさい。他者の目に屈するのはよしなさい。積み重なる責務を己の弱さと履き違えるのはやめなさい。無力を呪う前に、目の前の現実に立ち向かいなさい」

紡がれる女神の美声。

震える砂漠の静謐。

冷たい月の光と波紋を生じさせる水面《みなも》。

オアシスが幽玄の世界へと成り変わる。

その幻想的な光景に、瞳も意識も、魂までも奪われた。

「己を賭《と》して、気高くありなさい。――英雄のように」

女神が、こちらを振り向く。

滴が肌を伝い、背中を隠す銀の髪が揺れた。

見開かれたアリィの目が、女神の視線と絡み合う。

「たとえ失敗し、国を滅ぼして、多くの恨みを買ったとしても……神々《わたしたち》だけは子供達《あなた》を称《たた》えてあげるわ」

気付けば、アリィはその場にたたずんでいた。

その声に、その瞳に、その微笑に引き寄せられるように、立ち上がっていた。

「誰にも理解されない苦しみから逃《のが》れず、決断した王達《あなた》を、謳《うた》ってあげる」

王子アラム・ラザ・シャルザードは。

アリィという少女は。

この光景を忘れないだろう。

月明かりの下で触れた、きっと世界で最も美しい、その女神の神意《しんい》を。

「貴方は自分の意志に殉じるため、私の『美』に抗った。私は貴方のそんな『魂』の輝きに見惚れたの。だから、誇りなさい」

「……」

「貴方は本当に、『王』の素質があるのかもしれないのだから」

もしかしたらフレイヤは。

この旅の間、ずっとアリィに教えようとしていたのかもしれない。たとえそこに『魂』を輝かせるという打算があったとしても、導こうとしていたのかもしれない。

思い当たる節はある。

常に彼女はアリィのことをからかいながら、含みのある言葉を送っていた。

神の視点で、母のような眼差しをもって。

一糸纏わぬ女神の偽りのなき言葉に、アリィはぎゅっと胸が締め付けられた。

「アリィ？　私に抱き締めさせて頂戴ね。今より輝いた貴方を」

「……私は、王子だ。貴方の寵愛になど応えない」

アリィは呻《うめ》くように、それだけを言い返した。

「素敵な返事。そうでなくちゃ」

女神の声音は穏やかだった。その表情も。

二人の間を風が駆け抜ける。

肌寒く、細かな砂の粒を孕《はら》んだ夜の風。

アリィにとっては慣れ親しんだ、フレイヤにとっては新鮮な、砂漠の風だ。

水面を震わせるその風に突き動かされるように、アリィは両の眉を吊り上げた。

そして、地を蹴《け》った。

「！」

フレイヤが瞠目《どうもく》する中、服を着たままオアシスに飛び込む。

しがらみを洗い流すように、心に巣食う雑念を拭うように、水底を必死に泳ぐ。

靴や上着が脱げ、纏うものが一つ、また一つとアリィの体から離れていく。

ややあって。

思いきり沈んで、思いきり水底を蹴って、思いきり水面を突き破った。

ぷはっ！　と顔を左右に振ると、アリィの正面には、随分と距離が近くなった女神がいた。

「そのっ……すまないっ！」

髪をかき上げ、濡れそぼった肌着を褐色の肌に張り付けながら、珍しく驚きをあらわにしているフレイヤへ叫ぶ。

「子供のような癇癪《かんしゃく》を起こしてしまって！　貴方の眷族に非難された通り、私は、貴方を侮《ぶ》辱《じょく》してしまったようだ！」

心を照らしてくれた女神に感謝することは、まだ色々な感情が邪魔をして、難しいけれど。

それでも、謝ることはできる。

ずっと引きずっていた思いを、アリィは素直に吐露した。

「……ふふっ、あはははは！　なぁに、そんなことを気にしていたの？」

「わ、私にとっては、けじめをつけなくてはならないことだったんだ！」

「気にしなくていいのに。言ったでしょう、慣れているって」

オアシスの中央で、女神の笑い声が響く。

ついつい唇を尖《とが》らせていたアリィは、ふっと頬を緩めた。

「曇っていた貴方の『魂』、少し綺麗になったわ。その調子で、より輝いてね」

また勝手なことを言って、フレイヤは背を向けて岸へと歩んだ。

アリィはその後ろ姿を眺めながら、胸に片手を当てる。

曇っていた『魂』が少しは綺麗になった。つまり、まだ淀《よど》みはある。

アリィの『魂』は、憂いはまだ晴れていない。

苦難は続くだろう。きっと自分を許せない時が何度も訪れるだろう。

けれど今日、女神が告げてくれたように――己を賭《と》して、気高《けだか》く、それこそ英雄のように。

アリィは孤高に輝く三日月を見上げ、そう心に願った。


「アラム王子の捜索はどうなっている⁉」

陥落したシャルザード王都、『ソルシャナ』に築かれた幕営《ばくえい》で、巨漢の声が轟《とどろ》く。

男の名はゴーザと言った。

シャルザード王国に侵攻したワルサ軍の総指揮を務める大将である。

二M《メドル》近い体格はまさに容貌魁偉《かいい》。

浅黒く焼けた肌と相まって、歴戦の砂漠の戦士と言わんばかりの風貌だった。

「そ、それが、依然消息《しょうそく》は摑めず……シャルザード南方で衝突し、潰走した敵軍に身を置いていたのは確かなのですが……」

「馬鹿者、捜索を急がせろ！　シャルザードは王家を尊ぶ国！　王家の血を全て押さえぬ限り、この戦争、終わらんぞ！」

ゴーザの大喝に兵が怯える。

シャルザードは王都を落とされ、王を失ってなお、各地で抗戦を続けている。それはひとえに次期の王であるアラムが一筋の希望のごとく将兵達を照らしているからだ。

敵軍は王子を擁立する限り、このまま抗戦を続けるだろう。

電撃作戦を予定していたワルサにとって戦争が長引くことは吉報とは言えない。国が疲弊するのは当然のこととして、多くの兵を今回の侵略に送り出したため自国そのものが近隣の国に狙われかねない。国が乱立するこの西カイオス中域で統一大国が生まれないのも、多くの国々が他《た》の台頭を許さず、睨《にら》み合って牽制《けんせい》しているためだ。

「シャルザード北方のセランでは、精強な第一師団が我が兵を押し返そうとしている。このまま状況が動かなければ綻《ほころ》びが生じるやも……！」

砂漠の中でも特に劣悪な環境にあるワルサという国は、略奪と暴力だけで生きてきた。

そんな彼等にとって巨大なオアシス地帯を持つシャルザードは、いつ何時も付け狙う場所であり、奪わねばならない領域である。半端に切り崩し、僅かな国土を増やすだけでは足りない。

そのためにもシャルザードに敗北を呑ませるしかないのだ。

でなければ、あのような『疫病』とも取れぬ蛮族を迎え入れた意味が――

「ツェェェェーーーーイ！　僕様、登場！　戦況はどうだい、ゴーザ将軍☆」

　ゴーザが唸っていた時だった。

　一柱《ひとり》の神物《じんぶつ》が幕営に現れたのは。

「なっ……神ラシャプ⁉　何故ここに！」

「なーに言ってんの、僕は軍部《ファミリア》の主神だろう？　顔くらい出すさ！」

　男の眷族《エルフ》を伴うのは、黒の長髪を結わえた男神《おとこ》だった。

　巨漢のゴーザと比べなくとも背が低く、小柄な神だ。矢を模しているのか先の尖った帽子《ぼうし》を被っており、神々にありがちな軽薄な態度が透けて見える。

　常人ならばまず、眷族に加わることを避けるだろう。

「貴方達には北方で抗戦する敵軍を抑え込むよう伝えた筈！　どうして主神自らここへ来た⁉」

　いつまでも侵略できないシャルザード王国に、ワルサ王家は煮える腹を堪《こら》えきれず、もといた軍部を司る派閥《ファミリア》とは別の【ファミリア】を外より招いた。

　それが【ラシャプ・ファミリア】だった。

　砂漠の生まれですらない外来の神と眷族が、今回のシャルザード攻めを課されたのである。

　戦果は見ての通り。彼等はゴーザ達が何年経っても落とせなかった敵国の防衛線を突破し、王都の陥落までやってのけたのだ。

　今頃ワルサの王宮では連日喜びの宴《うたげ》が開かれているだろう。しかし──

（放火、略奪、陵辱《りょうじょく》！　ラシャプ直属の眷族が通った道は二度と緑が生まれえぬほどに蹂《じゅう》躪《りん》される！　我がワルサも奪うことしか能がないとはいえ、あれではまるで獣《けもの》の所業！　憎きシャルザードを憐《あわ》れむ日が、まさか来るとは……！）

残虐《ざんぎゃく》非道《ひどう》。

【ラシャプ・ファミリア】を表すならばこの四文字でこと足りる。

大将に選ばれたゴーザは言わば既存の軍と【ラシャプ・ファミリア】の緩衝材《かんしょうざい》で、ラシャプ達が暴れぬよう監視する貧乏《びんぼう》くじであった。

「私は王都守護のために残った主神《あるじ》の代理人でもある！　どうか納得いく答えを――」

「そんなの、敵を全部ブチ殺したからに決まってるじゃん☆」

ケラケラ笑うラシャプの返答に、ゴーザも、その場に居合わせた兵達も動きを止めた。

「ゴーザ君達が手強いって言ってたセラン、だっけ？　あそこの兵も丸ごと皆殺しにしてきたよぉ～ん。報酬ちょうだいよ、ハハハ」

絶句する。

神の言葉を肯定するように、慌ただしく幕営に入ってきた兵がセラン全滅の一報をもたらしてきた。ゴーザはふらつきかける己の巨体をとどめるのに、精一杯だった。

【ラシャプ・ファミリア】の幹部は全て【ランクアップ】している精鋭。

この砂漠世界でも数少ない強者の集団。

ゴーザも知っていた、知ってはいた。

しかし、これは、あまりにも――

「やることなくなったからさぁ、僕達もそのアラム王子の捜索に加わっていい？　匿ってる連中を『拷問』するのもお手のもんだよ☆」

「……！　待たれよ！　神ラシャプ達には残存勢力の相手を――」

「虫の息の残り滓《かす》くらい、君達で何とかしろよ。それもできないなら本当に主神と一緒に無能の誹《そし》りを受けちゃうぞ☆」

ニッコリと笑う少年然とした男神に、ゴーザの頬の筋肉が痙攣《けいれん》する。

「南方戦線で行方が摑めなくなったんだろう？　なら商業国《イスラファン》にでも逃げ延びたんだろうよ。大方、奴隷にでも扮《ふん》して紛《まぎ》れ込んだんじゃないの？」

品格はどうであれ、ラシャプは正しく神だった。

僅かな情報のみで、盤面を読み切るほどに。

「商業国《イスラファン》にも『火』をつけちゃおうぜ。優しい王子様なら、泣き叫んで自分から名乗り出てくるさ☆」

「やめろっ、神ラシャプ！　シャルザード以外の第三国に恨《うら》みを買うような真似は――!!」

「おいおい、早く戦争を終わらせなきゃ君達が王サマに怒られるんだろう？　任せとけって、僕の子供達がぜぇ～～んぶ――邪魔者をブチ殺してやるから」

薄ら寒いほどの笑みを浮かべ、ラシャプとその供は幕営から出ていった。

「悪疫の獣《けもの》め‼」

神が去っていった幕営で、兵士が怯えるほどの怒声で吐き散らす。

今やワルサの兵士達はラシャプの団員の強さに心酔し、魅入《みい》られ、あの神に改宗《コンバージョン》の約束をする者が急増する始末だ。もともと乱暴だった軍は更に規律のないものとなり、もはや軍と呼べる集団ではなくなっている。

今回の商業国《イスラファン》攻めにしても、ゴーザがするなと厳命したところで、神の煽動によって進む者が続出するだろう。もはやゴーザはお飾りの将軍になりつつある。

悪戯《いたずら》に戦火を広げる愉快神《ゆかいはん》。

ワルサにとっても、シャルザードにとっても、ラシャプは国を滅ぼす疫病の類に違いない。

あれは必ずや砂漠世界に混沌をもたらすと、ゴーザは岩のような拳《こぶし》を震わせ、確信した。


目指していた国境の隠し砦が見えたのは、アリィ達が『リオードの町』を出発して三日目の夜だった。

砂丘の景観が消えて久しい国境付近は、岩盤が露出した岩石砂漠《ハマダ》だった。

岩がごろごろと転がり、いくつもの谷を作る岩石地帯である。

「あそこだ！　シャルザードの隠し砦がある場所は！」

駱駝に跨るアリィが指差すのは、山のごとくそびえる岩石群だった。

かつて訪れたことがあるのだろう、ただの岩の塊にしか見えない場所にも確信の笑みを浮かべ、旅の終わりを喜んでいる。

「……」

それに対して、フレイヤは眉をひそめた。

オラリオの摩天楼《バベル》施設最上階からも『魂』の輝きを見極められる彼女の視力は優れている。

その銀の瞳が、視線の先の『違和感』を感じ取ったのだ。

「アルフリッグ」

「はい、視《み》えています」

呼ぶや否《いな》や、薄闇から生まれ落ちたがごとく小人族《パルゥム》の戦士が現れる。

アリィの驚きを奪うガリバー四兄弟の長男は、被っていた砂色の兜《ヘルム》、その面頬《フェイスガード》をカシャッと上げた。あらわになる青い瞳──小人族《パルゥム》は亜人《デミ・ヒューマン》の中でも視力に秀でる──を細め、女神の違和感を肯定する。

「僅かですが魔素が残留しています。そして、風に乗って血の臭いが」

「……えっ？」

アルフリッグの言葉に、アリィは最初、何を言っているかわからない顔を浮かべた。

しかしその意味を受け止め、理解すると、彼女は青ざめ駱駝を走らせた。

フレイヤも、アルフリッグも後を追う。

そそり立つ岩盤の前で駱駝から降り、塹壕《ざんごう》にも似た緩やかな坂道を駆け上がる。

そして洞穴《ほらあな》を利用した砦に足を踏み入れた瞬間、彼女達を迎えたのは、焼き払われた肉の臭い、そして血を吐いて転がる数々の死体だった。

「そんな……そんなっ⁉」

アリィは悲鳴を上げた。

砦の内部は酷いものだった。抵抗の痕跡はあれど、シャルザードの兵士達は容赦なく虐殺されていた。剣で斬られた痕、槍で貫かれた痕、魔法で焼かれた火痕。鎧を纏った死体が無念を物語るように致命傷を晒している。

机や椅子、壁にかけられていた武器は総じてひっくり返され、踏み荒らされていた。

「ああっ、嗚呼《ああ》⁉　ダグラス！　うそだ、うそだっ！　貴方が、こんな……！」

少女が一人の将校に駆け寄り、その体に手を伸ばすも、既に潰《つい》えた命は二度と瞼を開けることはなかった。片腕を失い、胸を穿たれた亡骸を、アリィは涙を流しながら抱きしめる。

「『魔法』を乱射し、砦の兵の混乱に乗じて突入……奇襲に慣れています。手勢は件《くだん》の『ワルサ』で間違いないかと」

泣き崩れるアリィを脇目に、アルフリッグが砦の惨状を見て淡々と分析する。

「これをやった子の数は？」

「五十ほど。裏手の隠し通路でも待ち伏せし、矢の雨を降らしています」

「ほとんどが有象無象ですが、恐らくは一人、『手練《てだれ》』が」

「魔力の残滓が一部強い。昇華《ランクアップ》を果たしているかと」

フレイヤが尋ねると、砦の周辺を素早く見て回った残る小人族《パルゥム》の三兄弟が現れた。

ドヴァリン、ベーリング、グレールが順々に報告し、末弟が最後に言葉を付け足す。

「それと、砦の奥に……血の文字が」

涙を流したままアリィが顔を上げる中、フレイヤはグレールに案内をさせた。

小人に導かれた先は、恐らくは司令室だったのだろう。

壁にかけられていたシャルザードの国旗、三日月と一輪の耶悉茗《ジャスミン》の紋章が無残に引き剝《は》がされ、その代わり兵士達の血ででかでかと文字が書かれていた。

「『名乗り出よ、アラム王子。でなければ、次はイスラファンを火の海に変える』……」

おぞましい所業に口を押さえ、吐き気を堪えながら、アリィは血の文字を読み上げた。

商人が密告でもしたのか、あるいは神の慧眼《けいがん》か、ワルサは王子《アラム》が商業国《イスラファン》に身を寄せていることに気付いたらしい。

そして、

「『最初の見せしめは、リオード』……」

残る血の筆跡を、フレイヤの眼差しが辿る。

何事にも動じることのなかった女神が、ここで初めて感情を消した。

凍《い》てついた双眸を細め、踵《きびす》を返す。

「行くわよ」

「えっ……ど、どこへっ？」

「『リオードの町』に決まっているでしょう」

将兵を殺され、未だ衝撃から立ち直れないアリィに、フレイヤは間髪入れず告げる。

「し、しかし、敵兵はここからとうに発っているっ。我々は行き違いになったんだっ。追っても、間に合うわけが……！」

「関係ないわ」

絞り出されたアリィの言葉を一蹴する。

少女の手を掴み、フレイヤは砦の出口へ向かった。

「可愛そうだけど駱駝は置いていくわ。オッタルが私を、アレンがアリィを運ぶように伝えて」

「あのクソ猫はフレイヤ様以外触れるなと喚《わめ》きそうですが」

「言うことを聞かない戦車には、私も二度と乗らないと伝えて」

「「「御意」」」

都合四つの足音を響かせるガリバー兄弟に淀みなく指示を出す。

フレイヤ達は隠し砦を速やかに発つのだった。


女神を横抱きにする猪人《ボアズ》と、忌々《いまいま》しそうに右肩に少女を背負う猫人《キャットピープル》、そしてそれに付随する第一級冒険者達の『足』は、尋常ではなかった。

駱駝で三日かかった行程を、僅か数時間で走破する。

彼等は何と夜が明けないうちに『リオードの町』を視界に捉えたのだった。

荷物も同然の扱いを受けて喚き散らし、喉を嗄《か》らしてぐったりとしていたアリィも、これには驚倒を隠せなかった。

だが、それでも──遅きに失した。

「ま、町がっ……!?」

『リオードの町』は燃えていた。

砂漠の夜の下、赤々とした炎と煙が、まるで火葬《かそう》のごとく立ち上る。

耳を澄まさずとも聞こえてくるのは女子供の悲鳴。許しを乞《こ》うのは商人達の叫喚《きょうかん》か。

北門に到着したアリィは、我先にと町の中へ駆け出した。フレイヤ達もそれに続く。

火を付けられた市場《バザール》は既に荒らし回られた後だった。フレイヤ達の目を楽しませた色とりどりの品々が地面にブチまけられ、死体もそこかしこに転がっている。

生存者の影は見えない。代わりに悲鳴が町の中央から聞こえてくる。

周囲の光景に、アリィはガタガタと手足の震えが止まらなくなっていた。

自分の行動の結果が横たわっている。

自分がこの町に身を寄せたが故に、無関係の国の人々が襲われた！

絶望する少女は、しかし、その場で崩れ落ちることを許されなかった。

辺りを見回しながら、町の中央へ向かう女神の闊歩《かっぽ》によって。

「オアシスまで……」

記憶に新しい大オアシスの緑玉蒼色《エメラルドブルー》の湖面は、今や鮮血《せんけつ》の色に汚されていた。

アリィの呟きが落ちる中、フレイヤ達は橋を渡って町中央の島に辿り着く。

そこには焼かれた市場《バザール》から追いやられ、逃げ惑う町の住民が数多くいた。

それを遊びとばかりに追う、獣以下に墜《お》ちたワルサの兵士達も。

「フ、フレイヤ様ぁぁぁぁぁぁ⁉」

あまりの光景にアリィが愕然と立ちつくしていると、フレイヤ達のもとへ駆け寄る影があった。纏う衣装をあちこち焦がした商人、ボフマンである。

「お帰りになられたのですか⁉　ど、どうかっ、どうかお助けをぉ！」

「先に状況を言え」「速やかにだ」「フレイヤ様の『私財』はどうなった」

女神を背に庇って立ちはだかるガリバー四兄弟に、彼等の折檻を食らったボフマンはびくりと怯えたものの、それ以上の恐怖を保ったまま説明した。

「と、突如ワルサの兵が急襲し、防壁を突破っ、問答無用で町に火を！　略奪の限りをつくしながら、『アラム王子はいるか』と問い、答えられぬ者から葬って……！」

荒々しく肩で息をし、地面に膝をつきながら、そこまでまくし立てたボフマンは。

こちらを一瞥もしない女神の横顔を、戦々恐々としながら見上げ、言葉を絞り出した。

「フレイヤ様の『私財』をも……。屋敷にも押し入られ、元奴隷達は既に……」

自分はファズール商会の者達とともに今まで逃げ回っていた、という言葉を、フレイヤは最後まで聞かなかった。

彼女が進んだ先、『オアシスの屋敷』へと続く道の前。

そこに横たわっていたのは、二つの遺体だった。

女神の手で奴隷の軛《くびき》から解放され、彼女の眷族になりたいと願った、少年と少女だった。

「…………」

抱きしめ合い、重なり合い、血溜まりに沈んでいる。

開ききった瞳孔《どうこう》から血と涙を流す少年と少女の瞼を、フレイヤは汚れるのも厭《いと》わず、無言のまま片手で覆い、そっと閉じさせた。

他にも逃げ延びようとしたのだろう、道の奥には多くの奴隷が倒れ伏していた。

全てフレイヤが買い取った元奴隷達だった。

例外なく、殺されていた。

女神の相貌には、何の感情も浮かんでいなかった。

「やめろ……やめろぉぉぉぉぉぉぉぉぉ!!」

その光景に、涙を流すアリィの叫びが轟《とどろ》く。

悲痛を通り越した少女の叫喚に宿るのは、その身を燃やしかねない怒りだった。

「そこにいるのは何者か!」

アリィの絶叫、そして武装したオッタル達に気付いたのだろう。

『リオードの町』を焼いた襲撃者達が集結する。

画一的な兵装を纏った武装兵である。

「ワルサァ……!!」

「その紫の瞳……まさか、アラム王子か！　はははははっ、さすがラシャプ様!!　御身の眼はまさに全てを見通す天眼のごとく！」

怨嗟《えんさ》に満ちるアリィに反して喝采《かっさい》を叫ぶのは、マントを羽織った精悍な男《ヒューマン》だった。

一般兵とは異なる上等な鎧を身につけ、その手が持つのは魔導士の杖《つえ》だ。

恐らくはアルフリッグ達の報告にあった、兵を率いて隠し砦を焼いた『手練』と同一人物。

「我が名は神ラシャプの恩恵を賜《たまわ》いし戦士マルザナ！　アラム王子、投降せよ！　でなければ昇華を遂げし我が炎が全てを焼き払うだろう！　この身はLv．2――」

居丈高《いたけだか》に己の能力《ちから》を誇るマルザナに、アリィが憤怒の眼差しを、アレン達が呆れですらない乾燥した視線を送る中、ただ一柱《ひとり》歩み出る者がいた。

銀の長髪を揺らす女神である。

「フレイヤ様っ」

「……？　貴方様は……」

危険だとアレン達が呼び止め、マルザナが怪訝《けげん》な表情を浮かべる。

アリィもまた目を見張っていると、フレイヤは両陣営の中央に当たる位置で足を止めた。

女神はその美貌をもってワルサの兵の視線を一身に集めた。

見惚れる者が続出し、次には下卑た視線が彼女の肌にまとわりつく。

隊長格のマルザナもついつい唇を舌で舐めながら、問うた。

「何用ですか、お美しき女神様？」

「コレをやったのは、貴方達で間違いないわね？」

「然《しか》り。全ては我が主、ラシャプ様の神意に従ってのこと！」

居丈高な姿勢を崩さないマルザナは、芝居《しばい》かかった身振り手振りをする。

「もしや女神様……お怒りなのですか？　町を焼いた我等の所業に義憤を燃やしていると⁉」

嘲《あざけ》りさえ含まれた声に、アレン達の殺意が募り、静かに男の死が一歩近付く。

だがフレイヤは気にした素振りも見せず、否定した。

「子供達の戦争に犠牲は常。怒るか、あるいは嘆いていても切りがない」

「なっ……!?」

「だって、こういうものなんだもの。仕方ないわ」

その言葉に衝撃を受けたのは、アリィだった。

僅かな旅に過ぎずとも、行動をともにすることでフレイヤが欠片の嘘も付いていないとわかってしまったからこそ尚更だった。

対して、マルザナは哄笑《こうしょう》を上げる。

「はははははは！　さすが女神様、お話が早い！　それでは、どいて頂けますか？　我等の目的はそこのアラム王子――」

しかし。

男の煩《わずら》わしい声を断ち切るように、女神は告げた。

「けれど、貴方達が奪ったものは別」

月の刃を想起させる女神の一声が、場から音を奪う。

周囲の兵士や、アリィが確かな『寒気』を覚えると、フレイヤは更に言葉を続けた。

「ヨナ、ハーラ」

いくつもの名前を、音に変えた。

「……？」

「アンワル、ラティファー、ムラト、ヒシャム、ハジード、セレ、カァナ、オーザ、ナセル、ナディア、レイラ、ルカイヤ、ザーヒル、カラトナ――」

滔々《とうとう》と読み上げられる数々の人名に、ワルサの兵も、マルザナも、アリィでさえも戸惑いを隠せなかった。

終わることのない女神の読み上げに苛立《いらだ》ったのか、マルザナが声を上げようとしたが、区切りをつけたフレイヤは声音を変えた。

初めて、そのソプラノの声に威圧をこめた。

「貴方達が殺《あや》めた、私の子供達の名よ」

その言葉を聞いた瞬間。

アリィの体に、電流が走り抜けた。

「戦争の犠牲になんて興味はない。けれど私の子に――『私のもの』に手を出した輩は、許しておけない」

フレイヤは、覚えていたのだ。

解放した奴隷達の名を。

気紛れで助け、自分の名を呼んだ人々の顔を。

自分のものにした子供達を全て!!

「な、なにを……」

「誰だって自分の所有物に手を出されるのはイヤでしょう？　財でさえ、想いでさえ……命であっても」

ようやくフレイヤの異常な様子に感付いたのか。

マルザナは確かに気圧《けお》された。

その超常の存在に、怯えた。

「だから、相応の報いを受けてもらうわ」

フレイヤの眼が見開かれる。

銀の瞳が妖《あや》しく輝く。

その体から、異様な『神威』が立ち昇る。

「――――ッッ!!」

その時。

初めてアレン達が顔色を変えた。

どんな敵にも、いかなる状況にも動じることのなかった最強の冒険者達が、焦りをあらわにした。

「目を閉じろ!!」

「えっ？」

なり振り構わないアレンの怒号にアリィは動けない。

舌打ち交じりに猫人《キャットピープル》は彼女に飛びかかり、目、そして耳を強引に塞《ふさ》ぐ。

視覚と聴覚が途絶えた世界の中で、けれどアリィは、その女神の『神威』を捉えた。

あらゆるものを貫き――『魂』そのものを鷲掴みにせんとしてきた。


『ひれ伏しなさい』


全てのい、い、人間の鼓動が、か、弾けた。

あらゆるい、い、い、生命の音が、い、打ち震えた。

びくりっと全身を痙攣《けいれん》させたアリィは、そう錯覚した。

火のうねりが揺らぎ、砂漠の風が止み、月が凍る。

その『神の声』は一言だった。

しかしその一言で――立ちつくしていたワルサの兵とマルザナは、堕ち、た。

一糸乱《いっしみだ》れぬ動きで、女神の前にひれ伏す。

「ははは――――ッ！」

音を立てて従順に膝をつくマルザナ達に、その異様な光景に、アレンから解放されたアリィは目をあらん限りに開いた。

誰もがおかしかった。

その頬は上気し、口から垂れる涎《よだれ》を野放しにし、悠然とたたずむ女神を仰ぐ。

その眼差しにもはや下卑た感情や、好色は存在しない。

あるのは目の前の存在だけを求む『虜《とりこ》』の感情だけ。

まさに『魂』を抜かれたかのように。

「私の愛が欲しい？」

「は、はいっっ！　ぜひ、どうかっ、何ものにも代えてっ、貴方様のご寵愛をぉ‼」

「そう。でも困ったわ。私は貴方達を許さないと決めたの。報いを受けさせないと気が済まない。そんな子達を、どうして愛せるかしら？」

「そ、そんなぁ……⁉」

女神の一言一句に、マルザナと兵は翻弄され、悲しみ、絶望し、打ちひしがれた。

既に笑みを浮かべているフレイヤは、銀の瞳を輝かせながら、魔女の言葉を連ねる。

「けれど、そうね。死して天界で待ってくれるなら、あるいは――」

次の瞬間。

マルザナ達は狂笑のごとく唇を吊り上げ、それぞれの武器を抜き放つ。

「畏《かしこ》まりました！　待っております――我が女神‼」

『惨劇』は一瞬だった。

兵士達が首に押し当てた剣を走らせ、あるいは胸へと突き立てる。

マルザナは祝詞《のりと》のごとく呪文を紡ぎ、喉仏《のどぼとけ》に押した杖から魔法を発動させた。

閃光。そして爆音。

笑みを貼り付けた男の首が宙高く舞い、天に届くことなく、地に落ちて転がった。

「…………なに、が」

その光景に、震えるアリィが呟けたのはそれだけだった。

血の飛沫。仰向けに転がる亡骸の山。

恍惚《こうこつ》を遺した瞳が、砂漠の空を越えた先にある天に魂を馳せる。

フレイヤの神意に従い、全ての敵兵が死んだ。

自害した。

崩れ落ちそうになるアリィの背後で、アレンは低い声音で呟く。

「『魅了』だ」

「えっ……？」

「あれが、あの方の『魅了』だ」

主神への畏怖を隠すように、顔を歪めて吐き捨てた。

「お前は言ったな。あの方が我々を『魅了』したと」

「そんな事実はない」

「あってたまるか」

「そもそもあの方はこの町に来て、一度も『魅了』を使ってなどいなかった」

ガリバー四兄弟が声を連ねる。

告げられた言葉にアリィは時を停止させる。

アリィが出会ったフレイヤは、『魅了』の権能を行使したことはなかった？

つまり今まで女神を目にした者たちは、彼女の『美』に酔いしれるだけで、『魅了』されたわけではなかった？

正真正銘、たった今アリィ達の魂を震撼《しんかん》させた『現象』こそ、フレイヤの『魅了』——

「あの方が『魅了』すれば……全てが終わる」

「眷族の私達でさえ傀儡《くぐつ》と化すだろう」

ヘグニが、ヘディンが、視線の先の存在に瞳を細める。

フレイヤの神血《イコル》をその背に授かる眷族達でさえ立ちくらむ威力。彼女の『美』に抗ったアリィも、アレンが庇わなければ『堕ちていた』だろう。——ちなみにボフマンはグレールに後頭部を足蹴《あしげ》にされ、顔を半分地面に埋めながらびくんっびくんっ！　と体を痙攣させていた。欲望の塊である男は痛みと衝撃で『魅了』されずに済んでいた。

「俺達は、万軍を叩き潰す。しかしあの方は……万軍を掌握する」

最後に告げるのは、オッタル。

その事実にアリィは今度こそ言葉を失った。

フレイヤがその気になれば、比喩ではなく全てが終わってしまうのだ。

国の奪還だろうが、王位の簒奪《さんだつ》だろうが――下界全土の支配でさえも。

同位の存在にも及ぶその威力は圧倒的で、神々と怪物《モンスター》を除けば、フレイヤは全て一瞬で下界の万物を『虜』にしてのける。

それは絶対支配。

傾国の美女ならぬ『統世《とうせい》の魔女』だ。

その眼差しと声が届く範囲は、全て女神の領土である。

だが――それでいてフレイヤがあらゆるものを支配しようとしないのは、娯楽を楽しむため。

何より下界を尊重しているため。

フレイヤは己の権能がこの上なく虚《むな》しく、これ以上なくつまらないものだと理解している。

全く労せず手に入れた万物に何の価値があるだろうか。

全てが『魅了』され、彼女の思うままに動く世界など『死んでいる』のと同義だ。

だからフレイヤは下界にまつわるものを『魅了』しようとしない。

女神の逆鱗《げきりん》に触れられた、その時を除いて。

「それでは彼女は……」

つまりフレイヤの『魅了』は——無敵。

オッタル達の言葉の端々から、今、行われた『魅了』でさえ『本気』ではないという事実に気付き、アリィは戦慄の感情が止まらなかった。

——あの方が本気で『魅了』すれば、全て『茶番』に成り下がる。

旅の中で発したアレンの言葉の真意を、ようやく理解する。

何故、旅の途中でアレンがあれほど激昂したのかも。

それはアレン達が『魅了』されたわけではなく、自らの意志でフレイヤに忠誠を誓っているから。『魅了』された人形などではなく、彼女の眷族として全てを捧げているから。

「…………」

顔を戻したアリィは、血の泉と化した視線の先で、しかし返り血の一滴も浴びていない女神を見つめる。

鮮血に染まり、一様に笑みを浮かべ、彼女を取り巻きながら倒れ伏す兵士達はまるで『紅い花』のようだった。その中央にたたずむ『美の神』は、やはり笑みを湛《たた》えながら、天へと旅立つ『魂』に告げる。

「私が天界に戻って、今日を覚えていたら愛してあげる。覚えていたら、ね」

その笑みは確かに、無慈悲に魂を弄ぶ女王の笑みだった。

砂漠《さばく》の風は蜃気楼《しんきろう》のような幻影をもたらす。

うなされて寝苦しい夜は、特に。

4

アリィは産まれた時から二つの名を持っていた。

少女《アリィ》としての真名《まな》、そしてアラム・ラザ・シャルザードとしての王名である。

実の父であるシャルザード王は世継ぎの問題に悩まされていた。正室、側室、妾《めかけ》問わず子宝に恵まれず、王宮で囁《ささや》かれてもいない陰口《かげぐち》を幻聴《げんちょう》するほどだった。シャルザードは王家を尊ぶ国、己の地盤を固めるためにも王はどうしても実子にこだわった。

故に待望の第一子にして、失望の女児であったアリィは、王子としての生を与えられた。

建国の父の教えにより、シャルザードでは女王が認められていない。次の男児が生まれるまで、あるいはアリィ自身が身籠《みごも》るまでの苦肉の策だった。

抑圧されてきた、という自覚はアリィにはなかった。

むしろ自分こそが王にならなくてはと使命感を抱いた。

女とバレないかという恐怖は常に付き纏う。だが自分が世継ぎを生み、正当な王位継承者を残すまで王族としての務めを果たすと決めた。

『アリィ。男として産めなくて、ごめんなさい。女としての幸せも与えられず――』

幼い自分を残して亡くなった母の涙の意味もわからないまま、彼女の亡骸《なきがら》の前で、アリィはそう誓ったのだ。

少女《アリィ》は必要とされていない。

必要とされているのは王子《アラム》で、ひいては次代の真の王子。

所詮《しょせん》自分は『中継ぎ』に過ぎず、国の歴史の片隅にぽつんと名を残すだけだろう。

自嘲《じちょう》したことは確かにあった。

しかし、それすらもアリィは受け入れた。

己《おのれ》の運命を呪《のろ》うより、オアシスで潤《うるお》った美しい祖国《そこく》を、そこに住まう人々の笑顔を、彼女は愛することができたから。

臣下の評価は良かったように思える。素性を知る者も知らない者も、彼女を――いや『彼』を慕《した》った。持ち前の正義感から空回りすることもしばしばあったが、正しく在ろうとする王子《アラム》の姿は好意的に受け止められたのだ。戦場に出て実際に戦う将兵も、犠牲者を想って涙を流す『彼』のためならば己が身を擲《なげう》った。

大事に育てられている、という自覚があった。

しかしそれは、いつまで経っても一人前として認められていないという自認と同義だった。

現実は王子《アラム》の成長を待たない。いずれ、という言葉は通用しない。
故に悲劇は起きた。
王都陥落。無辜《むこ》の民の犠牲。
暴れ回り、笑い狂う凶徒ども。
アリィは立ちつくし、臣下に手を引かれて王都を脱出することしかできなかった。
『いつかきっと』。そんな甘さが全てを招いた。
生き急がなければならなかったのだ。
王子《アラム》として生きると、そう決めた時から。
次代の王が誕生するまでの『中継ぎ』であったとしても。
だから少女《アリィ》は決しなければならない。
国のための『礎《いしずえ》』となる覚悟を。

『ワルサ』の軍が『リオードの町』に火を放った翌日。
碌《ろく》に眠れず、目の下に疲労の痕《あと》を残すアリィは、商人のボフマンに無理矢理付いていき、焼き払われた町を見て回った。

賑《にぎ》やかだった商人の町は今や見る影もない。市場《バザール》は北と西を中心に燃やされ、焦土《しょうど》と言っていい光景が広がっている。王子《アラム》の脱出を防ぐため、南側の『港』にも火をつけられたようだ。僅かな船を除き砂海の船《デザート・シップ》はおろか、交易品を保管する倉庫も無残に焼け落ちている。血で汚れたオアシスも、どれだけの時間と手間暇をかければ元通りになるのかわからない。『商品』がいなくなった奴隷市場は素通りされていたのは、何の皮肉か。

町の至る所で煤《すす》に汚れた身を抱き合い、無事を喜ぶ者達を見かけた。

亡骸《なきがら》の側で、涙を流す者達も。

もしここにアリィの素性を知る者がいたら、何故『ワルサ』が攻めてきたのか町の者が理由を知れば、アリィに憎しみの目を向けたに違いない。石を投げつけてきたに違いあるまい。

アリィは惨憺《さんたん》たる町の光景を全て受け止めた。

そして決意した。

朝から町に出て、全てを見終えた頃には夜になっていた。闇の帳《とばり》が落ちて気温が冷え込む中、アリィは町の中央に立つ『オアシスの屋敷』に戻った。

からくも火の手から逃れ、元奴隷達を失った女神の居城に。

「神フレイヤ」

館の女主人は最上階の寝室にいた。

天鵞絨《ビロード》の椅子に腰掛け、杯《さかずき》にそそがれた酒を嗜《たしな》み、窓辺から焼き払われた町を眺めながら。

側に従者のごとく控えるのは猪人《ボアズ》の武人である。

アリィは出会った頃のように態度を正し、女神に拝謁《はいえつ》した。

「どうか、私に力を貸してほしい。悪賊ワルサを討つために」

今の『ワルサ』を止めることはできない。

少なくともシャルザード王国や、西カイオス中域諸国の勢力では。

一国の暴挙と呼べる商業国《イスラファン》への侵犯に、『リオードの町』の焼き討ち。西カイオス世界に衝撃が走り、緊張が高まる中、当のワルサは動じた素振りを見せていない。どれだけの国が徒党を組んでも、自国の戦力──ひいては【ラシャプ・ファミリア】が打ち負けることなどないという自信の表れである。

「ボフマンとも話し、情報を集めた。我が国シャルザード一《いち》屈強なセラン戦士団もつい先日全滅したらしい。ワルサ軍部の【ラシャプ・ファミリア】は、間違いなく複数の『勇士《カビール》』を有している。この西カイオス圏では破格の戦力だ」

過酷な砂漠世界は──迷宮都市《オラリオ》には劣るとはいえ──多くのLv．2の戦士を生む。

とりわけ二度の昇華《ランクアップ》を果たした者は『勇士《カビール》』と呼ばれ、極めて重宝されていた。巨大な大河『ニレ川』付近に建つ大国の中でも、無条件で将軍の地位を約束するほどだ。

そんな『勇士《カビール》』が、【ラシャプ・ファミリア】には何人も所属しているのだろう。

あるいは――それよりも強い戦士がいるやもしれない。

『量より質』と呼ばれる神時代《しんじだい》において、敵の戦力は圧倒的と呼べるほどだ。

「この期《ご》に及んで恥の上塗りをしていることは理解している。しかし今の私には、縋《すが》るべき神は貴方しかいない」

「……」

「祖国は蹂躙《じゅうりん》され、民は冒瀆《ぼうとく》され、あまつさえ関係のない他の国にも戦火が及んだ。私が、巻き込んだのだ。これ以上の暴虐を看過《かんか》することはできない。そのためなら……私はいくらでも道化《どうけ》に堕ちよう。いくらでも、『代償』を支払う」

そんな『ワルサ』の進撃をはね返すには、今、目の前にいる女神の力を借りる以外に方法はない。

「私の身を……貴方に捧げる。貴方が望む伴侶《オーズ》となる」

震えそうになる声を押さえつけながら、アリィは己が身を差し出した。

「私は、次の王が生まれるまでの所詮『中継ぎ』に過ぎない。新たな王位継承者が誕生するのなら、この身はどうなっても構わない。貴方に尽くしてみせる。だから！」

祖国《シャルザード》を救うためにアリィがなしたのは『犠牲』の精神。

何もない今のアリィが差し出せるのは自分自身のみ。

自分を供物《くもつ》に見立て、神の御前で懇願する。

「願わくば、どうか貴方の眷族をもって——」

敵国を退治してほしい。

そんな少女の願いを、女神はみなまで言わせなかった。

「嫌よ」

はっきりと一蹴《いっしゅう》する。

「なっ……⁉」

「何故、私が貴方の国を救わなければならないの？　どうして砂漠の子供達を憐《あわ》れんで、面倒を背負わなければいけないの？」

足を組んでいる女神は全く動じずに告げた。

交渉は簡単ではないだろうと踏んでいたアリィも、このフレイヤの拒絶は予想外だった。

彼女もまた自分の『所有物』——元奴隷の者達を殺《あや》められ、憤激を募らせていた筈《はず》。

貴方も『ワルサ』を許せないのでは、と問いただそうとするも、フレイヤはアリィの心の声を見抜いているかのように先回りして答えた。

「私のものに手を出した子達にはもう『罰』を与えた。あの子達は天界で果たされない約定に絶望しながら、いずれ漂白される。私の溜飲は下がっているわ」

「……‼」

「だから、私がくだらない戦争に首を突っ込む義理も、義務もない」

少なくとも私の中では。そう断言される。

立ちつくすアリィは、何とか助力を請おうと身を乗り出そうとするが、フレイヤがそれを視線で制した。

「しかも、その無様な懇願は何？　私が伴侶《オーズ》を欲していると知って、飛び付いたの？」

「っ……!?」

「貴方はまさか、私がそんな『つまらない取り引き』に乗ると、本気で思っていたの？」

フレイヤは瞳を細め、そこで初めて失望の意を乗せた。

「がっかりよ、アリィ。がっかりだわ」

安易に縋《すが》ろうとしてきた様を見咎《みとが》め、失意を抱き、突き放す。

それはどうしてか、存外に苦しく、アリィは身を斬られたような錯覚を覚えた。

彼女の言葉に傷付いている自分自身に、アリィは酷く動揺した。

（ならば、どうすれば……！）

フレイヤに協力を得られないのなら、ワルサの蛮行を止める術などない。

自らも失意に堕ちるアリィは、視線を床に落とそうとした。

「そんな貴方では満たされない。――そんなものでは、貴方の魂は輝かない」

直後。

女神の唇が吊り上がった。

「捧げるのではなく、奪っていきなさい」

瞬間、部屋の中央に置かれた円卓に、何かが叩《たた》きつけられた。

その激しい音に驚愕するアリィが振り向くと、いつの間にか移動していたのか、オッタルが『あるもの』を用意していた。

「次の『王』が生まれるまでの『中継ぎ』？　関係ないわ。貴方は生真面目に、馬鹿馬鹿《ばかばか》しく、正《ただ》しき『王』としての道を模索していたのでしょう？　それなら最後まで進みなさい」

円卓に出されているのは、一つの盤上遊戯《ボードゲーム》。

「『王道』を、貫きなさい」

『戦盤《ハルヴァン》』である。

「まさか──」

戦慄するアリィに、フレイヤは肯定した。

「勝負しましょう、アリィ。貴方が望むものを賭けて」

挑発的に細められた銀の瞳が、立ちつくすアリィを射抜く。

「アリィ、私は言ったわね。いかなる王も、『博打《ばくち》』に臨《のぞ》まなければならないと。『勝負』に挑まなければならない時が来ると」

「っ……!?」

「貴方が勝てば、私の眷族を貸すわ。好きに使っていい。自分の国を守るのも、憎き敵を滅ぼすのも構わない」

言葉を失うアリィの耳朶《じだ》に、女神のソプラノの声が絡みつく。

立ち上がったフレイヤは少女に歩み寄ったかと思うと、そっと、頰《ほお》を両の手で包んだ。

「代わりに、貴方が負ければ——貴方の全てを頂く」

瞬間、手に包まれた顔が、引き寄せられた。

眼前にある女神の表情。

それは蠱惑《こわく》的で、破滅的な魔女の顔だ。

あるいは傲慢《ごうまん》で酷薄《こくはく》な女王の貌《かお》だ。

あのオアシスの夜、アリィが心を奪われた神聖な女神の面影は欠片もない。

併《あわ》せ持つ正と負の二面性。奔放《ほんぽう》で残酷な、美の女神の本質。

アリィの呼吸は停止した。

「私が貴方を欲しているのは本当。だから、このゲームに貴方が負けた瞬間、私はこのカイオス砂漠から貴方を連れ去る」

「なっ——⁉」

「オラリオに帰って、泣き喚く貴方をドロドロに溶かして、私だけの人形にする」

笑みを浮かべながら見開かれた女神の瞳に、絶句するアリィの顔が映り込んでいる。

その目が孕《はら》むのは、嗜虐《しぎゃく》だ。愉悦だ。昏《くら》い欲望だ。

——やる。

この女神は本当に、やる。

自分の欲望に従い、アリィの心身を抱きしめ、隅々まで貪るだろう。

一度は見惚《みほ》れた魂を自分の手でもって犯しつくす。

それすらも己の『愛』であり、一つの『幸福』だと、『美の神』は信じて疑っていない。

「さぁ、座りなさい。アリィ」

手を放し、部屋の中央に移動するフレイヤが席に腰かけるも、アリィの足は動かない。

無理だ。不可能だ。

『リオードの町』を発つ前、フレイヤの盤上遊戯《ボードゲーム》の腕は見た。

いや、神が『どのような存在』であるか理解させられた。

全知零能《ぜんちれいのう》。彼女達は真理をもって盤上を見極め、悪手《ミス》など犯すことなく、相手の首を無慈悲に刈り取る。それが世界の摂理であるように最善手を指す。全てを俯瞰《ふかん》した、文字通り『神の一手』を指し続けるのだ。

敵うわけがない。

アリィの額から汗が噴き出し、手が震え出す。

もはや避けられない女神との勝負に、今から絶望に蝕《むしば》まれる。

その様子を黙って見つめていたフレイヤは……口を開いた。

「アリィ」

その一瞬だけ、女神の声音が変じた。

まるで少女の手に一輪の花を握らすように、微笑する。

「今の貴方は本当に己を賭《と》して、気高くある？」


「――――――」

その言葉を聞き、少女の脳裏に、とある情景が蘇《よみがえ》った。

『己を賭《と》して、気高くありなさい。――英雄のように』。

それはアリィが決して忘れることのない、夜のオアシスの光景。

少女の魂に刻まれた女神のお告げ。

きっと世界で最も美しい、女神の神意《しんい》。

（……そうか。そうだったのか）

フレイヤの言葉を聞き、自分は思い違いをしていたことに、アリィは気が付いた。

この女神との盤上遊戯《ボードゲーム》も無謀だというのなら。

『ワルサ』との戦いも最初から敵うわけがないものだった。

アリィはそうした無謀と絶望の境界線上にいる。そして望みを叶えるためには、アリィは自分の身一つで、覚悟を示し、気高く、この状況を打開していかなくてはならない。

アリィは勘違いをしていた。

前提を違《たが》えていた。

彼女が悲壮の覚悟をもって立ち向かうは『ワルサ』ではない。

『王』たる彼女が戦いを繰り広げるべきは、覚悟を示すべきは——目の前の女神に対してだ。

「ッッ‼」

アリィの決意は固まっていた。

これ以上、この女神《おんな》の前で無様を晒《さら》すわけにはいかなかった。

勢いよく、フレイヤの対面の席に腰を落とす。

己を見据える薄紫の双眸《そうぼう》に、美神は目を細め、笑みを深めた。

少女《アリィ》は決した。

国のための『礎《いしずえ》』となる覚悟ではなく。

己を賭《と》して、気高く、英雄のように、『王道』を貫く覚悟を。

少女は女神との『博打』に臨んだ。

『戦盤《ハルヴァン》』。

カイオス砂漠圏では主流《メジャー》な盤上遊戯《ボードゲーム》。

駒は王帝《マレク》、王女《マリカ》、猛将《ファイズ》、戦車《メルカーバ》、精妖《ラウフ》、小兵《ジュヌド》、賊徒《レース》、奴隷《オボデヤ》の都合八種。

盤上のマスは10×10で、チェスや将棋と同じく相手の王帝《マレク》を詰ませることで勝敗が決する。

『戦盤《ハルヴァン》』の規則《ルール》の中で特徴的なものは二つ。

『布陣』と『生贄《いけにえ》』だ。

前者の『布陣』は、決められた領域の中ならば開始時に自由に駒を配置できる規則《ルール》。

後者の『生贄』は、一度手番を失うことで選んだ駒と特定の持ち駒を取り換えることができる。例えば、小兵《ジュヌド》を『交換』した場合は賊徒《レース》と奴隷《オボデヤ》を一つずつ得る、といった具合だ。

この二つの規則《ルール》により、『戦盤《ハルヴァン》』は通常の盤上遊戯《ボードゲーム》とは異なり一癖《くせ》も二癖もある仕様となっている。

先手は先に駒を指《さ》せる代わりに、後手に自分の陣形を晒してから駒を配置されることとなる。もし相手が自分の選択した陣形を研究しつくしていた場合は不利に陥るだろう。名人同士では駒を指す前から『勝敗』が決する、と言われているほどだ。

「先手と後手、どちらを取る？」

「……後手」

椅子に深く腰かけ薄い笑みを浮かべるフレイヤに、アリィは僅かな思考を経て、答える。

あらゆる手が研究しつくされている昨今、『戦盤《ハルヴァン》』は後手有利、と言われている。

少なくとも、人の世では。

（私も嗜みの一つとして、王宮では『戦盤《ハルヴァン》』を散々指した。定跡《じょうせき》は知りつくしている。定跡《それ》のみでこの女神を倒せるとは全く思わないが……長い『戦盤《ハルヴァン》』の歴史を熟知している分、活路はある筈！）

自慢するわけではないが、アリィの『戦盤《ハルヴァン》』の腕はシャルザードの王宮一だ。

もともと王族としての彼女は優秀である。頭が固いところは確かにあるが、王宮で教わった知識や教養は全て身に付けている。性別を偽り『王子』を演じるアリィの双肩にかかる重圧は並大抵のものではなく、それに見合うだけの努力は積んできたつもりだ。

王侯貴族の間で流行している『戦盤《ハルヴァン》』も、それの一環である。

「じゃあ、駒を並べさせてもらうわね」

黒の駒を持ち、フレイヤは盤上に整然と置き始めた。

女神の『布陣』は……自陣手前に左右対称に駒を並べた、言わば『初期配置』。

基本も基本の型だ。固唾《かたず》を呑んで見守っていたアリィは肩透かしを食らいかけたものの、すぐに油断なく敵配置を睨んだ。自分の『布陣』の番となり、慎重に陣形を敷く。

アリィが選んだ陣は、雁行《がんこう》。

右方に駒を集め、精妖《ラウフ》の機動力で敵陣に複数の穴を開ける攻めの型だ。

精妖《ラウフ》に信を置く、アリィの最も得意な陣形。

「守らず攻める……ふふっ、いいわ、貴方のその覚悟。なら手番も譲ってあげる」

「な、なにっ？」

「好きに指してきなさい」

アリィの意志表示に対し、フレイヤは堂々とそんなことをのたまってきた。

陣形を後から構築させた上に、手番を譲る。語るまでもなくアリィは優位性《アドバンテージ》を得る。

舐められている？　それとも己への縛り《ハンディキャップ》？

（いや——構わない！　今はこの勝負に勝つことが先決！　こちらを見下しているのなら、そのまま寝首を掻《か》いてやる！）

まさに雌伏《しふく》する虎《とら》のごとく、アリィは懐に爪《つめ》と牙《きば》を構える。

王族の威風を纏う少女の眼差しを、フレイヤは心地良さそうに受け止めた。

盤の真横に控えるオッタルに見守られる中、対局が始まる。

アリィはまず道を開けるべく小兵《ジュヌド》を前進させた。基本配置の上に先手を譲っている以上、フレイヤの守備は遅い。このまま小兵《ジュヌド》で突撃するもよし、空いた進路から精妖《ラウフ》で攻めかかるもよし。相手の動きを見て敵陣へと進ませることができる。

次はフレイヤの手番。

アリィが警戒を払う女神の一手目は——

「――なっ⁉」

自軍の王帝《マレク》を、隣接している王女《マリカ》で殺害することだった。

「『王殺し』⁉」

それは『戦盤《ハルヴァン》』における一つの戦法。

しかし戦術的にも、文化的にも指す者はいない、禁じ手にも似た一手である。

当然だろう。大小様々な王国が乱立する砂漠世界において、それは王家の冒瀆《ぼうとく》とも取られかねない。もし王宮の中で指せば王族への不敬罪と見なされること間違いない。何より、戦術的に指そうとする者は皆無だ。

『王殺し』をした場合、以降は王帝《マレク》を取った駒が王の代わりとなる。

得ることができるのは王帝《マレク》と王女《マリカ》以外の駒を各一枚。持ち駒を膨大に潤せる代わりに、通常の『生贄』とは異なり三手も相手に譲ることになる。つまり三回休みだ。

それだけ『王殺し』には危険性《リスク》が付き纏う。

だが目の前で対峙《たいじ》する女神は、それを平然とやってのけた。

「自分より上に立ち、指図する者がいる……そういうの、嫌なの」

「っ……‼」

まさに唯一無二の女帝《ヴァナディース》の笑みを浮かべる美神に、アリィは動揺を押し殺す。

先手を譲ったことも合わせ、都合四手。

四手をもアリィに譲った。

あらゆる盤上遊戯《ボードゲーム》の観点から考えても、それは致命傷だ。

後《おく》れを取り戻せるわけがなく、どんなに神懸《かみが》かっていようと覆せる筈がない。

そう考えるアリィはしかし、新たに頂戴した三手に涎《よだれ》を垂らして飛び付くことも、持て余すこともしなかった。フレイヤの行動に驚愕を覚えながらも口もとを手で覆い、熟考を重ねる。

オッタルが粛々《しゅくしゅく》と女神の持ち駒を加える中、己の駒を持った。

アリィの小兵《ジュヌド》が敵の奴隷を蹴散らし、あっさりと敵陣に侵入、『騎兵《ファレス》』に昇格する。

更に一枚駒を奪う。

そのまま騎兵《ファレス》を楔《くさび》にし、別の方向からも精妖《ラウフ》を食い込ませ、両翼から攻めかかる。

ここでようやく、フレイヤに手番が回った。

やりたい放題だ。これでアリィは状況に応じて右からも左からも攻められる。

フレイヤの盤面は既に絶望的と言っていい。

にもかかわらず――女神は笑っていた。

「じゃあ、始めましょうか」

王を殺すことで手に入れた持ち駒の一つを手に取る。

最も信頼している戦士を送り出すがごとく、美神は猛将《ファイズ》の駒を盤上に打ち付けた。

砂漠の夜は静かだ。

そして冷たい。

いくらオアシスがあろうと、酷暑《こくしょ》の日中と比べれば遥《はる》かに肌寒くなる。それは市場《バザール》を焼き払われた『リオードの町』も同じだった。空からそそぐ静謐《せいひつ》な月明かりが全てを凍《い》てつかせる。

だが、アリィは今、己の体が熱しているのか凍りついているのか、わからなかった。

熱気とも寒気とも知れない感情の激流が、全身を駆け巡っていた。

「っっっ……!?」

眼下、黒と白の駒が並ぶ『戦盤《ハルヴァン》』の戦場。

圧倒的有利だった筈の盤面は、とうに覆《くつがえ》されていた。

終始優位だった。転機はなかった。ただ気付けば局面は五分に変わっていた。そして、暴火のごとき女神の侵略が始まった。

そんな、だとか、なんで、だとか、戦慄《せんりつ》の呟きを吐くこともできない。

ただ当然のように、まさしくそれが摂理であるように、フレイヤが一手指すごとに形勢を覆された。アリィは悪手を一度だって放っていない。好手や妙手も何度だって繰り出した。にもかかわらず、あらゆる攻めを潰され、全ての守りを破られた。

知らない。

アリィはこんな『戦盤《ハルヴァン》』を知らない。

読みきったと思っていた局面が、フレイヤが駒を動かすだけでアリィの知らない生物に生まれ変わる。最初は巨大な獣、あるいは竜の類《たぐい》だと思っていたそれは──怒濤《どとう》のごとき数多《あまた》の剣戟《けんげき》の連なりだった。

(猛将《ファイズ》に中央を突破され、縦横無尽に駆け抜ける戦車《メルカーバ》に蹂躙され、射掛ける精妖《ラウフ》に守りを剝がされ、小兵《ジュヌド》の途切れない連携に食い破られる──ッ!!)

切り込んでくる駒が今や剣と槍、矢や斧《おの》となって、アリィの体を斬っては薙ぎ払い、貫いては破壊してくる。

アリィは見た。

確かにその盤上に幻視した。

女　帝《ヴァナディース》が従える、暴虐無比な強靱な勇士《エインヘリヤル》を。

(猛将《ファイズ》を引き寄せてこちらの戦車《メルカーバ》でっ……だめだっ！　敵の精妖《ラウフ》に片翼を抜かれる！　攻めかかってくる相手の戦車《メルカーバ》を潰そうにも絶妙な位置で利いてる小兵《ジュヌド》のせいで捌《さば》けない！)

既に局面は防戦一方。敵の指し筋など理解の埒外《らちがい》で読めたものではない。脳内に描かれる盤面が何度も終わりの末路を言い渡されては砂上の城のように崩れていく。

食らいついている。確かにアリィは食らいついている。しかしこれは女神の掌の上の出来事なのではないか。勝敗は既に決していて、遊ばれているのではないか。救国の術は絶たれており、アリィはもはや女神の人形に成り下がっているのではないのか。

絶望の想像に、恐怖が止まらない。

様々な要素を比較考量して、まだ終わっていない。まだ戦える。その筈だ。

そんな風に己へ言い聞かせる叱咤《しった》の声が、風前の灯《ともしび》のようにか細い。

「……、……、……っ！」

気付けば、アリィの肺は空気を欲していた。

唇が救いを求めて喘《あえ》ぎ出す。

自分の口から漏れ出る、乾いた笛の音のような滑稽《こっけい》な呼吸音を気にする余裕もない。

部屋に棋譜を読む者はいなかった。

唯一控える猪人《ボアズ》の武人は、中立のごとく盤面を俯瞰《ふかん》し、勝負の趨勢《すうせい》を見守るのみ。

駒を指す音だけが響き、それは刻一刻とアリィを追い詰める孤独《こどく》の音色《ねいろ》へと成り変わる。

命の輪郭をなぞられ、駒が進む度に削り取られていく感覚。血液が凍りついたかのように手も頭も動かない。何度目とも知れない少女の長考に、女神は一度も咎める真似はしなかった。

それは絶望に染まる顔色を愉しむための娯楽か。額を流れる汗が止まらなくなったアリィは、崖の縁に立たされたことを認めた。

既に終局間際。自分が打開策を示さねば、フレイヤは三手とかからず自分を詰ませることができる。絶対殺害圏内。
退路はあるのか。活路はあるのか。あるいは、紛れもなくここは死地か。
もはやアリィには何も見えない。
何を指せばいいのかわからない。
どこに進めばいいのか、わからない。
（駄目だ——負け——終わり——私はもう——）
手から力が抜ける。
糸が切れた人形のように体が前に倒れかける。
諦念《ていねん》に支配され、盤上を見つめ続けていたアリィは——そこで、初めて顔を上げた。
そこにいるのは、対面に座す女神だった。
変わらず自分を見守り続けている、女神の笑みだった。
愉悦も、嘲弄《ちょうろう》もない。
ただただ、アリィの行く末が何を描くのか、待っていた。
「————っ」
その笑みに。
その眼差しに。
アリィの手が震えた。

気付けば、指は握りしめられ、それは拳《こぶし》となっていた。
凍《こご》えていた血流に火種が投じられ、熱き血潮が体中を駆け巡る。
(嫌だ、駄目だっ、できないっ――)
諦めるわけには。
臆するわけには。
この女神の前から、逃げ出すわけには。
(私は、この女神の前で――惨めな姿を晒すわけにはいかない!!)
それは意地だった。
アリィの偽らざる本音であった。
自分の心を散々かき乱してくれたフレイヤに負けたくない。
あの月下のオアシスで、自分を導いてくれた美神に突き放されたくない。
彼女だけには、失望されたくない。
「――だから私は!!」
その一心は声に代わり、アリィは自身の王女《マリカ》の駒を取っていた。
考えはない。狙いもない。
ただ盤上に走った光に――確かに見えた孤高の月の光めがけて、駒を走らせる。
フレイヤの瞳に映る魂《アリィ》がまばゆく輝いた――そんな気がした。

「――――――――――……………っ」

ただ心に突き動かされた一手。

そして燃え盛った意志の炎は、一瞬だった。

――終わった。

遮二無二《しゃにむに》の悪手。ただの悪あがき。全身を沸騰《ふっとう》させる熱が去り、冷静になったアリィはそれを認めた。

静かに項垂《うなだ》れる。祈ることすらしない。

もはや女神の処断を待つのみ。

処刑される罪人のように首を差し出し、宣告を待つだけ――その筈だった。

「…………………………」

フレイヤは、動きを止めていた。

その銀の瞳を見開き、盤面を直視していた。

「……？」

待ち時間《ノータイム》なしで絶えず指していた女神の硬直を、アリィは疑問に感じ顔を上げる。

オッタルも怪訝《けげん》な眼差しをそそぐ中、フレイヤは一度うつむいた。

「ふ……ふふふっ……………あははははははははっ！」

そして、笑い出した。

堪えきれないといった風に、大きく口を開けて。

今まで聞いたどんなものより愉快そうな笑声に、アリィは思わずたじろぐ。

そんな彼女を他所《よそ》に、未《いま》だ肩を揺らす女神は、自分の駒に手を伸ばした。

「E4王女《マリカ》、C3戦車《メルカーバ》、D2精妖《ラウフ》——」

そして「あっ」とアリィが言う前に、彼女の駒も勝手に動かしていく。

淀みなく動かされる黒と白の駒。何十手先の局面を一人で描いていく。

その様子に戸惑いを隠せないでいると——次にはアリィも目を見開いていた。

「貴方の戦車が女王《わたし》を追い詰めて——貴方の勝ちよ」

い、い、い、
詰んでいた。

アリィではなく、フ、い、い、い、フレイヤが。

まさしく、先程指したアリィの王女《マリカ》の一手によって。

たたずむオッタルでさえも、その錆色《さびいろ》の双眼を大きく見張る。

「そ、そんな……まさか！」

アリィは驚倒した。

遥か何十手先の局面である。アリィはそこまで読みきれなかったし、絶対に一人では辿《たど》り着けなかった。こうしてフレイヤが実践しなければ勝ち筋には絶対に気付かず、数手後には確実に敗北していただろう。

アリィが盤上に叩きつけたのは、まさに神だけしか気付くことのできない、『未知の一手』だったのである。

「わたしが、貴方を……⁉　いや、しかし！　これは、結局……私一人では……」

あの一手は直感に従った、言わば感情の爆発に過ぎなかった。

繰り返すが、アリィではフレイヤを追い詰めることはできなかった。

「王とは、全てを自分で打開する者ではないわ」

けれど、示した。

敵なき女神を玉座から引きずり下ろす一手を。

不可能を覆す『下界の可能性』を。

「自分以外の者に希望を示し、光の先の栄光を証明するもの」

おもむろに語り出すフレイヤを、アリィは緩慢な動きで見返した。

その『魂』が最後に見せたのは確かな『王の輝き《マリカ》』であると、唯一の勝ち筋を指したアリィを認めるように、フレイヤは己の分身である女帝の駒を横に倒した。

敗北宣言《リザイン》。

アリィは今度こそ息を止め、何も考えられなくなった。

「貴方の勝ちよ、アリィ」

「っ……！　ま、待ってくれっ、私はっ！」

「素直に受け取っておきなさい。今の私はとても機嫌がいいの」

席を立つフレイヤに、アリィも立ち上がり言い募ろうとするが、その眼差しに制される。

細められる銀の眼《まなこ》には一体なにが見えているのか。美の神は言葉の通り上機嫌を隠さず、己の従者に声をかける。

「オッタル。アリィに従いなさい。この子が臨む戦いが終わるまで、主《あるじ》として仰ぐこと」

「かしこまりました」

「アレン達にも伝えて頂戴」

呆然とするアリィを置いて女神はほいほいと状況を進めていく。

真の主《あるじ》の言葉に猪人《ボアズ》の従者は頷《うなず》き、少女の背後に移動し、黙って控えた。

アリィはぎこちない動きで後ろを振り向き、巌《いわお》のごとくたたずんで見下ろしてくる武人に、瞳を震わせる。

「私は部屋を移るわ。ここは今から貴方の城。王らしく振る舞いなさい」

「……！」

「これからどうするかは貴方次第。侵略を止めるのか、それとも目障りな国を滅ぼすのか。今の貴方は何でもできる。何でもできる『力』がある」

部屋の扉に足を向けるフレイヤの言葉に、アリィは息を呑んだ。

実感が伴わない。しかし心臓が時を刻むごとに加速していく。

緊張感とも高揚感とも知れぬ感情が、少女の小さな体を包んでいった。

そして、扉に手をかけた女神はせっかくだからと、去り際《ぎわ》に助言を残していった。

「困ったらヘディンを頼りなさい。そうすれば、後は勝手にやってくれるわ」


アリィの勝利は【フレイヤ・ファミリア】の第一級冒険者達へ即座に通達された。

最初はまさかという表情を浮かべていたが、彼等はすぐに主神の神意に従った。

女神の眷族達はアリィの手足となることを受け入れたのだ。

若干一名、不服を隠そうともしない猫人《キャットピープル》がいたが。


「くだらねえ飯事《ままごと》だ」

閉め切られた夜の一室。

幾つも繋げられた机には複数の地図が広げられている。

壁に備わった魔石灯がぼんやりと光を纏う中、部屋に集まる面々――すなわちオッタル達《たち》第一級冒険者とアリィに向かって、アレンの悪態が吐き捨てられた。

「主《あるじ》の神意だ。従え、アレン」

「てめえは似た文句しか口にできねえのか、猪《いのしし》野郎。あの方もあの方だ、強請《ねだ》ることしかできねえこんな小娘《ガキ》を遊ばせやがって」

「っ……」

「俺がここにいるのは、小娘《ガキ》をつけ上がらせる遊具に成り下がるためじゃねえ」

フレイヤとの勝負に勝った、とは聞こえはいいが、女神自ら指摘しなければアリィは勝ち筋には気付かなかったし、何より彼女には破格の縛り《ハンデ》があった。それでどうしてオッタル達に命令を下す不遜《ふそん》な王になれるだろうか。遠慮のないアレンの罵《ののし》りに、アリィは何も言い返すことができない。

この場に銀髪の美神はいない。全て自由に、と言ってどこかへ行ってしまった。

「話が進まん。気に食わないのなら、フレイヤ様への忠誠を翻意して今すぐ失せろ、猫畜生。お前がいなくても何ら問題はない」

「……ちッ」

淡々と発言するのはエルフのヘディン。

その声音に怒りや呆れは一切なく、ただただ作業的だ。黒妖精《ダーク・エルフ》や小人族《パルゥム》の四つ子に至ってはアレンに目を向けようとすらしない。猫人《キャットピープル》の青年は苛立ちを滲《にじ》ませ、舌を弾き、その場にとどまった。

仲間の筈なのに……なんとまぁ険悪なことか。

部外者である筈のアリィが負荷《ストレス》で倒れてしまいそうだ。フレイヤはこんな我が強い者達を統べているのかと、こんな時に感心と畏敬を抱いてしまう始末である。同時に、そんな人物達をこれから自分が御さなければならない状況に、今から胃が重くなる思いだった。

アリィが無意識のうちに腹部を擦《さす》っていると、ヘディンが一瞥《いちべつ》する。

「すぐに話し合いを始めます。時間が惜しいのでしょう、仮初《かりそめ》の主《あるじ》？」

「あ、ああ！」

時刻は闇が深まる夜半。

フレイヤとの『戦盤《ハルヴァン》』を終えた後、すぐにこの場は設けられた。神との勝負に酷使された頭が呻き、深い休息を欲しているが、アリィは意志の力で行動に移ったのである。

こうしている間にも、自国《シャルザード》や今いる商業国《イスラファン》は敵国《ワルサ》に脅かされんとしている。

早急に対策を打つ必要があった。

「ボフマンと言ったな。ワルサの軍について仔細《しさい》を報告しろ」

「は、はいっ⁉　私めですか⁉」

「急げ黒豚《ブタ》」「何をしている黒豚《ブタ》」「また泣き叫びたいのか黒豚《ブタ》」「苛めるぞ黒豚《ブタ》」

「ブヒイィ⁉　こ、答えますっ、すぐさま即刻ただちに答えますすぞぉ⁉」

部屋には無理やり連れてこられたボフマンもいた。ヘディンに促された彼は、ガリバー四兄弟から家畜を見る目を向けられ失禁しかねない勢いで怯え出す。

フレイヤ達との関係はいまいち理解していないアリィだが、このボフマンこそ一番貧乏くじなのではないかと憐憫《れんびん》とともに思い始めていた。

「ワ、ワルサの軍勢は制圧のため今もシャルザード国内にとどまっているようですぞ。アラム王子を捜索しようと、一部の別働隊は三々五々《さんさんごご》と散らばっているようですが……」

商人の利益とは国の経済、及び政治に大きく左右される。戦争となれば一大事だ。

商機を見極めるため、ボフマンは商会を通じて情報を逐一集めさせていたのだろう。それこそフレイヤ達と関わる前、シャルザードとワルサが開戦する以前から、今まで。

ボフマンはアリィのことを見やり、言いにくそうに体を揺らした後、続きを語った。

「正確な数こそわかりませんが……仕入れた情報によれば、敵の数はおよそ八万」

「は、八万⁉」

「正規兵だけでなく、数多の傭兵が続々と参戦しているとのことですぞ……」

その数字を聞いて、アリィは自分の喉が震えたのがわかった。

王都を攻め入られた際にもおおよその数は報告されていたが、当時より多い。

シャルザードとワルサは西カイオス中域でも屈指と呼べる国力を持つが、それでも八万の出兵など絶対に不可能だ。

ボフマンが補足した通り、数えきれない傭兵が参加しているとしか思えない。

（だが予測が合っていたとしても、それでも異常だ。近年ワルサが迎えたという傭兵系の

【ファミリア】……【ラシャプ・ファミリア】が引き入れたとしか……！）

アリィは薄ら寒さを覚えた。

現在起こっている戦争がシャルザードとワルサの二ヶ国だけの問題では決してなく、何かもっと別の『大きな力の流れ』に巻き込まれつつあるのではと錯覚を覚える。

カイオス砂漠全土を揺るがすほどの『疫病』が、もたらされようとしているのではと。

「八万か」

「無限の敵《ダンジョン》よりマシだな」

「だが面倒くさい」

「ひたすら面倒くさい」

――が、そんなものを前にしても、【フレイヤ・ファミリア】は小揺るぎもしなかった。

むしろくだらなそうにしており、ぼそりと呟いたガリバー四兄弟を始め、恐れを抱く気配が微塵《みじん》もない。

その温度差に、アリィとボフマンは動揺する。

「群れるしか能がない連中は有能とは呼びません。私は無能と切り捨てる。つまり、そういうことです」

アリィ達を他所に、ヘディンは卓上を見下ろしながら淡々と告げる。

彼が眺めるところ、いくつもの机を繋げられた卓上には『リオードの町』周辺一帯、そして商業国《イスラファン》とシャルザード、ワルサの国境線上の地図が広げられていた。

ヘディンは一帯の地理を視線でなぞり、考えがまとまったのか、すっと瞳を細める。

「仮初の主《あるじ》は王族、命令は下せても指揮は取れん。私が指示を出す。早く終わらせたいのなら従え」

「「……」」

「異論がないのなら、作戦を説明する」

顔を上げたヘディンはまさに王を補佐する軍師の顔となって、場の主導権を握った。

彼の利発さは周知のとおりなのだろう。オッタル達が口を挟むことはない。

「まず、作戦の概要だが――」

フレイヤはこのエルフ、ヘディンを頼れと言った。

なるほど、眉目秀麗な相貌は見るからに理知的だ。

かけている眼鏡《めがね》も相まって英明《えいめい》な参謀という言葉がぴったりくる。

きっとこんな状況でも、アリィでは思いも寄らない秘策を打ち立ててくれるに違いない。

アリィは期待と緊張を込めながら、彼の次の言葉を待った。

「――私達八人で敵軍を全滅させる。以上」

「大雑把《おおざっぱ》過ぎる!!」

アリィは天に向かって吠《ほ》えていた。

全くもって秘策と言えない力技に絶叫を上げる。

戦術的勝利とか戦略的勝利とか、もう色々なものを飛び越え過ぎて酷かった。

「何を言っているんだ！　できるわけがないだろう！　八万もの敵をたった八人でっ——」

「これが最も効率的です」

が、ヘディンはあっさりと言いきった。

「なっ……⁉」

「貴方が忌避する犠牲も出ない。要望に沿うように、私は単純明快な策を打ち出しています」

ヘディンは眉一つ動かさず、ただただ事実をのたまうかのようだった。

オッタル達も、一切顔色を変えない。

本気だ。

本気で言っている。

彼は、いや彼等は、本気で思っている。

八万の軍勢を——たった八人で掃討《そうとう》すると！

「貴方は私が兵士をかき集め、軍略をもって数の多寡を覆すとでも思っていたのですか？」

「だ、だって、普通なら……！」

「ご期待に沿えず申し訳ありませんが、そんな方法ではいくら私でも相当に骨が折れる。あまりにも『非現実的』だ」

──『現実的』ってなんだっけ。

八万を迎え撃つための兵士を集めるより、八人で八万を倒す方が真っ当だと至極当然のようにのたまうヘディンに、アリィは顔を引きつらせながら思った。

もしかして自分の頭の方がおかしいのか、と冷や汗を湛《たた》えて疑ってしまったが、斜向《はすむ》かいで口をあんぐりと開ける商人《ボフマン》を見て、自分達の反応がまともなのだと思い直すことができた。

「……か、数はもとより、敵軍の練度は総じて高い。確実に、『勇士《カビール》』が何人もいるだろう」

かろうじて反論する。

敵兵は『恩恵《ファルナ》』を授かった眷族だ。ワルサは好戦的な国で、軍部を統べる主神の他にも従《じゅう》属神《ぞくしん》が多くいる。【ラシャプ・ファミリア】に至っては昇華《ランクアップ》した者が複数いるに違いない。

「それが何か？　第二級冒険者程度の実力で、私達を止められるとでも？」

しかし、それでも、エルフの言葉は変わらなかった。

今は神時代《しんじだい》。『量より質』。それが現代の鉄則。

どうして群れるだけの有象無象が、研ぎ澄まされた『個』に太刀打《たちう》ちできるだろうか。

その言外のヘディンの言葉に、自分はまだ甘く見積もっていたのかもしれないと、アリィはそう思った。

最強の派閥《フレイヤ・ファミリア》の規格外振りを。

「相手は情報を摑んだのか、あるいは神の御業か、アラム王子が商業国《イスラファン》に潜伏していることに

感付いている。このリオード以外の町、特に国境沿いの共同体にも手を回している筈」

呆然とするアリィを置いて、ヘディンは話を進める。

机に広げられた地図の中でシャルザードの国境付近、商業国《イスラファン》領内にある集落を指でなぞった。

彼にちらりと視線を向けられたボフマンは「は、はいっ、他の町や村々も襲われたという情報がありますぞ」と咄嗟《とっさ》に答える。

「そのうち、リオードに向かった先遣隊の消息が絶たれた。間違いなく新たな部隊を派遣してくる。既に異変に気付いていたとして……敵の到着は明日の夜が妥当」

『リオードの町』で目撃した敵軍の兵装、部隊の練度、あとは情報に基づく敵軍の位置と距離をもとに計算を弾き出しているのか、ヘディンは確信した声音で告げる。

「手始めにそれを迎撃し、このリオードの地には『予想外の勢力』がいる、と思わせる」

ようやく衝撃から立ち直ったアリィは、必死にヘディンの話に耳を貸す。

予想外の勢力どころか最強の冒険者達なのだが、そこはもう突っ込まないでおいた。

「送り出した部隊が戻ってこなければ、多少なりとも相手は慎重になるでしょう。時間を稼げる。その間に、準備を整えます」

「準備……？」

「敵の『全軍』を、決戦の場に布陣させる準備です」

「はあっ⁉」

だが、新たに投下された爆弾に、アリィは再び度肝を抜かれた。

「我々八人で敵を片付けることが最も効率的だと言いました。ならば課題は、一切の取りこぼしもなく敵を戦場に引きずり出すこと。そうすれば、私達がそこで全てを終わらせます」

「な、何を言って……⁉」

「迷宮都市《オラリオ》に攻め寄せてくる王国《ラキア》の時もそうですが、いくら第一級冒険者《われわれ》でも多方面に展開した万の部隊を殲滅《せんめつ》するには手間暇がかかるのです」

まるで『面倒は一度で終わらせたいから』と、そう言わんばかりの言い草であった。

できるわけがない。アリィ達にも敵と同程度の兵力があれば、ワルサも合戦に応じようと戦場に布陣するだろう。だが、こちらの戦力は突出しているとはいえ八人のみなのだ。総力決戦とばかりに出てくる筈がない。

どんな方法をもってすれば、八万もの軍勢が全て出陣するというのか！

そんなアリィの心の声が視線から伝わったのだろう、ヘディンは彼女を見返した。

「貴方が国の平和を望むなら、取るべき手段は敵の『撃退』ではなく、『殲滅』です」

「‼」

「決して比喩ではなく。敵軍の数割を削って大損害を与えた、などという一般的な話を言っているのではありません。中途半端に取りこぼせば泥沼となる。もし決着をつけられず敵軍を取り逃がせば、それは必ず将来の禍根《かこん》となるでしょう」

「そ、それはっ……！」

「今から我々が攻め入って奇襲してもいいですが、どうしても討ち漏らしは出ましょう。だから、一箇所に集結させたい」

理路整然と語っているようで、やはりヘディンの言っていることは無茶苦茶だった。

少なくとも、常人の考えの範疇《はんちゅう》では。

「我々は迷宮都市《オラリオ》に戻る。戦うのは今回きり。ならば貴方の要望を叶えるには、二度と変な気を起こさぬよう徹底的に叩き潰す必要があります」

ヘディン達は真実、シャルザードの行く末など興味はない。

これは仮初に過ぎずとも、今だけは主《あるじ》と仰ぐアリィを思っての進言だ。

それを理解したアリィは喉を鳴らし、ひたすらにうろたえる。

「故に、貴方にも働いてもらいたい。仮初の主《あるじ》」

「……！」

「敵も味方も誘《おび》き寄せる『餌《えさ》』になってもらう必要があります。……できますか？」

眼鏡の奥で、ヘディンの珊瑚朱色《さんごしゅいろ》の双眸《そうぼう》がアリィを見つめる。

彼だけではない。オッタルやアレン達、みなが彼女に目を向けていた。

値踏みするような都合八つの眼差しに――アリィはぎゅっと手を握り締めた。

「やるさ！　やってやるとも！」

真《ま》っ向《こう》から受けて立つように、啖呵《たんか》を切る。

「王都は奪われ、民も守れず、臣下さえ失った！　既に醜態を晒《さら》し続けた身だ！　この身を捧げることができなければ、王族の名に何の意味があろうか！」

「……」

「私を使え、ヘディン！　到底信じられないお前の戯言《たわごと》が、現実に叶うというのなら！」

もはや自分がなさねばならないことは決まっている。あの女神にも散々背中を押された。

王子《アラム》の顔となって偽りなき思いをぶつける。

そんなアリィを、オッタル達は黙って見つめ続けている。

アリィは王として、一人の少女として、まだ言っていなかったことを彼等に言い放った。

「どうか私の国を救ってくれ！　勇壮なる戦士達！」

その『王』の気迫に。

ヘディンの口端が僅かに笑みの形に曲がった――そんな風に見えた。

「よろしい。ならば、行動を開始しましょう」

粛々と話を再開させるヘディンの様子は先程と何も変わらず、アリィが見たものは幻覚だったのかもしれない。

だが彼はアリィの王命に応えるように、淀みない指示を加速させた。

「ヘグニとアルフリッグ達は出ろ。後者は四人散らばれ」

名指しされた黒妖精《ダーク・エルフ》と小人族《パルゥム》の四つ子が顔を上げる。

そしてエルフの参謀は、前哨戦《ぜんしょうせん》の開始を告げた。

「この町から五Ｋ《キルロ》圏内に侵入するワルサの部隊を駆逐しろ」


その日の夜は、僅《わず》かな雲が三日月を隠していた。

月明かりが届かない砂漠はいつにも増して暗い。呼び起こすのは原始的な恐怖だ。砂丘の輪郭が闇の塊《かたまり》となって山のように浮かび、のそりと動き回るモンスターの眼光が不気味な人魂《ひとだま》のごとく炯々《けいけい》と輝く。

月の代わりに無数の星が見下ろすのは、一つの遺跡だった。

当時の文明を物語るように石の柱や破壊された壁が砂の海に浮いている。

半分崩れている天井は、かろうじて冷たい夜風を防いでくれるだろう。人やモンスターが利用する寝床にはちょうどいい。

そんな古代の遺跡は今、『悲鳴』を散らしていた。

「う、うわぁアアアアア⁉」

闇に隠れた絶叫が砂漠の夜に木霊《こだま》する。

吹き散らされるのは無数の花弁のような血飛沫《ちしぶき》だった。首から舞う鮮血が遺跡の壁をぱっと赤く色づかせる。盛んに鳴らされるのは数多の足音だ。悲鳴とともに動揺を孕《はら》んだそれは一つ、また一つと数を少なくしていく。

ワルサ軍は混乱に陥っていた。

商業国《イスラファン》領内に侵入した彼等は『リオードの町』へ向かう途中だった。連絡が途絶えた戦士率《マルザナ》いる先遣隊の消息を確かめるためである。そして人目を忍ぶようにこの遺跡で野営を開き、休憩を取っていたところ――突如奇襲されたのである。

「ほ、報告しろぉ⁉　いったい何がっ――ぐえッ」

隊長格の男の首が無残にはね飛ばされる。拍車がかかる兵士達の混乱はもはや止まらない。

壁に踊る襲撃者の影は一つ。

影絵となって多くの兵士を斬り捨てては、死を連ねていく。

それは光を灯す魔石灯を蹴り飛ばし、遺跡内を完璧な闇に変えて、鏖殺《おうさつ》を続けた。

「――あぁぁ」

絶望する兵士達が命を失う直前、ことごとく目にするもの。

それはまさしく、死を運ぶ黒い妖精だった。

「あぁ、夜はいいな。闇討ちはいい」

闇に乗じて斬る。

それの繰り返し。

それはヘグニにとって、とても楽な作業で、普段の緊張から彼の言動を解放させていた。

「誰かの視線に怯えることもない。幾つもの瞳に、自分がどう映っているか憂《うれ》うこともない」

闇が全てを隠してくれるから、と。

軽い呟きとともに、鮮烈な斬閃《ざんせん》と苛烈《かれつ》な血飛沫が舞い狂う。

ワルサの兵は何が起きたのかわからないまま、次々にその命を終わらせていった。

「俺は本当は人殺しをあまりしたくないけれど、でも君達は力のない民草に、もっと酷いことをしたんだろう？　じゃあ、罪を贖《あがな》わなくてはいけないから。やっぱりここで死んだ方がいい」

返ってくるのは悲鳴のみ。

しかし構うことなく、黒妖精《ダーク・エルフ》の剣士は斬撃の旋律《せんりつ》とともに独白《どくはく》を重ねる。

「じゃないと、俺みたいに生きることが恥ずかしくなってしまうから」

様々な感情を宿し、その若芽色の瞳が切な気に細められた。

「こうして死ねる君達が羨《うらや》ましいな。俺も自分で自分を殺せればいいんだけど、ヘディンとの決着もつけていないし、何よりこの心はあの方に奪われてしまった。あの方のために全てを使いつくすまで、死ねないんだ」

妖精の独白は加速する。

世を嘆く詩人のように言葉を紡ぐ間にも、黒剣の調べは止まらない。

漆黒の外套《がいとう》が鋭く翻《ひるがえ》り、その間にも五人の兵士が血を吐いてこと切れた。

「だから死んでくれ。俺達の女神は一人の女の子の行く末を楽しみにしてる。その楽しみのためだけに死んでくれ。俺も彼女がどうなるのか見たい。悪いね、ごめんよ、申し訳ない。でも天界はそこまで酷い場所じゃないと聞くから、怖がらないでいいと思う。多分、きっと、また下界《ここ》に戻ってこれるよ」

その声は、敵軍の兵達にとって世にも恐ろしい死神の子守唄に聞こえただろう。

血の旋風《せんぷう》を巻き起こす黒妖精《ダーク・エルフ》は、まさしく『砂漠の悪魔』に違いなかった。

「……あぁ、昔の俺に戻ったみたいだ。戦争は嫌だな、人殺しは嫌だ」

絶叫が途絶えた頃。

血を吸って赤黒く変色した砂漠の墓標の中、立っているのはヘグニだけだった。

穴が開いた遺跡の天井に向かって、いくつもの骸《むくろ》の手が空を仰いでいる。返り血の一滴も浴びていない黒妖精《ダーク・エルフ》はその場を感慨なく眺めた後、新たな敵兵を狩るため、背を向けて再び闇の中に消えた。


「ひぃいいいいいいいっ⁉」

ワルサの部隊が声を上げて逃げ出していく。

闇夜に紛れ武器を振り鳴らす四つ子の影は、その後ろ姿を正確に捕捉していた。

「ヘディンの指示通り、敵部隊を二つ通す」

声を発するのは槍を持つ長男のアルフリッグ。

砂色の兜《かぶと》を被《かぶ》って表情が窺い知れない彼に、残る三人の弟が言葉を続ける。

「まどろっこしい」

「あの軍師気取りのエセ知的エルフめ」

「眼鏡をくいっと上げるだけで知能指数が上がると勘違いしてる残念妖精。死ねばいいのに」

「おい、やめろよ、ヘディンが可哀想《かわいそう》だろ……アレンよりマシだよ」

好き好きに発言する弟達に、苦労人の長男はそっとエルフの魔法剣士を庇《かば》った。

ガリバー四兄弟に襲撃され逃げ惑う部隊は、ちょうど二つ。

視線の先で南下していくワルサ兵に、アルフリッグは意識を切り替え、命じた。

「ここで別れる。ドヴァリン、ベーリング、奴等を『リオードの町』へ追い立てろ。痛めつけられた獣が、見境なく餌に喰らいつくように」

「怪物《モンスター》ならぬ兵士《ソルジャー》の進呈《パレード》か」

「始末するより加減する方が難しい。奴等は脆《もろ》すぎる」

大鎚《おおづち》と大戦斧《だいせんぷ》を持つ小人族《パルゥム》が風となって駆け出していく。

その場に長男とともに残った、大剣を持つ末弟のグレールが確認してくる。

「アルフリッグ。ここからは面倒な真似をしなくていいんだな?」

「ああ、今後防衛線から通す必要はない。僕とグレールは二手に分かれて監視を維持」

場所は『リオードの町』から五Ｋ《キルロ》離れた砂漠地帯。

遮《さえぎ》るものがない広大な砂の海の中、度重なる昇華《ランクアップ》を果たし五感が尋常ではないほど強化された小人族《パルゥム》の優秀な視覚は、どれだけ離れていようと不審な敵影を見逃すことはない。

「侵入してくる輩がいれば、全滅させろ」


アレンは不機嫌の極みにあった。

「ワルサの兵がまた攻めてきたー!!」

「でも尋常じゃないほどべらぼうに強い猫人《キャットピープル》と猪人《ボアズ》がゴミ虫《ムシ》のように蹴散らしてるー!!」

「そんな彼等に命令を出す、あの高貴なお方は誰なんだー!!」

歓声を上げる群衆の前で、『芝居《しばい》』を打たされていたからである。


ちょうど人々が起き出す朝の時間帯、見計らったかのようにワルサ兵が『リオードの町』に雪崩《なだ》れ込んできた。住民達からは悲鳴が上がり、町を焼き払われた恐怖が蘇《よみがえ》るや否《いな》や、やはり示し合わせたかのように颯爽《さっそう》と現れたのがアレンとオッタル、そしてアリィだった。

「我が配下の強き『勇士《カビール》』、いや『英傑《バタール》』よ! ワルサの獣《ケダモノ》から人々を守るのだ!」

悪夢の再来に絶望するリオードの町民。

その窮地を救う謎の一団。

住民及び多くの商人達は強き戦士に感激し、それを率いる一人の『王』に感謝と敬意を抱く
――というのがヘディンの計画《シナリオ》である。

女神《フレイヤ》を秘密裏に護衛していたアレン達が『リオードの町』に元々いたことを知る者は皆無だ。

更に美しい装備に身を包んだ王子《アラム》が、まさか元奴隷の少女であったと気付く者などいまい。奴隷商の目も欺《あざむ》くほど、駱駝《らくだ》に跨《また》がり指示を飛ばす彼女は王者の威風に満ちていた。

まさに偶然通りかかった風を装うアレン達は、どこからともなく現れて悪者を成敗する英雄譚《たん》の住人のように見えただろう。

「すごい、あのワルサの兵を簡単に倒して！」

「あの方々はいったい……」

「嗚呼《ああ》、この町を救ってください！」

焼き払われた市場《バザール》の中で圧倒的な力を見せつけ戦うアレン達を見て、町の住民達は大きな声援を送る。

町を焼かれた絶望の反動か、彼等はヘディンの思惑《おもわく》通り感激に打ち震えていた――ちなみに最初の方の説明くさい声援はファズール商会の偽民衆《サクラ》である――。

糞喰《くそ》らえだ。こんな『茶番』に付き合わされて。

アレンの不快数値《ゲージ》が見る見るうちに上昇していく。

ので、ワルサ兵をいつもより雑に、派手派手しく倒すのも無理からぬことであった。

「やめろ、アレン！　殺生はするな！」

うるせぇ、潰すぞ。

背後から飛んでくる主《あるじ》気取りの少女の声に、更に不快＋殺意の数値《ゲージ》が上がる。

「……ぬんっ！」

「いぎゃあああああああああああああああ⁉」

見れば、オッタルも微妙に気が入らない顔を浮かべながら、敵兵を空高く吹き飛ばしていた。

ドヴァリンとベーリングに散々追い立てられたワルサ兵は戦う前から既にボロボロである。

「これだから飯事《ままごと》は嫌いなんだ」

アレンは悪態とともに、泣き喚くワルサ兵を豪快に薙ぎ払うのだった。


「つ、疲れた……」

住民達の熱い歓迎をほどほどに躱《かわ》しながら、アリィは『オアシスの屋敷』に戻った。

表向きは砂漠の勇者達に女主人《フレイヤ》が屋敷を貸し出すことを快諾《かいだく》した、ということになっている。

「この程度で音《ね》を上げてもらっては困るのですが」

「肉体の疲労ではなく、気疲れだ……。アレンがはっきりと私に殺意を抱いていた。今夜、私は寝首をかかれるかもしれない……」

「その時は私が冥福を祈りましょう」

華美な鎧《よろい》を脱装して、回廊を歩くアリィのすぐ横にヘディンが付いてくる。

じろりと恨《うら》みがましい視線を送っても、彼は気にした素振りもなく平然としていた。

「今朝の活躍で貴方はこの町の英雄です。危機を救った恩人の言葉なら多くの人間が耳を貸すでしょう。これで我々の計画もやりやすくなる」

「全て自作自演だろうに……。何も知らない人間を騙《だま》すような真似を……」

「住民の被害はゼロなのですから問題ないでしょう。綺麗事で済まないのは政《まつりごと》も同じです」

英雄どころか、自分が居合わせたせいで『リオードの町』が焼かれたも同然なのだが、ヘディンは罪悪感に浸るのも許してくれない。曰《いわ》く、

「蛮人のごとき振る舞いをしたワルサこそ悪であるのは明白なのですから、私は何も悪くない、そう踏《ふ》ん反《ぞ》り返っていてください」

だそうだ。

個人の感情を挟ませず効率を追求するエルフに、アリィは長嘆した。

「リオード周辺の警戒に当たっているアルフリッグ達もワルサ軍を全て殲滅《せんめつ》。そろそろ敵方は

この地に何かいると警戒してくるでしょう」

「……連絡も取り合わず、どうして敵部隊を索敵し、急襲できるんだ？」

「砂漠の夜は見通しがいい。持ち場を決めて、常に目を凝らしていれば第一級冒険者《われわれ》ならば近付く敵を用意に捕捉できます」

まるで一Ｋ《キルロ》離れていようが敵を見つけ出せると言わんばかりの口振りだった。

アリィは最近癖になってしまった頬の痙攣《けいれん》を何とか堪える。

息をするように敵を排除する戦闘能力に触れるのは、もはや野暮《やぼ》というものだろう。

「それよりも仮初の主《あるじ》、『演説』の準備は済ませていますか？　明日には貴方の出番です」

作戦室の扉を開け、伝令の兵よろしく慌ただしく駆け寄るボフマンの子飼いから報告書を受け取り、ヘディンは直立不動でそれに目を通す。

椅子《いす》を譲られるアリィは疲れもあり、遠慮なく座らせてもらった。

「準備は済ませてあるし、やり遂げるさ。これがシャルザードを……西カイオスを救う一助になるのなら」

声音を緊張させつつ、ぐっと右手を握り締める。

そんな意気込むアリィを、副官よろしく側に立つヘディンは見やったかと思うと――彼女の頭を直視し、嘆息《たんそく》した。

「⁉」

そこから片手を伸ばし、アリィのうなじの辺りの髪を、そっとすくう。

「うわぁぁ!?　い、いきなり何をする!?」

「貴方はもっと髪を手入れした方がいい。身なりが乏《とぼ》しい王に、どうして万人がついてくるとお思いですか」

赤面して椅子から飛び退く。

王子《アラム》の仮面を忘れて心臓をバクバクと爆発させるアリィとは対照的に、ヘディンは呆れの眼差しを送っていた。

「髪に櫛《くし》を通しましょう。ここの従僕達より私の方が上手い。今夜、部屋に向かいます。鍵《かぎ》を開けといてください」

「なっ、なっ、なななななな……!?」

夜に女の部屋へ男が来る。つまり果たしてそれは『そーいうこと』なのかと一瞬でも脳裏にちらつき、アリィは真《ま》っ赤《か》になった。

が、茫漠《ぼうばく》たる砂漠のごとく全く顔色を変えず、手もとの報告書を見下ろすヘディンに全くその気がないのは明白だった。

恐らく彼、いや彼等《フレイヤ・ファミリア》にとって主神《フレイヤ》以外の異性は路傍《ろぼう》の石と同価値なのだろう。

ほっと安心するより先に、一応は存在する女の矜持《きょうじ》が粉砕され、アリィは複雑な気分に陥った。というよりまぁ、イラッときた。

「身だしなみは上に立つ者の基本です。他に力をそそがなければいけないことは山ほどありますが、疎《おろそ》かにしていいものではない」

ヘディンの容姿はエルフというだけあって飛び抜けている。

ヘグニと並んでフレイヤの眷族の中でも群を抜いていた。

特に、その長く美しい金の髪は女性さえ羨望するだろう。

事実、ダメ出しを頂戴したアリィも『くそう、羨《うらや》ましいなぁ』と思っていたが——そこでふと、気にかかったことを言葉にした。

「ヘディン、聞いていいだろうか？　貴方は【ファミリア】に加わる前、王族に仕える者だったのではないか？　いや、もしかしたら貴方自身が——」

その所作や進言めいた小言《こごと》に至るまで、アリィはヘディンから『身近な香り』を嗅《か》ぎ取っていた。すなわち、アリィと同じ『高貴な身分』、こちら側の香りをだ。

「私の過去を貴方が知ってどうなると言うんですか。意味を見出せません」

報告書に目を向けたままヘディンは答える。

過去を詮索されたくないというより、本当に何とも思っていない風だった。

彼は全くもって理性的で効率的なエルフだと、アリィは思った。

だからこそ、次の質問を問うていた。

「では、何故こうまで臣下のように接してくれる？　主神の命とはいえ、貴方だけだ。アレン達とは異なり、その……私に敬語まで使ってくれるのは……」

仮初の主《あるじ》、と言っているが、アリィに対するヘディンの態度は【フレイヤ・ファミリア】の中でも最も軟化したものと言っていい。丁寧な言葉遣いもそうだ。僅か数日に過ぎないが、アリィは彼からの『敬い《うやま》』を感じ取っていた。

ヘディンは、その問いには答えてくれた。

「責務に苦しまぬ者に、王を名乗る資格なし」

「えっ……？」

「貴方は現実を見据え、悲しみと憎しみから逃れることはなかった。それどころか、最も美しく恐ろしい女神に立ち向かいさえした。その行為の意味を私達は誰よりも知っている」

手もとの書類から顔を上げ、見目麗しいエルフはアリィを見る。

「貴方は王族として、最低限の誇りを示した。故に誰に何と言われようと、私もそれなりの態度で接すると決めたまで」

「ヘグニも貴方のことを見直していると思います」と、そうも付け足される。

アリィは瞠目《どうもく》した。

ヘディンの評価は王族として悩んでいた自分を肯定してくれるもので、浮かれて然るべきものの筈なのに、奇妙な感覚に襲われる。

フレイヤの眷族達に、多少なりとも認められたという事実が不思議だった。

自分は彼等に負んぶに抱っこ、まだ何も成し遂げていないというのに。

ヘディン達が認めてくれるくらいには、自分は何か変われているのだろうか。

「他の者に通達へ行ってきます。何もできない無能が多過ぎる」

その場を後にしようとしたヘディンは、去り際に告げた。

「仮初の主《あるじ》、貴方に多くは求めません。……しかしどうか、私達を失望させないでください」

女神に選ばれたのなら、と。

エルフはそれだけを言い残す。

離れていく背中に向かって、アリィは覚悟と決意をもって、「ああ」と答えた。


その日のカイオス砂漠は、いつにも増して暑かった。

中天に差しかかる太陽の下、『リオードの町』の空気は重い。

復興が進められているとはいえ、『リオードの町』には不安が渦巻いている。シャルザードの次はこの商業国《イスラファン》、それどころか他の国々もワルサに蹂躙されつくされるのではという恐怖だ。

人々が明日をも憂う中――アリィはヘディン達を伴《ともな》って『リオードの町』の南区画にいた。

「予想以上に集まっているな……」

場所は広場。

普段は市場《バザール》として利用されている一角を解放し、今は多くの人々が集まっていた。

まるで『リオードの町』の住民全員が揃っているのではと錯覚するほどで、建物の陰から窺うアリィは、少しだけ手を湿らせる。

重要な話があると言って、アリィは——正確にはヘディンが——この場を設けさせた。

町を救った『英雄』の頼みとあって、『リオードの町』の住民は快《こころよ》く聞き入れてくれた。

何を話すつもりなのか群衆は先程からずっとざわついている。

これからも町を守ってくれるのでは、そう期待している者達もいた。

「フ、フフ……今こそ聖なる号砲を鳴らす時……これは砂の民を導く王の宣誓である……」

「お前は喋るな、ヘグニ。……アラム王子、ここが貴方の戦場です。ご武運を」

アリィが一人緊張を制御していると、【フレイヤ・ファミリア】のヘグニとヘディンが声をかけてくる。

二人の言葉を聞き、アリィはふと自覚した。

——そうか、ここが私の戦場か。

アレン達のように敵を倒すことができない自分は、この場所で戦うのだ。

アリィは頷《うなず》き、歩み出した。

耶悉茗《ジャスミン》を彷彿《ほうふつ》する白の華美な鎧——身軽な軽装と外套《マント》を揺らし、用意された檀上に上る。

『……リオードの住民よ。貴重な時間を割き、私の声に耳を貸してくれること、感謝する。今日は頼みがあってこの場を設けてもらった』

檀上に設置された魔石製品の拡声器によって、アリィの声が街の外にまで響く。

それはまさに、砂漠世界に向けて発信する宣誓のようであった。

『私のことを流離《さすらい》の名無し《フォランド》と呼ぶ者もいたようだが——先に正体を明かしておこう。我が名はシャルザード王家の王子、アラム・ラザ・シャルザードである』

その途端、ざわっ、と群衆は揺れた。

盛んなざわめきが満ちる。町の住民は王子の名にただ翻弄されるだけだったが、まさかという表情を隠さない者もいた。商人達である。

彼等のこちらを探るような視線を檀上から見返しながら、アリィは言葉を続けた。

『私について風の噂《うわさ》を聞いた者もいるだろう。王都を奪われ、ワルサ軍に蹂躙されるまま、消息を絶っていた無能の王子と。——だが、真実は違う。私は王家存亡の時、力を貸すと言われている【伝説の戦士】と合流するため一時《いちじ》軍を離れていた。その折、この町の危険を聞き、駆け付けたというわけだ』

ヘディンが適当に考えた台詞《セリフ》を読み上げる。

だが、台本はここまでだ。

ここからは、アリィが王威を示さなくてはならない。

『――商人よ、そしてイスラファンの民よ！　私に投資しろとは言わない！　ただ、どうかこの声を届けてほしい！　砂丘を越え、砂風《かぜ》に乗って、我がシャルザードへ！』

声を打ちながら、アリィの記憶は先日に飛んでいた。


「演説？」

女神との『戦盤《ハルヴァン》』の一戦を制した日の夜のこと。

作戦室で己の耳を疑ったアリィに、ええ、とヘディンは頷いた。

「我々はとにかく使える駒が少ない。情報伝達や諜報、偵察の類は難しく、敵の全軍を殲滅しようにも正確な位置も知れないのが現状です。――だからこちらから『声』を上げ、敵の方から動いてもらいます」

オッタル達も耳を貸す中、彼は卓上に広げられた地図を見下ろしながら語った。

「声を上げ、敵から動いてもらう……？　何を発信するというんだ？」

「シャルザード全軍への号令です。全てを決する一戦を仕掛ける、と」

なっ、とアリィは目を見開いた。

「アラム王子の『声』を届けるため、まず商人を使います。奴等の声は風よりも速い。ワルサが居座るシャルザード全土に流布できるでしょう。なにせここは『商人の町』であり、『商人の国』なのですから」

「……！」

「大切なのは、あくまで『演説』であること。出所の知れない、嘘か真《まこと》かもわからない情報ではなく、その日、その場所で実際にあった公《おおやけ》の声明にしなければならない。この砂漠世界にアラム王子の勇断の行為を観測させる必要がある」

　ワルサ軍からすれば、派遣した部隊がことごとく消息を絶った『リオードの町』はまさに異界と化している。そしてその異界から、『宣戦布告』を開始するというのだ。

　ワルサやシャルザードだけでなく、カイオス砂漠圏全土に向かって。

「貴方が告げるのは『総力決戦』の日時と場所。そして決戦の機運を高め、行動を促し、シャルザードもろともワルサ全軍が布陣せざるをえないほどの『鼓舞《こぶ》』を行ってもらう」

「ま、待ってくれ！　もし私の声が届きシャルザードの将兵が動いたとしても、ワルサが動くかはわからない！　兵力は歴然だっ、警戒はするだろうが思惑通りには……！」

　そのアリィの反論に、ヘディンは地図上のとある地帯を指差すことで答えた。

「シャルザード軍を布陣させるのは、リオードの町から北東に向かった『ガズーブの荒原』。シャルザード、商業国《イスラファン》、ワルサの国境が交わる岩石砂漠地帯。ここに兵さえ集えば、そのままシャルザードにも、そしてワルサ本国にも進軍できます」

「!!」

「シャルザード王都に居座っているワルサ軍本隊からすれば無視できるものではない。もし本国を攻め落とされれば、全てが水の泡だ」

アリィは驚愕とともにヘディンの言わんとしていることを理解した。

ヘディンは『脅し』をかけるつもりなのだ。

こちらの『決戦の呼びかけ』に応じなければ、ワルサそのものを消滅させてやると。

今回のシャルザード攻めにワルサが大部分の戦力を導入していることは間違いない。本国の守りはまず薄くなっている。「最悪、商業国《イスラファン》にも呼びかけて出兵してもらっても構いません。ワルサの暴挙によって商業国《イスラファン》も被害が出ている。十分な大義名分が存在する」などと、ヘディンはさらりととんでもない次案も告げてくる。

アリィは思わず、まじまじとヘディンの顔を見つめてしまった。

このエルフは、家臣もいなければ兵もいないにもかかわらず、たった一つの策のみで二国の総軍を動かそうとしている。そしておそらく、それは不可能ではない。

目の前のエルフが恐ろしいと、アリィは確かに畏怖を覚えた。

「常に相手へ『二者択一』を迫る」

「えっ？」

「そして、その二択とは己に都合のいい二択。一つの選択を強要するのではなく、あくまで相手に選ばせる。宮廷でも戦争でも、そのように立ち回ることが肝要です。仮初の主《あるじ》」

「‼」

第です」

「しかし、これらは全て『演説』の結果に左右される。砂漠の世を突き動かせるかは、貴方次第です」

自分は『王』として成長を見込まれ、同時に見極められていると。

その珊瑚朱色《さんごしゅいろ》の瞳を見て、アリィはその時、はっきりと自覚した。

こちらを見つめ返すヘディンは、まるで女神《フレイヤ》の神意を継ぐように助言を授けた。

「貴方はもっと、狡《ずる》い『駆け引き』を覚えた方がいい」

『シャルザードの都ソルシャナは落ち、王である父も処刑された！　他ならないワルサの手によって！　あの日ほど己の無力を呪ったことはない！』

身振り手振りを交えて群衆の目を引き付ける傍ら、アリィは周囲に目を走らせた。

ボフマンの伝手《つて》を全て駆使し、別の町からも多くの商人に足を運ばせている。もとより『リオードの町』は『商人の町』。彼等の情報網は必ずやカイオス全体に行き渡る。

ちなみにだが、アリィが纏っている高級な鎧もファズール商会が取り寄せたものだ。

そろそろファズール商会、中でも使役され続けているボフマンは過労で死ぬのではないかと、アリィは心の隅で思った。

『しかし、今の我々には強い味方がいる！　シャルザードを救うと言われている【伝説の戦士】にして、ワルサの軍勢をことごとく破った『八英傑』だ！　その力は貴方達も見た通り！』

群衆がオッタル達の方を見て、一気に沸いた。

【フレイヤ・ファミリア】の貫録も借りて、聴衆の熱気をあおりにあおる。商人達もざわついている。ワルサの蛮行を見かねているのは彼等も同じだろう。アリィの声明を届けるだけでいいのなら、とこちらの訴えに引き付けられている。

もとより彼等もまた、町を焼かれた怒りの炎を燃やしているのだ。

これならば――あとはアリィが『アラム王子』であることを証明すれば、全てが動く。

『今一度請おう！　イスラファンの民よ、どうか一言一句違《いちごんいっくたが》わず伝えてほしい！　私の声を愛する祖国に、勇猛な将兵たちに!!』

今日、ここで言った言葉は――シャルザード軍に伝わるのは全て商人の伝聞。

忠臣達は王子の偽物か、あるいはワルサの罠《わな》ではないかと警戒するかもしれない。

シャルザード王家に受け継がれる紫の瞳だけでは足りない。証明としては弱い。

故に――自分が王子である『証』を、この宣言に含ませる。

『王家の偉大なる始祖、アリィの名に誓って約束する！　決戦の日は五日後、【ガズーブの荒原】にて！　全軍を集結させ、王都を奪還する！』

アリィの証明――それは『真名』。

偽物では決して騙《かた》ることのできない、性別を偽る王子の『正体』。

悪賊を討たんとする王の宣言、そして王者の威光に、民と商人の熱気が最高潮に達する。

アリィは、拳を太陽に向かって突き上げた。

全てを為しえる覚悟を、叫んだ。

『私はここに宣言しよう！　王家の生き残りとして新たな王となり、悪賊ワルサを打ち倒すと‼』

群衆が歓声を上げる。

希望を託して熱砂の砂漠を打ち揺るがす。

商人達の覚悟もまた砂の風に乗り、カイオスの空へ羽ばたいた。

それを見て、【フレイヤ・ファミリア】の面々も、その『王』たる少女を認めるのだった。


「あぁ、姫様……！　生きておられた！」

『リオードの演説』が商人の手で一斉に流されたその日。

情報を耳にしたシャルザードの忠臣達は、膝《ひざ》から崩れ落ち、喜びの涙を流した。

「姫様っ――いや王子だ！　偉大なる始祖アリィの名を口にしたというのなら、それは間違いなくアラム王子だ‼」

シャルザード各所。

劣勢を強いられ敗残兵もかくやといった多くの部隊の中で、雄叫《おたけ》びが上がる。

シャルザードの始祖にアリィなどという人物は存在しない。

この『演説』はアリィ本人の暗号であると、王子《アラム》の秘密を知る少ない臣下達は猛《たけ》り狂う。

「他の部隊に通達せよ！　イスラファンの王子は本物だと！　これより決戦の地、ガズーブに集え‼」

劣勢の中にあって士気が下がり続けていた幕営の中、アリィの右腕であり、彼女が最も信を置く老将ジャファールが号令を下す。

希望を失い磨耗していたシャルザード軍は瞬《また》く間に息を吹き返し、一斉に東進を開始した。


「報告します！　各地で抵抗していたシャルザード軍が東進を開始！　部隊を細分化させ進行しており……全てを押さえきれません！」

シャルザード王都ソルシャナに設けられたワルサ軍の幕営。

駆け込んできた兵の報告に、ゴーザは地図が広げられた机に両拳を叩きつけた。

「くそっ、やられた！」

件《くだん》のリオードでの『演説』はゴーザ達の耳にも届いていた。

まさか商人を利用することで散り散りの軍を再編するとは夢にも思わなかった。この国の地理は言わずもがなシャルザード軍の方が精通している、抜け道の類を利用されれば集結を完全に阻止することは不可能だろう。シャルザードが大々的な反撃作戦に打って出るとなれば、商業国《イスラファン》も彼等を支援する筈だ。【ラシャプ・ファミリア】の蛮行のツケである。

五日後、『ガズーブの荒原』。

これは明確な誘いだ。

雌雄《しゆう》を決する気がなければワルサ本国に攻め入るという、とある妖精《エルフ》の言外の宣告を、ゴーザははっきりと読んでいた。

「アラム王子……！　姿を消していたかと思えばこのような奇策を！　何と思い切った真似だ！　才ある身とは聞いていたが、ここまでの器だったか！」

もしくは優秀な知恵者が背後についたか。

しかし、そうだとしても、民衆ほど新たな王の誕生に敏感な者はいない。

自分達のもとにも伝わってくる異国の熱狂に、ゴーザは敵国の王子がここに来て『覚醒』したことを肌で感じ取ってしまった。


「くっさぁぁ！　まじくっさぁぁ～～～～～～‼　絶対ウラがあるでしょ～～‼」

ゴーザ達がいる本営とは異なる幕営で、男神ラシャプは呵々大笑《かかたいしょう》の声を上げていた。

「臭《にお》うって、こんな『二者択一』なんて！　選ばせてるつもりで強要してる辺り、これ考えたやつエグイな～～～！」

品格はともかく、さすがは神といえばいいか、ラシャプはヘディンの策の裏を正確に読んでいた。そして読んだ上で、敵の誘いに応じるしかなかった。

敵が何かを隠しているとわかっていても、それが何の秘策かはわからない。

まさに蓋《ふた》を開けるまで神ですらも見透かせないものだ。

「軍が賊に落ちて砂漠世界を散々荒らし回す……まぁそれでもいいんだけど、スケールダウン感が否めないなぁ～。しょっぱいっていうかさ」

ラシャプは戦争の勝利に興味はなかった。

アリィやゴーザが危惧《きぐ》した通り、彼は二ヵ国の思惑とは別の、『とある計画』に沿って動いている。それは有り体に言ってしまえば一部の神々の娯楽にして道楽で、下界に混沌をもたらそうとする『邪神』の企《くわだ》てに違いなかった。

「まぁいっか。誘い、乗ってあげよう☆　そっちの方が面白そうだし、こっちには『隠し玉』があるもんね～。ねぇ、シール？」

「はい、ラシャプ様。ですが残念ながら、アレの出番はありません」

ラシャプの側に控えるエルフ、団長のシールは返答した。

妖精に似つかわしくない昏《くら》い笑みを顔に貼り付けた男だった。背は高く、痩身《そうしん》で、長い黒髪を流している。外套《がいとう》を羽織る上半身は何も纏っておらず、露出している素肌に不気味な刺青《いれずみ》を施している。

その姿はまるで闇より生まれた『呪禁師』のようですらあった。

「私だけでシャルザードも、アラムも虐殺しましょう。奴の皮を剝《は》いで作った旗をもって、ラシャプ様に勝利をお伝えします」

「すっげぇイケメンの顔でクソゲスいことをほざくお前のそういうところ、僕は気に入ってるよ。ハハハ」

側近であり団長でもある眷族にケラケラと笑う。

ラシャプは非道だった。彼の眷族もまた外道だった。

彼等の『計画』は酷薄かつ陰惨を極め、下界に混沌をもたらすものだった——が。

結論から言ってしまうと、その『計画』がこの戦いで明るみになることはない。

「『八英傑』だかなんだか知らないけど、近隣の勢力で僕達を倒せるわけないっしょ～」

なぜならば、神《ラシャプ》ですら予想しえなかった最強が、今のカイオス砂漠にはいたからである。


「ヘディン、みんなを集めてくれないか」

明日に戦いが迫る夜。

アリィはヘディンにそう切り出した。

場所は相変わらず『リオードの町』。ここからでもオッタル達の足ならば『決戦の場所』にはものの数時間でつく。王子《アラム》が姿を現し演説を行ったこの町にワルサが手出しするかもしれないので、ギリギリまで守っていたい、というアリィの我儘《わがまま》もあった。

「集められるだけ集めましたが、何をする気ですか？　まさか明日に備えて激励でも？」

広間に集まったのはヘグニ、オッタルとアルフリッグだった。

ガリバー兄弟の弟達は周辺の監視で、アレンはそもそも応じなかったらしい。

それでもオッタル達を集めてくれたヘディンの言葉に、アリィは頭《かぶり》を振る。

天下の【フレイヤ・ファミリア】に、別に鼓舞やご高説を垂れようとしたわけではない。

ただ彼等とまともに話せるのも、この夜が最後のような気がしたのだ。

「まず、礼を言わせてくれ。私に力を貸してくれて。ヘディンには王族であるならば容易《たやす》く頭を下げるべきではないと言われそうだが……今の私に返せるものは真実、この感謝の想いしかない。だから──ありがとう」

一人一人の瞳と目を合わせ、偽りのない言葉を告げる。

女神の眷族達は、決して絆《ほだ》されることはなかった。しかし、

「まだ何も終わっていない。気が早過ぎる。けど……弟達には伝えておくよ」

アルフリッグは淡々としながら、しかし最後は砕けた口調でそう言ってくれた。

「……き、君は、自分で思っているより、暗君じゃないから……つまり、だから、そのぉ……

うぁぁぁぁ――――今こそ闇の衣を脱ぎ捨て猛き業火《ごうか》に焼かれるべし！　ク、ククク!!」

話すのが苦手らしいヘディンは頑張って何かを伝えようとしていたが、呻き声らしきものを発し、最後はこじらせた表現に走って何を言っているのかわからなかった。

「輝け。それが女神に見初められた、お前の義務だ」

オッタルは顔色一つ変えず、それだけを告げてきた。

「私はもう貴方に言うべきことはありません。ですが、あえて最後に一つ、お節介《せっかい》を焼くとするなら……面倒な『猫』は、三階の露台《バルコニー》にいると思いますよ」

そう教えてくれるヘディンに感謝を告げ、アリィは面倒で乱暴な『猫』のもとへ向かった。


「アレン」

銀色にも見える灰と黒の毛並みの猫人《キャットピープル》は、ヘディンの言葉通り砂漠の夜景が見渡せる露台《バルコニー》にいた。声をかけても振り向かないその背中に、アリィは静かに近付く。

「寄るな。馴れ合うつもりはねえといい加減、理解しやがれ」

「そうか。ではここから言わせてもらう」

広い露台《バルコニー》の中、歩幅にして五歩程度の距離で立ち止まる。

「みなには感謝を告げたのだが……貴方には謝らせてほしい。旅の途中、私は貴方を侮辱《ぶじょく》してしまった」

『リオードの町』から出た初日、アリィはつまらない癇癪《かんしゃく》を起こして暴言を吐いた。

しっかりそこでアレンには殺されかけたが、彼女はずっと謝罪をしたいと思っていた。

「すまない、アレン。私は狭量だった。貴方達の女神への忠誠を、冒瀆《ぼうとく》してしまった」

「主面《あるじ》してるんじゃねぇ、クソガキ。反吐《へど》が出る」

にべもない。本当に冷たい暴言ばかり。

だが彼はこういう人物なのだと既に知れていて、だから怒る気も起こらず、アリィは力が抜けたように笑ってしまった。

「……何がおかしい」

「いや……」

その笑みの気配に、アレンが顔だけをこちらに向ける。

アリィはやはり笑ったまま、頭上を見上げた。

「なぁ、アレン。敬愛する女神に……唯一の主に忠誠を捧げるのは、喜ばしいことか？」

「なに？」

「ふと思ってしまったんだ。この短い間、ヘディンや貴方達が向ける忠誠は、私の後ろにいる女神に向けられている。私は彼女を羨《うらや》む前に……何故か、貴方達を羨《うらや》んでしまった」

視線の先に広がっているのは満天の星。そして、独りの三日月。

美しい砂漠の空に、アリィの自覚していなかった言葉が吸い込まれていく。

「彼女は……女神フレイヤは不思議だな。何を考えてるのかわからない。だが、その言葉に、あの眼差しに、どうしても心を引き寄せられる」

「……」

「彼女は本当に何よりも美しい。けれど、真に惹きつけられるのは見た目ではなく……風のように気紛れで、光のように気高い神性なのだろう」

アレンがあの時、激昂した理由が今のアリィにはわかるような気がした。

フレイヤに忠誠を誓う者は、彼女に心を洗われ、救われた者なのだろう。

そしてアリィは、そんな彼女のもとで跪《ひざまず》くことはできない。

彼女は国のために『王』となり、我を殺さなくてはならないから。

月はあんなにも空高く輝いているが、天の果てに辿《たど》り着くことはない。

月をも見下ろす神々のもとへ、行くことはできない。

「私には国がある。王の責務がある。しかし貴方達のように全てを擲《なげう》ち、一途に何かを想えたなら……」

その想いは、いつからあったのか。

『戦盤《ハルヴァン》』で戦った時か。

あのオアシスで過ごした夜の時か。

それとも、最初に出会った時からずっと？

自分が何を言おうとしているのかわからないまま喋《しゃべ》っていたアリィは、そこで口を噤《つぐ》んだ。

その裸の想いが、決して言葉にしてはいけない類のものだと気付いたからだ。

「……すまない、妙なことを口走った。気の迷いだと思って忘れてほしい」

アリィは笑って誤魔化し、その場を後にしようとする。

「捨てればいいだろうが、国なんざ」

しかし、その投げかけられた言葉に、足を止めた。

「なっ……」

「俺達の忠誠が羨ましいというのなら、それは俺達が自分の欲に忠実だからだ。あの方以外は要らないと、それだけを求めているからだ」

アレンが体を向け、正対する形をとる。

糾弾《きゅうだん》とは異なる声音を、驚愕するアリィにぶつけてくる。

「自分《てめえ》の意志の薄弱さをくだらねえものの陰に隠すな。国に寄生されてるんじゃねえ」

「！」

鋭くはあるものの、こちらを穿《うが》つその眼差しは、これまでのものと違った。

彼の物言いに、アリィは酷くうろたえる。

そして、アレンは衝撃的な発言をした。

「俺はあの方の愛が欲しいために肉親を……『妹』を捨てた」

「────」

「世間に言わせりゃただの屑《くず》……だが、それがどうした？　体裁を気にして諦めるなんざ、たかが知れてる。そんなもの愛と呼べる代物じゃねぇ。……少なくとも、あの方にとっては」

故に貫け。

『求める』とはそういうことだ。

猫人《キャットピープル》の青年は断じる。

アリィは衝撃のあまり立ちつくすだけで、何も答えることはできなかった。

アレンは、それからもう何も言わなかった。

少女のすぐ真横を通り、露台《バルコニー》を出る。

置き去りにされる少女は、ぎこちない動きで再び空を見た。

「…………」

月は天には届かない。

けれど地上を見下ろすことも、光で照らすことも忘れて──自らも天を仰ぐことは、許されるのだろうか？

胸の内を過《よぎ》ってしまった疑問は、アリィの心を重く、酷く揺さぶった。

長い柱廊を歩く。

銀槍《ぎんそう》を携え、少女に言葉を言い残したアレンの肩に、声がかかる。

「嘘つき」

柱に背を預けていたフレイヤが、笑みを浮かべていた。

凶暴なアレンが敵わないと認めている、女神の微笑だ。

「今も妹《アーニャ》を気にしているくせに」

「……」

足を止めたアレンは、短く告げた。

「お戯《たわむ》れ事を」

歩みを再開させ、今度こそ立ち去っていく。

その後ろ姿に目を細める女神は、露台《バルコニー》にいる少女を見守るのだった。


灯りが消えた室内を、窓から差し込む月明りが蒼《あお》く照らす。白の薄布《カーテン》が僅かに揺れていた。

部屋に戻ったアリィは、煩悶《はんもん》していた。

明日には国の存亡がかかった戦いが控え、それどころではないのに、悩んでいた。

（国を捨てる……？　私が？）

王子《アラム》ではなくなって、女神の眷族になる？

それはアリィが今まで考えもしなかったことだ。

王族としての生き方以外知らずにいた彼女にとって、その選択は断じて忌避すべきことで、同時に魅力的に思えてしまった。

いや、違う。

アリィ自身が、あの女神のことを——

「アリィ」

「！」

開かれる扉と聞こえてきた声に、アリィは大きく肩を揺らした。

堂々と入室してくるフレイヤに「ノ、ノックくらいしろ！」と怒鳴ると「したわよ。でも返事がなかったんだもの」と言い、近付いてくる。

「ぼーっとしていたようだけど、何を考えていたの？」

「な、なんだっていいだろっ……」

寝台《ベッド》に座っていた自分の隣に、フレイヤが自然な動作で腰かけてくる。

アリィは今しがた思っていたことを見抜かれたくなくて、あからさまにつっけんどんな態度を取ってしまった。

そんな彼女の横顔をじっと見つめていたフレイヤは、くすりと微笑む。

「アレンはね、何だかんだ優しいの」

「……？　何を言っている？」

「口では悪態をつくけれど、私を想って行動してくれる。私が貴方を欲しがってるから、貴方の心を問いただした」

「!!」

アレンとの一幕を知られていることに驚愕する。

同時に、見透かされている、と思った。

この胸の内を。

熱を呼ぶ頬を隠すため、アリィは咄嗟《とっさ》に女神から視線を切って、顔を横に向けた。

「私が惹《ひ》かれているんだもの。貴方も私に惹かれるのは無理ないわ」

どういう理屈だ！

どこまで自意識過剰なんだっ！

口を尖《とが》らせて言うべきそんな文句は、アリィの唇から出てはくれなかった。

ただひたすらに、この胸の内の想いを持て余し、戸惑い続ける。

「……たとえ、貴方の言葉が正しかったとしても……これは決して、慕情ではない」

「へぇ？　じゃあ何？」

時間をかけて答えたのは、そんな言葉。

目を伏せたアリィは、胸の奥からその言葉を拾い上げた。

「私はきっと……貴方に、今は亡き『母』を見ているんだ」

アリィの記憶の中の母は、長い黒い髪を持つ、儚《はかな》くも美しい女性だった。

瞳に焼き付いているのは、寝ながらアリィの頭を撫《な》でる最後の笑顔。泣きじゃくるアリィに、彼女も涙を流しながら謝罪の言葉を告げた。

慎《つつ》ましい母親と、自由奔放で横暴なフレイヤは似ても似つかない。

しかし、アリィの中で面影《おもかげ》が重なる。

いや、アリィの心の動きがそうさせるのか。

幼い頃に死に別れた母の幻影に、温《ぬく》もりを求めているのか。

こんな年にもなって母を求めるなど、アリィからしてみればそれも十分に恥ずかしい告白であったが、フレイヤはからかうことなく、軽く肩を竦《すく》めてみせた。

「まぁ、私は女神だから母と思うのは間違っていないけれど。私からしてみれば、下界に住まう貴方達はみんな子供よ？」

「そ、そういうことを言ってるんじゃない！」

ふふっ、とフレイヤはおかしそうに笑う。

今度こそアリィが口を尖らせていると、彼女は愛おしそうに目を細めた。

「でも、私は貴方のそういうところが好きよ。素直に胸の内を教えてくれる誠実さも、自分で自分のことがわからず、真剣に悩み続けるところも」

どきっとした。

その女神の眼差しにも、彼女の言葉の内容にも。

フレイヤはそっと、髪をすくようにアリィの頭を撫でる。

「偉いわね、アリィ。今日まで頑張《がんば》って。私の名に誓って言ってあげる。貴方は今日まで、この砂漠の世界において、誰よりも『王』として振る舞っていた」

「っ……！」

「貴方の魂に淀みはもうない。紫水晶《アメジスト》の輝きは、花開いた」

まるで子供へそうするように、恋人にそうするように、髪の一本一本まで慈しむ。

ギシリと寝台《ベッド》が鳴った。自分の手の近くに置かれた女神の手の温もりを、こんなにも意識してしまう自分にアリィはうろたえた。

アリィは、フレイヤに強く惹かれていると認めざるをえなかった。

それは神として？

母として？

あるいは――

詮《せん》のない思考にアリィは頭《かぶり》を振った。

頬から熱が抜けきらない。くそっ、と少年のように行き場のない苛立ちを吐き捨てる。

(私は、そうか……。褒めてもらいたかったのか)

王子《アラム》としてではなく。

一人の少女《アリィ》として。

この狂おしい想いが幼い子供の欲求の延長なのか、それとも愛に飢《う》えた人としての渇望《かつぼう》なのかはわからない。

ただフレイヤの『愛』を求めている。それだけは認めなければならなかった。

アリィは笑った。癪《しゃく》なことではあったが、認めてしまえば胸は軽くなった。

アリィはもうそれだけで、満足だった。

満足だった、筈《はず》なのに――

「――だからアリィ、ご褒美《ほうび》をあげる」

ギシリッ、と。

再び、そして先程より、大きく寝台《ベッド》が鳴った。

「⁉」

アリィは、押し倒されていた。

拍子抜けするような優しい力で、けれどいとも容易《たやす》く。

こちらを見下ろす女神は髪を耳の裏にすくい、すぐに、ゆっくりと覆いかぶさってくる。

「なっ、なにをっ⁉」

「だから言ってるでしょう。ご褒美だって」

この寝室は、もともとフレイヤが使っていた屋敷最上階の部屋だ。

彼女が使用するにあたって調度品も彼女の趣味に合わせられていた。

アリィ達がいる寝台《ベッド》も同様で、天蓋《てんがい》付きのくせにやたらと大きい。

人二人など優に収まるくらいに。

女神の美貌が間近に迫り、頬を撫でられる。

ぞぞぞっ、とアリィの首筋に快感にも似た悪寒が走った。

「……いいえ、私が我慢できなくなっているだけかも？」

そしてフレイヤは、無邪気さと、妖艶さが同居した微笑みを浮かべた。

アリィの脳裏が、未だかつてない真紅《レッド・カラー》の光に塗り潰される!!

「ま、待てぇ！　どうしてそうなるっ⁉」

「私が愛と美の神《フレイヤ》だからよ」

「わ、私達は女だぞっ⁉」

「私は男女《どっち》でもいけるわ」

「なっ、ちょ、ほんとうに待っ…………や、やだっ」

「ふふっ――可愛《かわい》い」

いつの間にか寝衣《しんい》ははだけさせられ。

手は恋人がするように指が絡み合い。

くらりとするような信じられない香りが鼻腔《びこう》をくすぐって。

うっすらと涙を浮かべる紫の瞳と、銀の瞳が濡《ぬ》れた眼差しを絡め合う。

「一夜の夢を楽しみましょう？」

その夜、少女は巨大な竜に捕食される『夢』を見た。

「あぁーーーーーーーーーーーーーーーーーーーーーーーーーーーーーー!?」


「デスゾォ……デスゾォ……」

深夜の屋敷の廊下。

怪しい影が、不気味な声とともに揺らめく。

「フレイヤ様は、いずこですぞぉ……」

ボフマンである。

コポォー、コポォー、と荒い息をつく彼の双眼は見事に血走っていた。

ボフマンは、死にそうだった。

女神の無茶振りに加えて、ヘディンの度重なる超無茶苦茶振り。アリィが掲げるシャルザード奪還のためワルサの情報を山ほど集めさせられるわ己のツテを最大限駆使して多くの商人を巻き込むわ、とにかく不眠不休の重労働を強いられた。一介の商人でありながら東へ西、北へ南と奔走し、『不眠不休は当たり前だブタが』と言わんばかりの【フレイヤ・ファミリア】の酷使に耐えきった彼は、間違いなく影の功労者である。

決戦前夜になってようやく悪夢の労働から解放された今、まさに生ける屍《リビングデッド》と化して屋敷をさまよっていた。

「女神様にいっぱい可愛がってもらわなくては、この負債、返済ならずですぞぉ……！」

よって──そんな彼が『代価』を求めるのはしょうがないことであった。

フレイヤに約束されている【ファミリア】との繋《コネクション》がりだけでは足りない！

具体的には天地に二つとない美神の肢体《したい》で慰めてもらわなくては割に合わない！

追い詰められたボフマンはたがが外れ、己の欲望に忠実となっていた。

「ドゥフ、ドゥフフフ……！　自分も百合《ゆり》が咲き誇る宴《うたげ》に交ぜてもらうのですぞぉ……!!」

死の一歩手前まで追い詰められ、感覚が研ぎ澄まされているのか、ボフマンは女神と少女がデスゾデスゾしてるのを敏感に感じ取っていた。そして自らも加わりドゥフフフフフンするつもりだった。

やがて辿り着いた屋敷の最上階、目的の部屋に侵入しようとした──次の瞬間。

「「「「このクソ豚が」」」」

「⁉」

闇より出ずる影に、ガシッ、とその体を捕獲されていた。

「どこへ行くつもりだブタ」

「ホント舐《な》めてんのかブタ」

「お前勇気あんなブタ」

「マジ愚かだなブタ」

「ひっ、ひぃいいいいいいいいいいいい⁉」

瞳孔が開いた天使ならぬ悪魔の四つ子、ガリバー兄弟に床へ叩きつけられる。

更に他にも。

「喚《わめ》くな」

「殺すぞ」

「死ね」

「ぶぎゃあああああ⁉」

まさかの【フレイヤ・ファミリア】第一級冒険者の勢揃い《オールスター》。

冷酷な眼差しで見下ろすヘディンはもとより、あのヘグニも殺意溢れる声音《マジ・トーン》であった。

アレンに至っては既にボフマンの腹に蹴りをブチ込んでいる。

「──ただの家畜に、女神の閨《ねや》へ立ち入る資格なし」

そして、最後に現れるのは巌《いわお》のように巨大な武人の影。

「来い。『調教』してやる」

最強の戦士オッタルは、厳めしい声で処刑宣告を下した。

「イ、イヤァアアアアアアアア⁉　お助けええええええええええええええ‼」

肥え太った体がズルズルと廊下の闇の先へ引きずられていく。

その夜、男は強靭な勇士達《エインヘリヤル》に何度も殺されては強制蘇生させられる『夢』を見た。

「アァーーーーーーーーーーーーーーーーーーーーーーー⁉」


ふと、耶悉茗《ジャスミン》の香りがした。

神からの贈り物をもらった、そんな夢の中で。

目が覚める。

夢現《ゆめうつつ》の瞼《まぶた》を開けると、部屋は薄暗かった。

窓の外を見れば蒼《あお》みが薄れた砂漠が広がっている。

体を包む肌寒さは、早朝だと教えてくれた。

「起きた？」

耳朶《じだ》に優しく触れる声に、顔を横に向けると、そこには美しい女神がいた。

アリィは、寝惚け眼だった瞳を頑張って吊り上げ、大層不満の眼差しを作った。

「起きたよ……起きたさ。よりにもよって、貴方の隣で」

「そう。私はまだ眠いわ」

フレイヤは、ふぁ、と口もとに手を当てながら可愛らしくあくびをする。

昨晩のことを思い返すと顔から火が噴き出る思いだった。体だってまだ怠《だる》い。アリィが今できることは、全く迫力のない目で女神を睨むことだけだ。

「昨日はアリィが寝かせてくれなかったから」

「貴方が一方的に私を貪《むさぼ》っただけだろう！」

ふざけんな‼　と目を瞑《つむ》り真《ま》っ赤《か》になって叫び返す。

女神は今日も自分勝手だった。その豊満な胸を潰しながら寝台《ベッド》にうつ伏せ、枕に横顔を埋めながら、気だるげな猫のように振る舞う。

布《シーツ》がずれ落ちているその上半身は、当然のように裸だ。

顔が茹だるアリィに、フレイヤはやっぱり猫のように目を細め、くすくすと肩を揺らした。

「女同士でどうしてあんな、あんなっ……！」

「貴方は本当に潔癖ね。『楽しみ』を持つことは賢人の嗜《たしな》みと教えたでしょう？　火遊びをしたこともなかったの？」

「するものかっ！　私の性別がバレる真似《まね》なんて！」

生まれたままの姿のアリィは身を起こした。

まだ火照《ほて》りが残っているような気がする己の褐色《かっしょく》の肌を撫でながら、口を尖らせる。

「それに、私だって一応手解《てほど》きくらいは習ってるっ。……王として伴侶《はんりょ》を迎えるために」

馬鹿にするな、と精一杯の虚勢を張っていると、フレイヤも上半身を起こす。

そして寝台《ベッド》に足を崩しながら、アリィを正面から抱きしめた。

深い谷間を持つ双丘が、貧しい少女の胸板と密着する。

形を変える女神の豊かな胸に、アリィはぐぬぬっと思わず呻いてしまった。

「なら、こんな風に閨《ねや》の作法も覚えておかなきゃ。娶《めと》る妻を喜ばせるために」

「……私と婚姻を結ぶ哀《あわ》れな生贄《ムスメ》は、事前に王子《アラム》の正体など聞かされているだろう。でなければ性別を偽る王の正妻など務まらない」

顔を柔い胸の中に埋められるアリィは、億劫《おっくう》そうに女神の体を引き剥がしながら答えた。

「王族の血を途絶えさせないのは私の務めだ。相応しい男から子宝を頂戴し、この身に次こそ正統な王子を……」

そこまで口にして、ズキッ、という胸の痛みをアリィは覚えた。

ずっとそう育てられ、覚悟していた筈なのに。

それが今は、酷く心苦しい。

この女神の『愛』に触れてしまった今、酷く。

「私なら、男としても女としても、貴方を満たしてあげるけれど……」

フレイヤは少女の頬をそっと包み、額に口付けを落とした。

「……未来がどうなるかは、今日の貴方次第。戦場を決するのは眷族達《オッタル》だけれど、運命を選ぶのは、貴方」

そのまま愛おしそうに頭を撫でる。

その手付きと眼差しはまさしく伴侶のそれのようであり、同時に母のようでもあった。

ずっとこうしていたい。離れるのが惜しい。この温もりを知ってしまった今。

そう思う心を押さえつけ、アリィは立ち上がった。

部屋の隅に用意してあった瓶《かめ》から水をすくい、頭から被る。

その冷たさに肌は震え、気が引き締まり、愚かな想いは胸の奥底へ引っ込んでくれた。

水に浸した手拭いで隅々まで拭い、情事の名残を洗い落とし、服を身に着けていく。

その様子を寝台《ベッド》にもたれる女神に見守られながら。

「頑張りなさい、アリィ」

全ての支度を終えた少女に、女神は優しく微笑んだ。

「行きなさい——アラム」

そして、覚悟を滲ませる『王』の横顔に、不敵な笑みを浮かべた。

アリィが返すのは頷き一つ。

女神に視線を返すことなく、今は前だけを見つめるように、一人の『王』は部屋を出るのだった。

5

その日も、カイオス砂漠《さばく》は乾燥し、よく晴れていた。

照りつける太陽が日差《ひざ》しの雨を降らせる中、くゆる陽炎《かげろう》の中を万の兵士達が進軍する。

『ガズーブの荒原』はシャルザード、ワルサ、イスラファンの三ヵ国の国境が交わる岩石砂漠地帯である。岩石地帯とは言うが砂漠には変わりなく、見晴らしのいい大地は大軍の合戦にもうってつけであった。

今日この日、シャルザード軍も、ワルサ軍もこの地を目指している。

「アラム王子の忠臣ジャファール、参上したぞぉ！」

「おおっ、ジャファール殿！　来てくださいましたか！」

『リオードの演説』を受けて続々と『ガズーブの荒原』に集結するシャルザード軍の中で、老将が部隊を率《ひき》いて到着した。多くの将兵がそれを歓迎する。

陥落した王都を追われ、再集結したシャルザード兵の士気は高い。アラム王子が自分の身を顧《かえり》みず打った号令に彼等は胸を震わせ、およそ二万もの兵が集まろうとしていた。

「それで！　アラム王子はどこだ⁉　シャルザードを照らす次代の光は！」

「……それが、その……どこにも姿が見えず……」

「はっ？」

だが。

肝心のアリィが、この『ガズーブ荒原』に姿を現していなかった。

いや、彼女だけではない。既に王都を発ったと情報があるワルサ軍も見えない。

少なくとも視認できる位置には。

兵士の報告に固まるジャファール同様、意気揚々《いきようよう》と集まったシャルザード軍の間で、乾《かわ》いた砂漠の風が吹いた。


「進め！　再集結するシャルザード軍は『ガズーブの荒原』に必ず布陣する！　敵の数は多くとも二万！　八万の兵からなる我等からしてみれば『そよ風』に等しい！」

その頃。

ワルサ軍は『シンドの砂原』に差しかかっていた。

『ガズーブの荒原』に隣接する純粋な砂砂漠《すな》で、決戦の地であるガズーブを包み込むように広がっている。ワルサ軍大将のゴーザは接敵前より、八万の部隊を都合五つの部隊に細分化させていた。

「ワルサ攻めを防ぐのは勿論のこと、イスラファンに逃れられぬようシャルザード軍を包囲してくれる！　ワルサの将兵よ、必ずここでシャルザードの息の根を止めるのだ！」

『おおおおおおおおおおおおおおおおおおっ！』

本隊が上げる鬨《とき》の声に、巨大な砂丘を跨《また》いで展開している第二、第三、第四、そして後方の予備部隊も喚声を続かせる。

シャルザードは集結したばかりで指揮系統が統一されていない。そこを叩《たた》く。

ゴーザの作戦は理に適《かな》い、彼の有能さを証明していた。

しかし――だからこそ、その作戦は『彼』に読まれていた。

「隊長！　前方に敵影が！」

「なに⁉　規模は！」

左翼、右翼の部隊のどよめきとともに、兵士達の報告の声が上がる。

まさか作戦を読まれていたのかと隊長格の戦士が視界を巡《めぐ》らせる中、彼はそれを見る。

「そ、それが……部隊では、ありません……」

部下の報告が告げる通り、それは大軍でも、奇襲を仕掛ける中隊ですらなかった。

たった一人。

あるいは四人。

白妖精《ホワイト・エルフ》、黒妖精《ダーク・エルフ》、猫人《キャットピープル》、小人族《パルゥム》が、各部隊の前に出現する。

――誰《だれ》が見抜けたであろう。

集結するシャルザードの大軍は真実『餌《えさ》』で。

真の決戦の場は『ガズーブの荒原』ではなく、ここ『シンドの砂原』であり。

八万の軍を相手取るのが、たった『八人の眷族《けんぞく》』であることを。

「下準備は全て終えた。後は一人も残さず――殲滅《せんめつ》しろ」

唖然《あぜん》とするワルサ兵達の視線の先で、全てを考案したヘディンが眼鏡《めがね》を押し上げ、告《つ》げる。

満ちるのは冒険者達の戦意。

直後、『蹂躙《じゅうりん》』が始まった。


「ぐぁああああああああああああああああああああああああああああ⁉」

その『戦争』の始まりは、絶叫《ぜっきょう》からだった。

「な、何が起きたぁ⁉」

舞い上がったのは、いや爆《は》ぜたのは凄《すさ》まじき砂塵《さじん》である。

前方で発生した爆塵に、左翼部隊を統べる将軍は声を荒げる。

「だっ、第二師団、襲撃されています⁉」

「シャルザードの奇襲か⁉　敵の数はぁ⁉」

その言葉に、唇を震わせる兵士は一言。

「ひ、一人ッ!!」

「……は?」

一部隊でも一個師団でもなく、一人。

耳を疑った部隊長に、悲鳴じみた大声で報告する。

「たった一人のエルフに、『砲撃』されています!」

速攻を掲げる超短文詠唱をもって、白妖精《ホワイト・エルフ》は『魔法』を撃ち出した。

唱《とな》えられるのは一小節。

「【永争《えいそう》せよ、不滅の雷兵《らいへい》】」

「【カウルス・ヒルド】」

それは白き雷《いかずち》の弾幕だった。

超短文詠唱でありながら莫大《ばくだい》な数の雷弾がワルサ兵を虐殺する。

人の頭部ほどある一発一発が、致死の迅雷《じんらい》。

逃げ場のない雷の雨に兵士達はなす術《すべ》なく吹き飛び、砕《くだ》け散る装備とともにその身を焼かれた。

「叫ぶな、動くな、着弾がずれる。効率が失われる。全くもって煩《わずら》わしい」

ヘディンは一方的な『砲撃戦』を行っていた。

冷静に、淡々と、仮借なく、『魔法』の速射を叩き込む。

「これだから雑輩《ざっぱい》の相手は御免被《ごめんこうむ》る。お前達はいつだって私の計算を狂わせる」

彼が立ち塞がる正面。

見晴らしのいい砂漠に展開した一万の第二師団は混乱の極致にあった。

愚《おろ》かにもたった一人で立ち塞がったエルフから繰り出されるのは百の兵士をかき消す規格外の『魔法』。雷弾《じゅうだん》が数多の矢のように殺到したかと思えば、恐ろしき一条の迅雷が巨人の大剣のごとく部隊を縦断する。砂ごと焼き払いながら放たれる雷の狂奏に、陣形は既に総崩れとなっていた。

空を飛ぶ猛禽《もうきん》の視点から見れば、はっきりとわかる。

ワルサ第二師団の至る所に、竜に切り裂かれたような爪痕《つめあと》が刻み込まれていることを。

「泣き叫んで無様に逃げ出す臆病者《おくびょうもの》が大半を占めると思えば、蛮勇《ばんゆう》をもって突撃する戦士もいる。恐怖と興奮、戦場の空気《かぜ》に呑まれる矛盾の下僕どもめ」

ヘディンは背中を向ける傭兵に慈悲なく『魔法』を浴びせ、隣にいる戦友のために自ら囮《おとり》となって事態を切り拓かんとする勇者にさえ等しく迅雷を撃ち込んだ。

右手に長刀《ロンパイア》を下げ、突き出した左手から魔法を繰り出す。

長い刀身と妖精の大聖樹の柄を持つ長刀《ロンパイア》の名は《ディザリア》。

優《すぐ》れた長柄《ながえ》武器であると同時に、魔法効果を増幅する『杖《つえ》』の側面を持つ、ヘディンの第一等級武装である。

「等しく蹴散《けち》らされるのなら、せめて足並みを揃えろ無能ども」

悲鳴が爆ぜ、絶叫が散る。

ワルサ兵はヘディンに近付くことも許されなかった。たった一人で行われる間断ない砲撃の雨は彼等の突撃を殺し、魔法を撃ち返そうとする後衛をもまとめて灰燼《かいじん》に帰《き》す。

展開した部隊を一望できる開けた砂丘の地で奇襲された時点で、彼等の選択肢はほぼほぼ奪われていた。伏兵を忍ばせて奇襲することは不可能であり、別動隊を砂丘に回り込ませヘディンの背後を叩くこともできない。妖精の射手と名高いエルフの双眼《そうがん》が、妙な動きを見せる部隊に迅雷の直撃を叩き込む。

「なんだ、あれは……なんだっ、あいつはあああああああああああああああああ⁉」

大部隊の指揮を任された将軍は震慄《しんりつ》の叫喚を上げる。

混乱を来《きた》す伝令が運んでくる数々の報告。その悲報の波濤《はとう》を浴びせられる彼だけが、この戦場で起こっていることを正確に把握していた。

兵をまとめる隊長格以上の人間がことごとく消滅している。

敵は恐ろしき『魔眼』をもって――戦場の機微を一瞬で見抜く『洞察眼』を用いて、吐き気を催すほど的確に指揮系統を片っ端から破壊しているのだ。

頭部を失った獣ほど哀《あわ》れなものはない。各部隊に通達される命令が意味をなさなくなり、残された兵士達は取り乱し右往左往するだけの『的《まと》』に成り下がる。彼等の恐慌《きょうこう》の余波は傭兵達にも及び、無駄な死を量産していた。

精密射撃。

正確無比。

そして、何者よりも残酷な采配《さいはい》。

あの白妖精《ホワイト・エルフ》は迅雷の『魔法』を百の軍勢に見立てて略殺《りゃくさつ》する、冷酷な『王』である。

「ぁ――」

一瞬後、ずたずたに引き裂かれた兵の壁が薄れた瞬間、容赦なく繰り出された砲撃が将軍の視界を白く染め上げた。

雷の破光に呑み込まれた彼は、悲鳴と絶望が渦巻く戦場からあっさりと退場する。

迅雷の雷槍によって消滅した彼は極めて運が良かった。体の一部を奪われる苦しみも、雷に焼かれる激痛も味わずに、この世から去ることができたのだから。

「馬鹿の一つ覚えのように『魔法』を乱射……我ながら芸がないにもほどがある。だが、しょうがないだろう？」

返ってくる兵士達の阿鼻叫喚《あびきょうかん》の声に対し、ヘディンは独《ひと》りごちる。

「万の部隊とまともにやり合うものか。魔法殲滅《これ》が最も効率がいい。面倒がない」

自明の理を語るように、妖精は魔の弓に矢を番《つが》え、蛮族どもを射殺していく。

誰も逃《の》がれることを許さない。小隊が一歩動けば一歩先に雷の散弾を撃ち込む。ここでもヘディンは正確に精神力《マインド》を運用し、限界まで射程を伸ばされた『魔法』が遠雷の結界となってワルサ軍を砂丘に囲まれた戦場に閉じ込める。

砂漠にあって雷が荒れ狂うこの戦域から誰も離脱できぬと理解した瞬間、いよいよワルサ兵から醜《みにく》い命乞いの声が上がり始めた。

耳障《みみざわ》りなそれに、淡々と殺戮《さつりく》していたヘディンの相貌《そうぼう》が、初めてぴくりと揺れた。

「そもそも。そもそもだ。貴様等は泣き喚けば助かるとでも思っていたのか？　勘違い甚《はなは》だしい。誰一人として生かすものか」

錯綜《さくそう》する雷条の先で、彼の唇の動きを見てしまった一部のＬｖ．２──【ラシャプ・ファミリア】の幹部が蒼白となる。

「貴様等と同じ釜《かま》の飯を食った徒党どもは獣《ケモノ》に堕《お》ち、あの方の『所有物』を辱《はずかし》めた。あのオアシスの町で女神の『愛』を穢《けが》したのだ。──どれだけの命を貪ろうと、絶対に手を出してはならない聖域を！」

『リオードの町』が焼かれた後、屋敷の周辺で息絶えていた元奴隷達の亡骸──フレイヤの『所有物』を然るべき厚遇で葬ったヘディンは、知っている。彼等の尊厳が踏みにじられていたことを。奴隷として売り払われた器量の良い者達はみな、最後まで絶望してこの下界から去っていったことを。

これもまた当然の成り行きだ。

自明の理だ。

ワルサが『これは戦争だ』と笑うのなら、略奪と陵辱《りょうじょく》の宴は開かれて当然である。

であるならば、高潔な妖精《エルフ》たるヘディンが看過《かんか》する道理などない。

彼が虐殺者となって誓う事柄は、『鏖殺《おうさつ》』以外ありえない。

「貴様等に罪はないと言うか？　俺達はやっていないとほざくか？　馬鹿が、貴様等は臭う。既に加虐を働いた、同じ獣《ケモノ》の汚臭が漂っている！」

女神の愛を穢され燃え盛るのは多大なる瞋恚《しんい》の炎だ。

その烈火のごとき怒気と覇気に当てられ、ヘディンの付近にいたワルサ兵達はもはや逃げることも忘れ、顔色を蒼白に変えて絶望する。ガタガタと、その四肢を震わせる。

珊瑚朱色《さんごしゅいろ》の瞳が鋭く細められた次の瞬間――ヘディンは眦《まなじり》を引き裂き、鷲摑みにして剝ぎ取った眼鏡を手の中で粉々に破砕させた。

「ならばこの『俺《おれ》』が、劣悪たる世界の瑕疵《かし》を見逃す筈ないだろうに!!」

妖精の激昂《げっこう》。

被っていた理知的な仮面を破壊したヘディンは、これまでおくびにも出さなかった殺意の嵐を解放し、その『本性』をあらわにした。

「何より、あれだけ小娘《こむすめ》を駆り立てたのだ――この身をもって蹂躙を体現しなければ、我が主《あるじ》にも、若き王にも申し訳が立たぬであろう!!」

女神への忠誠。国を荒らされた少女の悲憤の代弁。

あらゆる感情を炸裂《さくれつ》させ、妖精は殺戮の使徒と化す。

ヘディンは、己の使命を叫んだ。

「よって死ね！　砂漠の蛮族ども!!」


「……なんて、ヘディンは言ってそうだな」

照りつける太陽の下で、ヘグニは呟《つぶや》いた。

「ひっ、ひぃいいいいいいいいいいいいいいいっ!?」

そんな彼の周囲では、無数の死体が散乱していた。

悲鳴を上げるのは言わずもがなワルサ兵である。

場所は総軍の右翼。

一万を占める第三師団相手に、宿敵《ヘディン》と同じ『魔法剣士』であるヘグニが仕掛けたのは魔法戦ではなく──正面からの斬討《ざんとう》戦である。

「だって俺の魔法……ヘディンみたいに射程が長くないし、使い勝手も良くないし……」

戦々恐々とする兵士達の前で、自分の世界に浸ってたたずむ。

黒妖精《ダーク・エルフ》の剣士は目を伏せ、大きな襟元《えりもと》に口もとを隠しながらボソボソと呟いた。

「……俺はやっぱり、剣舞《こっち》の方が得意だから」

そして、左手に持つ禍々《まがまが》しい黒剣の表面を、右手でそっと撫でる。

第一等級武装《ヴィクティム・アビス》。

切《き》っ先《さき》が雷のごとき形状を取る漆黒《しっこく》の刃は、比類なき斬撃を放つヘグニ唯一の得物であり、彼が心を許す戦友である。とある呪術師《ヘクサー》が製作に関わった特殊武装《スペリオルズ》でもあり、『体力と引き換えに斬撃範囲を拡張する』という生粋の殺戮属性《ソード・マーダー》を謳《うた》う呪剣《カースウェポン》だ。

闇を凝縮して鍛え上げられたがごときその黒剣によって、褐色《かっしょく》の砂漠は既に多くの鮮血を吸い、紅《あか》く染まっていた。

「………………ク、ククク、ここで我が漆黒の刃と邂逅《かいこう》したのが運の尽き……熱砂は舞い、紅《くれない》が躍る……我が剣は生贄を欲している。つまり…………しししし、死ね」

先制のごとく切り込んだ敵陣のド真ん中。

自分を取り囲むワルサ兵、もとい自分を見る数多《あまた》の瞳に内心でびくびくとしながら、意訳すると『私がこの部隊の担当なので駆逐します。既に切り込んで前哨《ぜんしょう》戦は終わりました。覚悟してください』と発言するヘグニ。

それに対するワルサ兵達の反応は、悲惨だった。

「な、なんだこいつ！」

「いきなり斬りかかってきたと思ったらヤベェ奴だった！」

「笑いながらワケわかんねえこと言ってやがる！」

「エルフのくせに悪鬼《オウガ》みたいな顔をしやがって！」

「ああ、今にも舌で剣をペロペロしそうな形相《ぎょうそう》だ！」

「ていうか本当に何言ってんのかわかんねぇ!!」

ワケがわからない言葉の羅列は口下手なあまり見事に意思疎通能力《コミュニケーション》をこじらせているだけで、不気味な笑いは緊張で顔が引きつっているだけなのだが、そのワルサ軍の叫喚《コメント》の嵐は絶対強者である筈のヘディンをいたく傷付けた。

（あ、だめ、死にたい）

ので、残念系黒妖精《ダーク・エルフ》は長い襟元で羞恥に燃える顔を隠しながら——堪らず斬りかかった。

「ぐぁあああああああああああああああああああ!?」

苛烈《かれつ》な剣舞が執行される。

一閃される黒剣は当たり前のように複数の兵士をいっぺんに斬殺した。構えられる敵の盾《たて》、突き出される槍、振るわれる剣、その全てを上から斬り伏せる。剣を振るう度に奏でられるのは悲鳴の輪舞曲《ロンド》で、纏っている黒の外套《がいとう》が激しい指揮者の身振りのごとく翻る。

今、ヘグニの醜態を、痴態を隠す闇はない。

今日は以前戦った夜ではないのだ。

砂漠の太陽は荒々しきヘグニの剣劇を白日の下に晒《さら》す。それは敵兵にとって恐怖の象徴であり、ヘグニにとって舞台の上で地獄の一人演劇をしなければならないのと同義であった。

（あぁ見てる、みんなが俺を見てるぅぅ。あぁ無理無理無理ムリだって。そもそも何でオレが第一級冒険者なんだ、注目なんて要らないよ闇に紛れて戦いたい、むしろいっそ俺が闇になりたい。どうして俺は暗殺者《アサシン》にならなかったんだ不可だよ駄目だよキツイよ森に引きこもりたい嗚呼《ああ》もぅ嫌だフレイヤ様に膝枕《ひざまくら》されたい――いやオレがフレイヤ様に膝枕したい）

万という敵。これ以上のない人の視線。

ダンジョンのモンスターとは違う理性ある人の眼差しにヘグニの葛藤は混沌を極め、支離滅裂な言葉が心中で錯綜《さくそう》する。苛烈な剣舞を披露する一方で、彼の精神的負荷《ストレス》は限界を突破しようとしていた。

（もぅ無理……やっぱり、使おう）

故に、ヘグニはその『魔法』に逃げた。

「【抜き放て、魔剣の王輝《おう》】」

得物である黒剣を正面の砂地に突き刺す。

突き立った剣を中心に黒の魔法円《マジックサークル》を広げ、瞑目《めいもく》し、淀みなく詠唱を紡いだ。

「【代償の理性、供物の鮮血。宴《うたげ》終わるその時まで――殺戮せよ】」

あっ、と瞠目するワルサ兵が阻止する暇もない。

黒妖精《ダーク・エルフ》は短文詠唱を終了させ、その魔法名を告げた。

「【ダインスレイヴ】」


足もとに展開していた黒の魔法円《マジックサークル》が輝き、砕け散って、光の破片がヘグニに吸い込まれる。

光の幕が全身を覆ったかと思うと、それは一瞬で消え、彼はゆっくりと目を開けた。

そして、おもむろに口を開く。

「──砂の大地にのさばる悪賊ども。生き血をこの身に捧げろ。大逆を尽くした貴様等には、それのみしか許されない」

先程までとは異なる断固とした口調、威圧的な態度。

黒妖精《ダーク・エルフ》の雰囲気の豹変に、ワルサ兵はうろたえる。

その瞳は虚勢の眼差しではなく、まさに真の剣士のごとく鋭く吊り上がっていた。

ヘグニの魔法【ダインスレイヴ】。

その効果は珍しい『人格改変』。

稀少魔法《レア・マジック》に数えられるそれは、まさにヘグニの心象を具現化した『魔法』である。

気弱で緊張しいの彼が『戦士』になるための儀式にして鍵。それはとある小人族《パルゥム》の『勇者』の戦意高揚の『魔法』とも似ていた。

だが、【ダインスレイヴ】に能力《ステイタス》を激上させる効果はない。

あくまで人格のみに作用し、華々《はなばな》しい『魔法』の中では一見地味なものに見える。

「遺言は捨てておけ。これより先に慈悲はない」

けれども、精神作用に特化した魔法は自己暗示を超えた『自己改造』。

性格も言動も文字通り別人と化すその効果は『理想の具現』と同義である。

自分自身を唾棄《だき》するあまり発現した、最強たる自分を召喚する『魔法』だ。

その魔法を唱えた瞬間、一度抜けば数多の死をもたらさなければ鞘《さや》に収まらない魔剣のごとく、ヘグニは無慈悲で冷酷、殺戮と蹂躙の『戦王』となる。

「——死ね有象無象。女神の愛に見捨てられし醜《みにく》き贄《にえ》に、生きる価値なし」

瞬間、ヘグニの姿が消失する。

慮外の踏み込みで砂漠を爆散させ、駆け抜けたヘグニは、敵兵の反応と知覚を置き去りにし、い、い、い、い、い、一個小隊を斬殺した。

「ひっ——ひぃいいいいいいいいいいい!?」

真の絶望の宴はここからだった。

改変魔法《ダインスレイヴ》の発動にあたり、ヘグニから最低限の容赦も消えた。彼の全力を邪魔する気弱《リミッター》は魔法によって完全に解除され、宿敵のヘディンをして『同胞《エルフ》の中でも白兵戦最強の糞《くそ》妖精』と言わしめるほどの悪鬼羅刹《あっきらせつ》の類と化す。

闇の一閃のごとき高速移動は兵士を一人残らず屠《ほふ》り、鮮血を伴う斬断の嵐を巻き起こす。

その姿を見た第三師団の兵は、どの戦場にいる者達より怯えた。

視界に映るのは魔剣の化身だ。血と臓物を捧げ続ける以外、決して止まることのない死の具現だと、歯をガチガチと鳴らしながら涙を垂れ流す彼等は本能的に理解してしまった。そしてその一瞬後、あっさりと剣《つるぎ》の生贄《いけにえ》となった。

ヘグニの二つ名【黒妖の魔剣《ダインスレイヴ》】は、まさに彼の魔法名をそのまま引用したものである。

『闇の騎士（笑）』から本当の『闇の戦王』に変貌する彼を讃《たた》える、狂信的かつ熱烈な神々《ファン》から贈られた最大の讃辞。

「此度《こたび》の贄《にえ》は多い……安心しろ、我が斬撃もあまりある。この剣《つるぎ》が貴様等の墓標だ」

全軍抹殺を掲げ、最凶の妖精は殲滅を続行した。


「オルカス将軍！　敵影が現れました！」

「なにっ⁉　方角と規模は！」

あちこちで開戦の悲鳴が轟《とどろ》く『シンドの砂原』の中で、将軍オルカスと兵士達は陣形の最後方に位置する予備部隊だった。戦況の推移に合わせて随時、各部隊に予備戦力を供給する手筈になっていた二万の兵であり、本来ならば合戦の中でも重要な位置に当たる部隊だった。

兵の報告を受け取った予備部隊の指揮者、オルカスは声を荒げた。

敵の参謀はこの予備部隊の存在も見抜き、待ち伏せの兵を配置していた。こちらの陣形は筒抜けかと彼は危惧《きぐ》に満ちる。既に他の部隊は奇襲の憂《う》き目に遭っており、報告を聞くまでもなく連なった砂丘の向こう側からは兵士と傭兵達の絶叫が木霊《こだま》してくるほどだ。

『たった一人による砲撃戦』だの『一人の剣士に万の軍勢が半壊している』だのと馬鹿馬鹿しい情報が錯綜しており、戦況が混迷を極めていることがわかる。

何度もシャルザードと戦ってきた歴戦かつ初老の将の大声に、兵士は淀《よど》みなく返答した。

「我が部隊の東西南北、各方位に一人ずつです！」

「………………は？」

「えっと、そのぅ、ですから……一人ずつです。前方と後方、左右に、武装した四名の小人族《パルゥム》が……」

よく訓練された兵が珍しく、すこぶる歯切れ悪く報告する。

駱駝に跨っていたオルカスは示された方向に目を凝らすと、確かにいた。

二万にも上る部隊の前後左右を囲む砂丘の天辺に、槍、大鎚、大戦斧、大剣をそれぞれ携えた、背丈格好そっくりな四人の小人族《パルゥム》が。

「ふっ……ハハハハハハハハハハハハ⁉　血迷ったか、シャルザード！　たった四人で二万の軍勢を相手取るなど！」

その目を疑ってしまう光景に、オルカスは鍛え上げられた巨体を揺すって、周囲の者とともに爆笑の声を上げてしまった。

たとえ相手がどれだけ強かろうと、こちらも『神の恩恵《ファルナ》』を授かった兵士と傭兵の部隊だ。

一人で千人の兵を倒せたとしても三千の兵が押し潰すだろう。

しかも敵は小人族《パルゥム》！

種族最弱と呼ばれる亜人《デミ・ヒューマン》の力量など、たかが知れている！

「それとも何か！　たった四人で我々を包囲したつもりか？　笑わせるな、馬鹿め‼」

歴戦の将の笑い声に合わせ、周囲の兵士達にも失笑の空気が伝播《でんぱ》する。

彼等は当然と言えば当然、油断しきっていた。

──オルカスに誤算があるとすれば、それは相手の小人族《パルゥム》は小人族《パルゥム》でも世界最強の小人族《パルゥム》の一角であり、彼等の正体が数の多寡《かか》などものともしない第一級冒険者にして、その所属が彼の【フレイヤ・ファミリア】であると知らなかったことだろう。

とどのつまり、誤算だらけであった。

「全員配置についた」

「やるか」

「やるぞ」

「戦《や》って殺《や》る」

砂丘の上、身動き一つ取らず、直立の姿勢でワルサ軍を見下ろしていたガリバー四兄弟は、互いの位置が遠く離れているにもかかわらず遠隔感応《テレパス》のごとく声を重ね合わせた。

この四人に、あまり距離は関係ない。

互いの姿さえ視認できれば、万の敵だろうが一兵たりとも逃さない連携をもって殲滅する。

ゲラゲラと笑い声を上げる眼下の軍を、砂色の兜《かぶと》の奥から無表情で見下ろしながら、重力に引かれるようにゆっくりと体を前に倒し——一気に砂丘を駆け下りる。

間もなく、四方同時に、悲鳴が爆散した。


後の歴史に、その一戦は『シンドの戦い』の名で刻まれることとなる。

亡国の王子に味方したとされる正体不明の『八英傑』、ワルサの背後で暗躍していた『邪神達』の計画など、吟遊詩人の歌や戯曲の題材に度々されるほどの歴史的一戦。その日、その時、その場所で一体何があったのか、解き明かそうと研究する歴史学者は後を絶たない。

とりわけ、この戦いの中では嘘《うそ》か真《まこと》か、革命的な戦術が生まれたことで有名である。

それが『たった四人で行う画期的な包囲滅殺陣』。

東西南北に配置した四人で包囲した二万の兵を駆逐するという、ちょっと何を言っているのかわからないがとにかくヤバい最強の布陣は、後世の軍師達に途方もない衝撃を与えた。

名だたる軍略家達を唸らせに唸らせ、彼等をして『できるか馬鹿野郎』と言わしめた神時代《しんじだい》を象徴する必殺の戦法は、間違いなくワルサ二万の大軍を跡形もなく壊滅させたと記されている。

この凄まじき記録を残したのは、砂漠世界でも著名な史実家オルカス・グリューン。『シンドの戦い』の数少ない生き残りであり、当時の光景を目《ま》の当たりにした将の一人でもある彼は、自伝で次の言葉を語っている。

『馬鹿にしてマジですいませんでした』。


「ジャファール将軍！　ワルサ軍が既に開戦しています⁉」

「なんだとぉ⁉」

ヘディンとヘグニ、ガリバー四兄弟が蹂躙している頃、ワルサ軍から上がる阿鼻叫喚の悲鳴に、『ガズーブの荒原』にぽつねんと布陣していたシャルザード軍もようやく気付いた。

『なんかよくわからないけどワルサ軍がとにかくボコボコにされている』という斥候《せっこう》の報告を受け取り、彼等もまた慌てて『シンドの砂原』へと進軍するのだった。

「まぁ、着く頃には全て終わっているだろうけど」

甲板《かんぱん》の上でそんな呟きを発するのは、用意された椅子の上で足を組むフレイヤである。

彼女はファズール商会の『砂海の船《デザート・シップ》』に乗船していた。商人の子飼い達に操舵《そうだ》させ、遠く離れたシンドの戦場が見える位置で、ゆるりと巡航している。

「しかし、よろしかったのですか、フレイヤ様？　アリィ様……アラム王子を別行動させて」

「あの子が自分の目で戦いを見届けたいというのだから、しょうがないでしょう？　それに『王』であるならば、その言葉は何も間違っていない」

側に立つ偉丈夫《いじょうふ》の問いかけに答える。

アリィは今、最低限の商会のお供を連れて、フレイヤ達より近い場所から戦場を見守っている筈だ。

兵よりもモンスターに襲われないかという心配は確かにあるが、問題ないだろう。

周囲で巻き起こる圧倒的な戦闘に、モンスターも怯えて人を襲うどころではない。

アリィは今、どんな顔で眺めているだろうかと考え、フレイヤは微笑を浮かべた。

「……ところで、貴方、誰？」

さも当然のように側に控える偉丈夫に向かって、フレイヤはさっきから気になっていることを尋ねた。

あまりにも自然にお付きを務めるものだから突っ込むのが遅れたのだが、褐色の偉丈夫はごく普通に答えた。

「ボフマンでございます」

ＵＳＯだろ。

フレイヤは自分のキャラも忘れて心の中で突っ込んだ。

自称ボフマンの肉体は肥《こ》え太った肉の塊《かたまり》ではなく、筋骨隆々《きんこつりゅうりゅう》、鍛《きた》え抜かれた筋肉質のそれである。チョビ髭《ひげ》を生やしているが、褐色の肌に包まれた肉体美は一回り小さいオッタルという表現がぴったりであった。

「昨晩、オッタル様達に厳しき制裁を受け、無様にも自分は悟《さと》ったのです。……筋肉こそ全て、と」

一晩の間に何があった、というフレイヤの視線に気づいたのだろう。

自称ボフマンは目を瞑《つむ》りながら淡々《たんたん》と答えた。そして意味がわからない。

たたずまいはおろか口調まで変わっている。一夜の変身に女神も吃驚《びっくり》である。

「……今夜、部屋に来る？」

「いえ、私のような畜生《ちくしょう》にフレイヤ様から招かれる資格などございません」

やたらとイケメンな声音《ヴォイス》で丁重に断られる。なんだ、この敗北感。

何だかイラッとしたから後でオッタルを苛《いじ》めようとフレイヤは心で決めた。

「……フレイヤ様、あれは……」

と、ボフマンと他の船員達が同一の方角に視線を向ける。

フレイヤも目を向ければ、そこには大量の砂を孕む『気流』が立ち昇っていた――。

「さ……砂嵐《サンドストーム》……」

視界を埋めつくさんばかりの凶悪な竜巻に、ワルサ兵達は戦慄《せんりつ》の声を落とした。

砂を巻き上げる強風は逃げ惑《まど》う兵士達を一人、また一人と呑み込んでいき、飛び散る叫喚をその嵐の中に閉じ込める。

ワルサ軍第四師団、一万の兵士は、不可思議な現象を前に今や恐慌に陥っていた。

「な、なんだっ⁉『魔法』か⁉」

否《いな》である。

それは『疾駆』の残滓《ざんし》だ。

途方もない、それこそ人外の『超速移動』が風を巻き上げ、砂を取り込んで生み出した、あくまで『付属物』に過ぎない。

悲鳴を上げた部隊長は、視界が最悪の嵐の奥で瞬いた銀槍《ぎんそう》の光に一瞬で肉薄され、その胸部を穿《うが》たれていた。

「かっっっ――⁉」

胸の中心から血を吐き出し、崩れ落ちる敵兵を歯牙《しが》にもかけず――その闘猫《とうびょう》は疾走を続ける。

「ちッ、砂漠の迷園《サンド・ランド》の時と同じか。砂地はいつもこうなりやがる」

アレンは、既に何人の敵を仕留めたかもわからない銀槍《ぎんそう》を振り鳴らす。

縦横無尽に駆け抜け敵を屠《ほふ》る彼の加速が凄《すさ》まじき風を生み、結果として砂嵐《サンドストーム》と化しワルサの軍勢を呑み込んでいた。ダンジョンの『下層』でも起こる現象に悪態を吐きながら、嵐に取り込まれ混乱する兵士達を加速度的に撃破していく。

『迷宮都市《オラリオ》最速』。

比喩抜きであらゆる冒険者より脚《あし》が速いアレンはまさに瞬速の戦車のごとく、砂嵐《サンドストーム》を引き連れて戦場を暴れ回った。それはワルサ軍からすれば天災か、あるいは超大型のモンスターに襲われているのと同義だ。戦意を喪失する者が続出するが、しかしアレンは背を向ける者を誰一人として逃しはしなかった。

降伏の声を上げる者はいない。

嵐に向かって白旗を振る者などいない。

よってアレンの姿を視認すらできない兵士達は、例外なく銀の槍に貫かれていく。

「はっはぁ――――――ッ!!」

「！」

その筈だった。

凄まじき砂塵の壁を突き破り、『襲撃者』が両手に持つ双剣をアレンへ振り下ろす。

アレンは瞬時に受け止めようとして――すぐさま回避を選択し直した。

超人的な動体視力が見抜いた剣身の色は妖《あや》しき紅《あか》と蒼《あお》。

飛《の》び退いた彼に正解だと言い渡すように、『魔剣』たる双剣から火炎と吹雪《ふぶき》が吐き出された。

燃え盛る炎と砂漠をも凍《い》てつかせる氷の進軍が、砂嵐《サンドストーム》を吹き飛ばす。

着地したアレンは足を止め、移動中の自分に攻撃を当てにきた敵を見据える。

「貴様か！　我が主《あるじ》ラシャプ様の計画を妨害する輩《やから》は！」

瘦身《そうしん》で背の高い男はエルフだった。

日焼けはしておらず、長い黒髪を流し、何も纏《まと》っていない上半身の上から外套を羽織っている。顔や胸を始めとした素肌に戦化粧《ウォーペイント》のごとく刺青《いれずみ》を施《ほどこ》しており、真っ当な戦士ではない、どこか不気味な雰囲気を放っていた。

「我が名はラシャプ様一の眷族にして、団長のシール！」

「……そのラシャプとかいう神の下僕どもは、自己紹介する悪癖でもあるのか」

アレンの眼光を意に介さず、シールと名乗った男は両手に持つ『魔剣』をキィン、キィン、と愉快げに鳴らす。

「強いな、貴様はぁ！　見ればわかる！　何だ、その足の速さは！　ひょっとして我々と同じ砂漠の外の戦士、いやいやひょっとしてひょっとしたら、あの迷宮都市《オラリオ》の冒険者ではないか⁉」

戦場の空気に当てられ興奮しているのか、あるいは絶対強者の存在を歓迎するあまり我を失っているのか。端整な容姿のエルフとは思えないほど歪んだ表情を浮かべ、シールはアレンの素性に当たりをつけ、叫び散らす。

その耳に障《さわ》る声と癇《かん》に障る態度がアレンの苛立ちを募らせる中、【ラシャプ・ファミリア】の団長は笑みを濃くする。

「このカイオス砂漠では『勇士《カビール》』などと呼ばれる私でも、お前には勝てん！　絶対に!!　ははははっ、怖い怖い！　嗚呼、なんて恐ろしき戦士よ！」

彼我の戦力差を理解しておきながら、シールの哄笑《こうしょう》は途切れない。

不快さを越えて明確な殺意を抱いたアレンは、もういい、轢《ひ》き潰すか、と瞬殺せんとしたが――彼の獰猛《どうもう》な殺気に敏感に反応したシールが、素早く動いた。

「このままでは私が殺される！　故に、我が常勝の『戦士殺し』をお見せしよう！」

次いで奏でられるのは、おどろおどろしい詠唱。

「【荒《すさ》べ！　悪疫《あくえき》の幻風《かぜ》！】」

それが『魔法』とは異なる『呪詛《カース》』であるとアレンが瞠目《どうもく》した瞬間、シールは己の『必殺』を開示した。

「【ハル・レシェフ】！」

発生したのは、『眼光』だった。

妖しく輝いたシールの双眼から放たれる光。砲撃及び弾幕、範囲攻撃をも全て回避してのけるアレンの瞬速の足でも、見るだけの『視線の光線』となれば回避できない。

眩《まばゆ》い黒紫の閃光に咄嗟《とっさ》に片腕で目を覆《おお》ったアレンは、その場にたたずんだまま舌を弾く。

『呪詛《カース》』は攻撃魔法のように直接体へ損傷《ダメージ》を与えることはごく稀《まれ》だ。

故にその場を動かず、自分を縛る『呪い』の特性を探った。

手足には異常なし、能力下降《ステイタス・ダウン》の類も確認できず。『魔法』や『スキル』を封じられたとしてもこの身一つでシール達は殲滅できるので関係はなく、五感にも支障はない。速やかに体の不具合を確認したアレンは異変なしという結果に、迎撃系の『呪詛《カース》』かと推測する。

自分の攻撃が自分に返ってくる『傷返し』という『呪詛《カース》』も存在する。

敵の言動から直接戦う戦闘型《バトル・タイプ》ではないと見抜くアレンは、再び舌打ちをして顔を上げた。

「……？」

シールは姿を消していた。

それだけではなく、他の兵士も見えない。広がる砂地と青い空、そして殺人的な日差しをまき散らす太陽だけが依然としてあった。

アレンが真っ先に疑ったのは『幻覚』。しかし、すぐにその仮説を否定する。アレンが仕留めた兵士の中で息絶えている者は亡骸を晒しているし、血の跡も残っている。

何より、アレンの獣人の鼻は周囲にまだ数え切れない兵達がいるのを捉えている。

――隠蔽《いんぺい》か、都合のいい『幻影』を押し付けている？

怪訝《けげん》の形に眉を曲げるアレンは、臭いを辿《たど》って槍を叩き込もうとしたが、

「兄様、」

その『少女』の声に、足を止めた。

「――」

右手側、前触れなく現れた『少女』は、瞳に涙を溜めながらこちらに手を伸ばしていた。

頼りない足取りでこちらに近付いてくる様は、最悪の悲劇に襲われた後のようだ。

アレンと同じ猫人《キャットピープル》の少女は冒険者の戦闘衣《バトル・クロス》に身を包んでいた。

アレンとは対となる金の肩当てに、茶色の毛並み。

今は所持していないが、彼女が金の長槍《ちょうそう》を持っていることをアレンは知っている。

凶暴な闘猫である筈のアレンが、敵意と苛立ちを忘れ、目を見開いて立ちつくす。

「待って、お願い、兄様っ……私を、置いてかないで！」

そこにいたのは、紛れもなくアレン・フローメルの『妹』だった。


（かかったぁ～。また格上の【経験値《エクセリア》】を私が頂いてしまうぅ～～）

シールは勝利を確信していた。

場所を移し、身を伏せ、マントの隠蔽布《カムフラージュ》をもって砂漠の大地と一体化する彼は、棒立ちとなっているアレンを見て舌なめずりをする。

シールの目には、アレンの『妹』など見えていない。

アレンと向かい合うのは後ろ手に毒刃を隠した、【ラシャプ・ファミリア】幹部の暗殺者《アサシン》である。

【ハル・レシェフ】。

それはアレンが推測した通り幻覚系の『呪詛《カース》』である。

呪詛《カース》の使い手であるシールは、被呪者が何を見ているかは知り得ない。

しかし、それが被呪者にとっての『最愛』であることはわかる。

それがシールの呪詛【ハル・レシェフ】の力。相手の秘めたる記憶を再生し、心傷《トラウマ》を抉《えぐ》るがごとく暴力的な『悪疫』をもたらす呪いだ。

シールはこの力をもって、幾度となく自分より強い戦士を葬ってきた。【ランクアップ】などという【ステイタス】の構造上、『偉業』を成し遂げた者達は大概『犠牲』を払っている。それは仲間か家族か恋人か、とにかくシールの最愛の悪疫《ハル・レシェフ》とすこぶる相性がいい。どんな強者でも最愛の存在、そして悲劇の記憶を前に動じ、致命的な隙を晒《さら》してしまうのだ。

(この呪詛《カース》のおかげで私はLv．4になったようなものだからなぁ～～)

シールは自分が最弱のLv．4だと疑っていない。強者相手に稼ぐ【経験値《エクセリア》】は不意打ち紛《まが》いのものばかりで、『技』と『駆け引き』はそこそこ、能力値《アビリティ》も最低限。彼が冒す『冒険』とは錯乱し暴れ回る猛牛をじわじわと削いでいく『作業』と同義であった。男の正体は正しく戦士ではなく、呪術師《ヘクサー》だ。

けれどもシールは自分が『最強』だと疑っていない。

少なくともモンスターが相手でなければ、自分が対人戦最強だと。

今、アレンの瞳に映っている『最愛』は偽りではない。

彼自身が投影する、紛れもない真実の『最愛』だ。

姿、声、香り、感触、全てが本物。記憶とはまさに本人の写し鏡であり、心に深く刻み込まれた当時の情景を疑える者などいない。

そうだ、どうして『最愛』を自分の手にかけることができる？

被呪者の瞳に映っているのは、本人が否定することも拒絶することもできない、過去に選んでしまった過ちの『岐路《きろ》』に等《ひと》しいのだから。

（私の配下が持つのは迷宮都市から取り寄せた怪物《モンスター》の劇毒《ドロップアイテム》、それを塗り込んだ暗器……いくら貴様が強かろうが防げまい）

刺されたアレンは錯乱し、配下を殺されるかもしれないが問題ない。

『最愛』の衣を被れる『駒』はいくらでもある。

『呪詛《カース》』を操作して、今アレンには見えないようにしているが、周囲でうろたえながら見守っている兵士達を利用するだけだ。

現在のアレンの世界は幻であって真実、シールが解呪しない限り『最愛』の悪夢から醒めることはない。

「さぁ、お前はどんな叫喚《こえ》で哭《な》くんだ?」

嗜虐的な笑みを宿し、シールは見守る。

「…………」

アレンは静かにうつむいた。

一歩一歩近付く暗殺者《アサシン》に、シールには見えない『妹』を見る男はだらりと腕を下げた。

彼の獣の耳に、兄様、兄様っ、と切なる響きを宿した涙の声が反響する。

そして、『妹』が自分の目の前に——その隠し持った暗器が届く距離に——近付いた瞬間。

アレンは、渾身の力で銀槍を薙ぎ払い、『妹』を肉塊に変えていた。

「——はっ?」

シールは時を止めた。

彼の力を知る【ラシャプ・ファミリア】の配下も同様だった。

ワルサの兵士達は、純粋な恐怖を。

己の『妹』を殺害したアレンは、かつてないほどに、キていた。

「くだらねえものを見せやがって——」

その零度の呟きは、怒りが振り切れた証左だった。

男の呟きに宿る最大級の殺意に、シールはぶわっと汗を噴出させ、反射的にその場から飛び退いてしまう。

颪より鋭く振り返り、闘猫の双眼がシールを捕捉する。

今、自分は奴の『最愛』にしか見えていない――――だが、呪詛《シール》の大本《ほんにん》だとバレた‼

シールは舌を干上がらせ、なりふり構わず叫んでいた。

「そ、そいつを止めろぉおおおおおおおおおおおおおおおおおおおおお⁉」

団長の号令に、【ラシャプ・ファミリア】も、ワルサの兵も反射的に従った。

シールの魔力によって『最愛』の衣を被ってアレンのもとに殺到する兵士達。

アレンの瞳には、冒険者の姿をした『妹』が、酒場の制服を纏った『妹』が、在りし日の幼い『妹』が映る。

それが更なる怒りの燃料の投下になることに気付かず、シールは直後、その光景を目の当たりにした。

アレンの体が霞《かす》み、飛びかかった『最愛』のことごとくを始末してのける光景を。

「なっ――なんなんだっ、お前はぁあああああああああああああああああ⁉」

穂先で穿《うが》ち、槍の柄で粉砕し、連撃をもって解体する。

小さき暴風となって敵兵を蹴散らすアレンに、シールが堪《たま》らず絶叫を上げ、双剣を振り上げる。雑兵《ぞうひょう》が足止めしている内に『魔剣』を叩き込もうと躍起《やっき》になる。

しかし。

怒りの沸点を超え、周囲の『最愛』を蹴散らした猫は、跳んだ。

蹴り砕いた砂漠を爆発させ、今日一番の突貫をもって肉薄し、魔剣を振り下ろすシールとすれ違う。

「えっ――?」

神速の一閃が走ったかと思うと、シールの両腕は空振りしていた。

いや違う。

両の腕の肘から先が消失していいいた。

凍結する彼の頭上で、銀槍の餌食《えじき》になった両腕が魔剣を握り締めたまま錐揉《きりも》みし、ザンッ！と音を立ててシールの後方に突き立つ。

「いっっ――いぎゃああああああああああああああああああああああああああっ⁉」

醜い慟哭が轟《とどろ》く。

己の両腕を失った衝撃、知覚できなかった電光石火、灼熱《しゃくねつ》のごとく両腕を焼く痛覚、何より生涯の中で感じたことのないほどの『不可避の殺意』。その全てに精神が蝕《むしば》まれ、妖精の容貌は歪みきり、理性を手放したかのように汗と涙を噴出させる。

「おい、糞野郎」

すぐ背後に立つ男の声音が、何ものよりも冷たく、恐ろしかった。

呼吸の術を奪われシールが息を吸えなくなる中、アレンは極寒の声音で告げた。

「俺の目には、今のてめぇも『この世で最も憎んでいる愚図《ぐず》』に映ってやがる」

嘘だ嘘だ嘘だ！

お前の瞳に映っているのは『最愛』だ‼

かけがえのないお前の魂の半身だ‼

『最憎』の人物の筈がない！

――でも、じゃあ、どうして。

この男は、冷酷に平然と容赦なく『最愛』を手にかけることができるのか――。

愛憎が渦を巻くその瞳に、一体何が映っているのか――。

「今すぐ解呪しろ。でなけりゃ殺す。必ず殺す」

「はっ、はぁあい⁉　わかりましたぁ！　わかりましたからぁ⁉」

低く、押し殺した殺気がシールの生命を脅かす。

泣き叫ぶだけの存在と化した男は失禁さえ催しながら、解呪式を唱えた。

「溶けろっ、悪疫の惨禍ぁ！　……消えたぁ、消しましたぁ！　貴方の『最愛』はもういませんっっ！　ですからっ、ですからぁ！」

無事解呪したことを告げ、泣いているのか笑っているのか判然としないぐちゃぐちゃな顔で、シールは助けを請うた。

そして、時間にして三秒。

歯をあらん限りの力で食い縛ったアレンは――片手に持った槍を振り下ろし、シールの頭頂部から股下《またした》まで、両断した。

「――解けてねぇだろうがああああああああああああああああ!!」

轟然と響き渡る大咆哮《だいほうこう》。


アレンの目に映るのは変わらぬ『妹』、変わらぬ『愚図』、変わらぬ『汚点』。

怒りの沸点を超えた彼の殺意は、臨界を突破した。

我を失い、魔力を碌《ろく》に制御できず、己の『呪詛』さえ解呪できなくなったシールを斬断する。

無残な屍《しかばね》と化した男の体が砂漠の大地に横たわった。

正気を失った以上、生かしておいても解呪できまいと思ったが、両断しても何も解けないこの始末。術者が意識を絶っても、息絶えても効果が継続する――よりにもよって一定時間経たなければ解呪されない型《タイプ》の呪詛《カース》だ。アレンの毛という毛が激憤によって逆立つ。

その凄まじき怒りに恐れをなし、『妹』の姿をした敵兵が耳がつんざかんばかりの悲鳴を上げて逃げ出す中、アレンは銀槍を振り鳴らした。

ふざけるな。

あんなものは許容できない。

あんな反吐《へど》が出る『妹《クズ》』の紛《まが》い物《もの》など放置できない。

こんなものが自分の真実であるなどと、アレンは絶対に認めない。

故に、彼の唇から漏れた言葉は一つ。

「――皆殺しだ」

そこから先は凄惨の一言だった。

通常、大軍が『全滅』することはありえない。

多くとも損害が三割を超えれば戦いが終結するのが常である。

しかし、アレンの標的にされた師団は文字通り、『全滅』した。

怒りに支配される闘猫に、根絶やしにされた。

視界に映る不愉快極まる景色を抹消するため、アレンは無数の砂嵐を召喚し、その憤激の丈を発露するのだった。


「おいおい、シールも死んじゃったの？」

物資を管理する輜重《しちょう》部隊。言わばワルサ軍勢の真の最後尾の集団。

そこに築かれた天幕の中、兵士の伝令と加速度的に減っている自身の『恩恵』の数を照らし合わせ、さしもの男神《ラシャプ》も驚きをあらわにした。

「は、はいっ！　その他、精鋭たるラシャプ様の眷族達も軒並み討たれました！　部隊は撤退も潰走も許されず、まともに残っているのはゴーザ将軍が率いる本隊のみに……！」

「えっ、相手は八人なんでしょ？　マジで言ってるの？」

「マジでございます！」

耳を疑う戦況に若干引いていたラシャプは呻いた。

一体、先の戦場では何が起こっているのか神であっても見通せない。

だが、彼はそこで笑みを纏った。

「ったくさぁー、予感的中しないでほしかったんだけどなぁ。『隠し玉』、使う羽目になったじゃん☆」

うろたえる兵士を脇に立ち上がり、天幕を出る。

彼が向かうのは部隊の中でも物資が置かれた一角だった。

そしてそこには、異様な光景が存在した。

武器や食料などが入っているとは到底思えない、超大型のカーゴが置かれていたのである。

数百人がかりで運ばなければならなかった代物であり、これこそがラシャプの『切り札』であった。

「イーザ、これを戦場の真ん中に放り込んできて。大丈夫、闇派閥《イヴィルス》の連中から交渉して手に入れたこの魔道具《マジックアイテム》があれば、言うことをきくさ。多分、きっと」

眷族の中で唯一の調教師《テイマー》に、先端に宝玉が嵌《は》められた紅《くれない》の『鞭《むち》』を渡す。

促《うなが》されるまま調教師《テイマー》の団員が鞭を振るうと、『それ』は大地が鳴動するかのような唸り声をあげ、ゆっくりと動き出した。

大型のカーゴが壊れる。兵士達が腰を抜かす。

調教師《テイマー》の男さえ戦慄する『巨大な影』が、鞭の動きに合わせ、戦場の方角へと進行し始めた。

進路上にあるもの、全てを押し潰しながら。

「ははははっ、切り札は最後まで取っておくものだぜ☆」

誰もが動けずにいる輜重部隊の中で、神の笑い声が響く。

あとはあの『隠し玉』が邪魔なものを全て蹴散らすだろう。

踵《きびす》を返して天幕に戻ろうとしたラシャプは、そこでふと、伝令の兵士に問うた。

「そういえば、敵の情報ってなんかある？　シール達を瞬殺なんて、十中八九オラリオの冒険者だと思うんだけどさァ」

「は、はい……まず第二、第三師団を急襲したのがエルフとダークエルフ……」

「ふむふむ」

「第四師団と予備戦力を追い詰めているのは猫人《キャットピープル》と四人の小人族《パルゥム》で……」

「ふむふ……んんっ？」

「そして、中央本隊に、猪人《ボアズ》の大男が迫っているとのことです……」

「………」

それまで余裕の態度が崩れなかったラシャプの表情が、初めて引きつった。


砂塵が舞っている。

光を遮《さえぎ》るほど煙る光景を、ワルサ大将のゴーザは震える眼差しで見据えていた。

「なんなんだ、やつは……！」

彼は目を疑う大剣を持っていた。

両翼、そして正面部隊が徹底的に瓦解《がかい》した後、開けた道に沿って悠然と歩いてやってきた。

男は無駄な殺生はしなかった。ただ向かってくる者だけに得物を振るい、その圧倒的な膂《りょ》力《りょく》をもって叩き潰した。

男は、猪人《ボアズ》だった。

「ただの前進が止められん……！　たった一人だぞ⁉」

本隊の遥か後方、双眼鏡を覗きながらゴーザは吐き捨てる。

先程から散らばっている各師団から嘘のような報告が舞い込んでいたが、ここまで来れば信じるしかなかった。敵は本当に『八人』だけで八万の軍勢を殲滅しようとしていると。

しかし、ゴーザは諦めるわけにはいかなかった。ラシャプという外来の力、悪疫まで利用して国盗りがかなわなかったとなれば、自分の地位、ひいては主神の権威が失墜する。

つまらない意地と揶揄《やゆ》されようとも、あのたった一人の敵を討たなければ――

「……？」

不意に、影が差した。

空に浮かぶ雲が太陽を覆い隠したのかと訝《いぶか》ったが――違った。

それは、空にも首が届かんとする、巨大なモンスターだった。

「なっ⁉」

巨大な『大蛇《だいじゃ》』と言うべき総身。

超大型に匹敵するモンスターがゴーザの後方、補給部隊の方角から出現していたのだ。

「ま、まさか……『バジリスク』⁉」

砂漠世界の住人ならば子供の寝物語に聞かされ、忌《い》むべくその名をゴーザは叫んだ。

『バジリスク』。

蛇の威容を持っているそれは、しかし紛れもなくモンスターの中でも最強の種族、『竜種』に区分される。

その巨蛇は火を吐き、更に石化のごとき『麻痺毒《まひ》』をもまき散らすのだ。古代、数多《あまた》の都市を滅ぼし、世界の荒廃を進め、現在のカイオス砂漠は『バジリスク』の猛威によって広がったという逸話が残されているほどである。

本隊の後方から現れたモンスターは、進路にいた兵士達を轢き殺していた。悲鳴を上げ、陣形を放棄し逃げ惑う者が続出しており、もはや人同士の戦いという次元ではない。ゴーザと彼を補佐する将兵も巻き添えを食らうまいと慌てて退避する。

それは正《ただ》しくラシャプの『切り札』である。

解き放たれた『バジリスク』は既に調教師《テイマー》を殺していた。差し渡しが大の大人ほどもある牙の一本に取り付けられている首輪《サークル》は『完成品』にはほど遠かったのか、『鞭』の制御を受け付けなかった。煩《わずら》わしい命令を飛ばす男をモンスターはその巨大な尾で粉々にしたのである。

太い首を振るう『バジリスク』は、死んだ調教師《テイマー》の遺言《ゆいごん》だけは甲斐甲斐《かいがい》しく聞いてやるように、前方にたたずむ猪人《ボアズ》――オッタルにその眼光を向けた。

『オオオオオオオオオオオオオオオオオオオオオオオオオオオオオオオオオオオッ‼』

体長二〇Ｍ《メドル》を超す巨体から放たれる巨蛇の雄叫び。

砂漠の海を裂き、一直線にオッタルへと迫る。それは全てを吹き飛ばす大蛇の突進であり、後には何も残らないことが約束されている必殺である。

それを前にして、オッタルは。

片手でしか持っていない大剣を、初めて両手で摑《つか》んだ。

そして、

振り下ろされる極斬をもって、大蛇の巨軀を両断した。

「――――――――」


膨大な砂塵の音、二枚に分かたれた蛇の巨軀《きょく》が倒れる音。

そして砂漠の大地に刻まれた、深々とした地割れの斬撃痕。

それだけが世界の全てを支配した。

ワルサ軍はおろかシャルザード軍、遠くから見守っていたアリィにも届く、戦場全域を上下に揺るがす衝撃が発生する。

時を停止していたワルサ兵は、舞い上がっていた砂煙が晴れていくうちに、埃《ほこり》に汚れた顔を蒼白に変え、絶句した。

文字通り『両断』され、砂の地に転がる即死した『バジリスク』。

その奥で、大剣を振り下ろした格好で静止する猪人《ボアズ》の武人。

凄まじき一撃を放った男はゆっくりと構えを解き、先程と同じように、剣を肩に担いだ。

「白旗を上げろ」

「はっ……？」

「降伏だ」

覗いていた双眼鏡を下ろしたゴーザは、近くにいた兵にそれだけを告げた。

呆然としている兵達を他所《よそ》に、ワルサの大将は遠い眼差しで、戦意を手放しながら呟いた。

「あんな化け物に、敵うわけがない」


「優れた将がいるか……殺すには惜しい」

視界の先で何本も揚げられる白旗に、オッタルは担いでいた大剣を地面に突き刺す。

錆色《さびいろ》の瞳を細める彼は呟く。

「ヘディン、『殲滅』はなしだ。あれには機会を与えたい」

数多の兵を蹂躙することなく、たった一撃をもって敵の戦意を粉砕した最強の冒険者は、吹き寄せる砂の風にその言葉を乗せる。

武人の一撃をもって、『シンドの戦い』は終わった。


「王子！　アラム王子ぃ！　シャルザード五大将が一人、ジャファールが参りましたぞぉ‼」

高い砂丘に立って戦場を眺めるアリィのもとに、数多の兵士を率いる老将が駆け付けた。

月と耶悉茗《ジャスミン》の軍旗を掲《かか》げるシャルザード軍である。

「先だって奇襲を仕掛けるとは、何と素晴らしき手並み！　さぁ、我等も参戦いたします！

憎きワルサを蹴《け》散《ち》らしましょうぞ！　敵はどこですか！」

王子の成長を喜び、老将ジャファールは意気揚々《いきようよう》とまくし立てた。

兵士達も血気盛んに鬨《とき》の声を上げる。

そんな彼等に対し、アリィは視界の正面を見つめ、呆《ほう》けていた。

「お、終わった……」

「はっ？」

呆然とたたずむアリィは、緩慢《かんまん》な動きで片手を上げ、その『結果』を指差す。

「本当に、終わってしまった……」

遮るものがない広大な砂漠に倒れ伏しているのは、数多のワルサ兵だった。

地平線の手前、小粒のような影も全てがそうだ。折り重なる亡骸と無残に破壊された武器が、まるで万に及ぶ墓標のように連なっていた。悪逆非道を働いた【ラシャプ・ファミリア】の幹部は例外なく息絶えている。団長シールの亡骸も哀れな末路を晒し、カイオスの風に呑まれて、砂の海に埋もれていく。

大将ゴーザを始め降伏した本隊のワルサ兵は縄で縛られ、無理矢理鎧を着せられビクビクと怯えるファズール商会の人間に連行されていた。

その光景に、ジャファールと兵士達も固まり、あんぐりと口を開けた。

「迷宮都市《オラリオ》を取り囲み、そびえていると言われている巨大市壁……」

アリィは息を呑みながら、無意識のうちに呟きを落としていた。

「その存在は外の侵略から都市を守るためではなく……内の冒険者を閉じ込めておくための……？」

アリィは確信してしまう。そして、それは『正解』だった。

彼《か》の迷宮都市が戦力流出を嫌う理由。それは他勢力に力を与えないためというのもあるが
──真の理由は力を持った上級冒険者を野に放つのを防ぐためだ。

『オラリオの冒険者が解き放たれれば、大量虐殺もまかり通る』

そのように、認知させないためだ。

冒険者が真実災害《モンスター》と変わらぬ『化物』であることを、世に知らしめない苦肉の策である。

『古代』の人間は『大穴』より溢れ出るモンスターの地上流出を防ごうと、巨大市壁の前身となる『砦』を築き上げた。しかし現代の巨壁《かべ》は、冒険者を外に出さないための『檻《おり》』の側面があるのだと、アリィは目の前の光景を見て悟った。

勝者として砂丘に立つのは、八人のみ。

猪人《ボアズ》、猫人《キャットピープル》、黒妖精《ダーク・エルフ》と白妖精《ホワイト・エルフ》、四つ子の小人族《パルゥム》。

冒険者達の圧倒的な戦果に、アリィはあらためて畏怖を覚える。

シャルザードとワルサの命運を決する一戦は、たった『八人の眷族』によって幕を閉じたのである。


地平線に日が傾き、西の空が暮れなずむ。

『シンドの砂原』では依然として『戦争』の後始末が行われていた。出番もなく肩透かしを食らったシャルザード兵は今も夢を見ているような面持ちで、自分達をあれだけ苦しめたワルサ兵を――蹂躙された兵士達の遺体を運んでいる。膨大な数の死者は未だに片付くことはない。

逃走した神ラシャプはどこかへ消えた。

戦火を拡大させた張本人を捕えることはできなかったが、美の女神は、

「そんな小物《かみ》がいたの？　別に放っておいていいわ。面倒だもの」

と心底興味なそうに告げた。

戦争は終わった。

戦争と呼んでいいものか果たして疑わしいが、とにかく戦いは終わった。

つまり侵略者は消え――少女のオアシスの国は解放されたのだ。

「ああ、ソルシャナ……！　本当に、帰ってきた！」

兵達に後片付けを任せ、アリィと将軍達は一足先にシャルザード王都『ソルシャナ』へ辿り着いていた。ワルサの殲滅と取り戻された平和を、いち早く民に報せるためである。

視界の奥にそびえるのは白亜の宮殿と城下町。美しい街並みはワルサ軍の侵攻に際して破壊され、防壁も無残にも破られているが、その壁の内側では今日まで虐げられていた民が津波のような叫喚《きょうかん》を上げている。遠く離れたアリィ達のもとまで届くその声は、勇者の凱旋《がいせん》を讃《たた》える歓喜の声々だ。全く何もしていないシャルザード将兵達はとても居心地が悪そうにしていたが、アリィは喜びで声を詰まらせていた。

情けなく逃げ出した王都。

ようやく帰ってきた故郷の地。

少女の目尻に、うっすらと涙が溜まる。

「……フレイヤ！」

駱駝《らくだ》に跨《また》がる将兵達が砂丘を下り始める中、アリィは背後を振り返り、駆けた。

茜《あかね》の色に染まった空を背にたたずむ、女神と八人の眷族。

自分を助けてくれた【ファミリア】のもとに、アリィは一人駆け寄った。

「ありがとう！　貴方達のおかげで、シャルザードに平和が戻った！」

「そうね」

「私だけでは無理だった！　故郷に帰ることも、こうして民の笑顔を取り戻すことも！」

「でしょうね」

「礼を言わせてほしい！　貴方達にとって気紛れに過ぎずとも……私は貴方達に救われた！」

「もう受け取っているわ」

感謝の思いを何度も叫んでも、フレイヤの返事は淡々としていた。

叫び過ぎて肩で息をしていたアリィは、静かに呼吸の音を静めていき、女神の銀の双眸と視線を交えた。

時を待たず太陽が沈んでいく。

影が伸びる。

砂の海に伸びる、細く、長い影だ。

少女の影は砂風にあおられ、心細そうに揺れる。まるで何かとせめぎ合うように。

「……フレイヤ……私は……」

夕焼けに照らされる彼女は、自分が王子《アラム》ではなく、ただの少女《アリィ》になっていく感覚を覚えた。

『王』の仮面も鎧も失い、裸となった想いを。

蘇《よみがえ》るのは二週間にも満たない日々。怒りも悲しみも絶望もした。しかしその中でもたらされた女神の言葉一つ一つが今、胸を揺さぶり、狂おしい何かをアリィに訴える。

フレイヤはこちらをただ見つめるだけで、何も言おうとしない。

アリィに今、示されているのは真実『選択』だ。

彼女の前に立つのは女神と眷族達。

背後に広がるのは荘厳な宮殿と多くの民、国そのもの。

前と後ろ。どちらかを選べと、黄昏の光が告げている。

「……」

アリィは猫人《キャットピープル》の青年を一瞥《いちべつ》した。

彼女に言葉を投げかけたアレンもまた、やはり何も言わない。

自分《てめえ》で決めろと、その眼差しが言っているような気がした。

「……アラム様？」

砂丘を下りたジャファール達が、付いてきていないアリィに気付き、振り返る。

いいのだろうか。彼女の手を取って。

いや、いい筈がない。国を捨てるなんて。

しかし、私が求めているモノは――

渇望と葛藤が混ざり、禁忌の懊悩《おうのう》が最後の理性を苛む。王子《アラム》ではなく、裸になった少女《アリィ》では
その衝動に抗えない。女神とのかけがえのない日々を拒めない。

『男として産めなくて、ごめんなさい。女としての幸せも与えられず――』

母は言った。アリィに幸せはないと。

『私なら、男としても女としても、貴方を満たしてあげるけれど……』

母と面影が重なる、母なる女神は言った。自分ならば幸せをもたらすことができると。

男としても女としても報われない本当の自分が、最初で最後の我儘《わがまま》を叫びたがっている。

少女の震える手が伸ばされようとした、その瞬間。


「貴方は要らないわ」


女神の声が、少女の手を停止させた。

「えっ……?」

「要らないと言ったのよ、アリィ」

時を止める少女に、フレイヤは再三告げる。

何を言われたのかわからなかったアリィは、次第に四肢が凍てついていくのがわかった。

「期待外れ、見込み違いだった。貴方は私の伴侶《オーズ》に相応《ふさわ》しくない」

まるで揺れ動く『魂』の輝きを見定めるように、女神の双眸が冷然と細められる。

アリィの顔が絶望に染まった。

突き放されたという事実が彼女の体に罅《ひび》を生じさせる。

目の前の女神にだけは向けられたくなかった失望が胸を穿ち、その薄紫の瞳から涙を溢れさせようとする。

待って。お願い。行かないで。

声にならない叫びが少女の喉の奥で氾濫《はんらん》する中、女神は背を向けようとする。

そこで、彼女は告げた。


「だから、貴方は『王』として生きなさい」

「──────」


アリィの目が見開かれる。

彼女の瞳に映るのは失望も嘲弄もない、黄昏《たそがれ》の光に濡れた女神の微笑だった。

間もなくフレイヤは何事もなかったように、今度こそ背を向け、歩き出す。

八人の眷族もまた彼女に続く。

決別はなく。再会の約束もなく。さよならの言葉もなく。

女神は気紛れな風のように、立ちつくすアリィの前から去っていった。

砂漠の風が吹き、髪がなびく。

誰かの頬に伝うのは、一筋の滴《しずく》だった。

「よろしかったのですか？」

オッタルの声に、ええ、とフレイヤは答える。

「あの子は国を捨てられない。捨てられたとしても、そこにもう私が欲したあの子の『輝き』はない」

歩を進めながら呟く。

フレイヤはアリィの葛藤を全て見抜いていた。

その上で、彼女に選ばせなかった。

自ら突き放す真似をした。

「あの子が私の『魅了』に抗えたのは『王』であったからこそ。私が見惚れたのは『王』であろうとするあの子の輝き。あの子が『王』でなくなれば、その輝きはつまらないものに……それこそ他の子供達と何ら変わらないものに成り下がる」

『王』でないアリィはただの少女だ。ただの石になりうる原石だ。

つまり手に入らないからこそ、彼女は尊い輝きを放つ宝珠になりうる。

ならばフレイヤは、手中におさめるより、美しく輝く様を尊《とうと》ぼう。

「愛着は湧いていたのだけれど……幸せを餌に、あの子の可能性を奪うのは、違うわ」

背後を一度だけ、顧みる。

少女は立ちつくし、遠くなった今も、こちらをずっと見つめ続けていた。

だが、やがてその腕を持ち上げ、目もとを何度も拭う。

そして己の決意を言い渡すように、フレイヤ達に背を向け、歩き出した。

『王』を待つ人々のもとへ。

砂漠の王国へ。

フレイヤは、子を見守る母のような表情で、もう一度だけ笑った。

「ごめんなさいね、アレン。貴方のお節介を無駄にしちゃって」

「……何をおっしゃられているのかわかりません。幻聴でも耳にしたのでは」

「ふふっ、そうね、そういうことにしておきましょう」

憮然《ぶぜん》とする猫人《キャットピープル》にくすくすと肩を揺らす。

オッタル達は少女のことを一度だけ見やり、後はもう二度と見ることはなかった。最も長く見つめていたヘディンも、やがては背を向けた。

忠誠を誓った眷族として、女神に付き従う。

彼等を伴いながら、フレイヤは高い砂丘の上で立ち止まり、広大な砂の世界に別れを告げた。

「じゃあ、帰りましょうか。退屈で、どこよりも熱い、迷宮都市《オラリオ》に」

シャルザードとワルサ、そしてイスラファンを巻き込んだ一連の戦いは、後に『熱砂の禍乱』と呼ばれることになる。

王都陥落という絶望的状況から始まり、存亡の危機に立ち向かったシャルザード王国は以降、諸外国が目を見張る速度で発展していくこととなる。

その発展に第十五代国王、アラム・ラザ・シャルザードの辣腕《らつわん》が深く関わっていたことは、語るまでもない。

『シンドの戦い』を契機に衰退《すいたい》していくワルサはもとより、暗躍していた【ラシャプ・ファミリア】がシャルザードを脅《おびや》かすことは二度となかった。彼《か》の国は然《さ》る最強の女神の派閥《ファミリア》の加護を賜《たまわ》っている――そんな噂が迷宮都市の方角からまことしやかに囁《ささや》かれていたからだ。

真偽は定かではないが、復興した王都ソルシャナの広場には、アラム王の指示で救国に力を貸したと言われている『八英傑』の彫像が設置された。それは『とある冒険者達』の顔と似ているとか似ていないとか、しばしば論議が起こったらしい。

また、王国の発展の傍らには筋肉改革が行われた筋肉派組織ファズール商会が常にいたとされる。ワルサとの戦争の中で影の尽力者としてアラム王に協力し続けたボフマン・ファズールは時の人となり、その筋肉《カリスマ》もあって商会そのものも大躍進を遂げたのだ。『リオードの町』の復興を進め、奴隷の交易《こうえき》から足を洗ったファズール商会は『軍人も顔負けな武闘派集団にまで至った』という謎の遍歴を持つこととなる。

シャルザードはアラム王の治世のもと、最盛期を迎えることとなる。

『戦盤《ハルヴァン》』の腕はカイオス砂漠世界の中でも随一と謳《うた》われる王は、政治にも軍事にも高度な駆け引きを駆使し、そして勝負時には必ず博打に臨む胆力を持っていたと歴史の書は記している。

『熱砂の禍乱』を経て『覚醒』したとまで言われる王は、しかし一方でお茶目《ちゃめ》な一面もあり、家臣の目を盗んでは市井に交ざって『戦盤《ハルヴァン》』を指し、焼肉料理《ケバブ》を食べ歩きしている姿を度々目撃されている。

様々な趣味を嗜み、賢く、美男子だったアラム王は、民にいつまでも愛された。

後に賢王と呼ばれる『彼』はこう語る。


『私はあの動乱の中で、眩《まばゆ》い銀の光に照らされた。

それは夜に浮かぶ月明かりにも、オアシスに広がる波紋にも似ていた。

私は確かな啓示を受けたのだ。

あの教えに背かぬよう、胸を張れるよう、邁進《まいしん》し続けた。

ただ、それだけのことなのだ』

後継者を残し、『彼』は最後まで善政を続け、その名君振りを讃えられた。

それは西カイオス中域で初めて大国が生まれる偉業にまで至る。

『王にして英雄』。

『駒を統べる者』。

『アラムと八人の戦士』。

『彼』は様々な英名で伝えられ、逸話や童話となって後世に名を残す。

風が伝える偉業を耳にして、とある『美の神』が微笑んだのか——それは定かではない。

6

私の伴侶《オーズ》は、やっぱりいないの？


カイオス砂漠《さばく》から何事もなくオラリオに戻ってから、フレイヤは暇《ひま》を持てあました。

少女《アリィ》は素晴《すば》らしかった。

未熟な果実がこちらの予想を裏切り、輝かしい宝石へと変わる様は、もしかしたら、という期待をフレイヤに抱かせたほどだ。

けれど、彼女は違った。フレイヤが求めていたものではなかった。彼女の輝きとは『王』であるからこその光なのだ。フレイヤが手を出せばその光は消えてしまう。

もし、あの場で自分のモノにしていたら、アリィはどこにでもいる少女に成り下がっていただろう。女神の寵愛《ちょうあい》を求めるだけの、他の者達と同じ取るに足らない存在に。そうなればフレイヤはすぐに彼女に飽《あ》き、また別の出会いを求めた筈《はず》だ。だから、しょうがなかった。たっぷり溜息を吐いてしまうほど、しょうがなかったのだ。

これまでと変わらない、けれど漫然とした日々が続く。

下界は刺激的だ。そこに嘘《うそ》はない。子供達の織りなす物語を耳にすれば笑みを浮かべ、眷族達が成長すれば喜びも湧く。だが、同時に心のどこかが満たされないのも事実だった。

神々に誘われても『神の宴』にも、神会《デナトゥス》にも顔を出さず、退屈の毒を享受する。

やはりこの下界でも伴侶《オーズ》とは出会えないのか――そう諦《あきら》めかけていた時だった。


その『少年』を見つけ出したのは。


その魂の輝きは、とても小さかった。

自分の眷族とは比べるまでもないほど。

けれど綺麗《きれい》だった。透き通っていた。フレイヤが今まで見たことのない色をしていた。

白？　純白？　いいや、透明の色だ。

今まであんな魂《ひかり》、オラリオで目にしたことはない。処女雪《しょじょ》のような白い髪に、兎《うさぎ》のような深紅の瞳《ルベライト》。種族はヒューマン。よく子供達を観察している方だが、やはり初めて見る顔だ。

新しく都市に来たのだろうか？　駆け出しの冒険者？　いや、そんなことはどうでもいい――

――欲しい。

一目見た瞬間、そう思った。

少女《アリィ》との別れから、久しく感じていなかったあの感覚。全身がぞくぞくと打ち震え、下腹部は疼《うず》き、恍惚《こうこつ》の吐息《といき》が喉《のど》から溢《あふ》れ出してくる。『彼』を自分のモノにしたいと、醜《みにく》くも子供のような望みが頭をもたげた。

それは純粋な女神としての欲望。『未知』を前にした神の興味がつきることはない。

一方で、もう一つの『願望』も無垢《むく》な小輪のように花開いていた。

これからどのような色に変わるのか。

それとも透き通ったままでいるのか。

何より彼は——私の『真の望み』を叶えてくれるだろうか。

その唇は誰《だれ》にも見られることなく、笑みの形を描いていた。

彼女は正しく少年を見初めたのだ。

まずは名前を知ろう。

それから所属している【ファミリア】も。

他神《たしん》の眷族である以上、いつかは恐らく奪うことになる。

主神との関係も知っておくべきだ。

少女《アリィ》の時は少し失敗した。性急になるあまり、尊崇の念を強く抱かせてしまった。彼女が
伴侶《オーズ》に求めるものは決して一方的に敬《うやま》われる関係ではない。

自分が恋焦《こ》がれるほど、より輝いてほしいという想いは本当。

だが今回はそんな神の傲慢《ごうまん》も少しだけ我慢《がまん》しよう。

しばらく成長を見守るのだ。

耐えきれず、ちょっかいは出すかもしれないけれど。

ゆっくり、ゆっくり知っていけばいい。

そして距離を埋めていけばいい。

神にとってはそんな無駄と思える積み重ねも、『真の望み』を叶えるためには、きっと必要なものの筈だから。

彼女は笑った。

人知れず笑った。

誰にも知られない、その胸の内の想いはただ一つ。

——どうか貴方《あなた》が私の伴侶《オーズ》でありますように。

最強の起源

Familia Chronicle
chapter
2

1

『彼』の最古の記憶は、カビの臭《にお》いと、肌を焼くほどの凍《い》てついた寒さ、そして無慈悲《むじひ》で凶悪な夜の闇《やみ》だった。

寂《さび》れた路地《ろじ》裏と、冷《ひ》え冷《び》えとする月光《げっこう》をそそぐ夜空。

空っぽである筈《はず》の腹は限界を通り越してもう何も訴えることをせず、ただ体から力と温度を奪っていった。氷のように冷たくなっていく己の体が『孤独《こどく》』であるということに、笑ってしまうくらい幼《おさな》い彼は気付くこともできなかった。

何故《なぜ》ここにいるのかわからない。自分が誰《だれ》なのかもわからない。

彼に名はなかった。姓もなかった。

彼は捨て子だった。

思考はなく、苦痛もなく、意識は儚《はかな》く。

明日も昨日も認識できない幼子はその場から動くことはない。

最初は生命の本能があがいていたような気がしたが、それもすぐに力つきた。無知は生きる術《すべ》をむしり、意欲なき意思は生命をただの植物に変える。

彼は衰弱《すいじゃく》し、死を待つだけの哀《あわ》れな肉の塊に過ぎなかった。

しかし、『運命』は。

文字通り『神』は、彼を見捨てなかった。

「貴方、独り？」

揺れる銀の長髪と、同色の宝石のような瞳《ひとみ》。

この世のものとは思えない『美』の塊に、死にかけていた筈の彼の目は見開かれ、ただただ見惚《みほ》れ続けた。呼吸を失い、言葉を忘却する。幼子の目にはまさに、理《ことわり》を超越した何かが顕現《けんげん》したように映っていた。

たちまち暴悪な闇が取り払われ、後光がさすがごとく色褪《いろあ》せた視界に銀の光が君臨する。

時を止める彼に対し、銀髪の美神は目を細め、言った。

「――綺麗《きれい》ね、貴方《あなた》」

言葉とともに手が差し出される。

幼子はそれを、静かに取っていた。

女神は彼を抱き上げ、問う。

「名前は？」

幼子は答えられない。

名は愚《おろ》か己の素性《すじょう》も知らないからだ。自己を認識してもいなかったからだ。

だから彼にとっての世界とは、自分を抱き上げてくれた女神で全てとなった。

彼女こそが彼にとって全てだった。

「じゃあ、私が貴方に名前をあげる」

その時の彼女の笑顔は、無邪気《むじゃき》な少女のようでとても可愛《かわい》らしかったと、成長した幼子は今も思い出すことがある。

そして女神は告《つ》げた。

「貴方はオッタルよ」

【猛者《おうじゃ》】オッタル。

当代都市最強の冒険者は、こうして産声《うぶごえ》を上げた。


青空である。

活気が満ちる迷宮都市オラリオ。

今日も多くの亜人《デミ・ヒューマン》で賑《にぎ》わい、旅人が、商人が、そして冒険者が喧騒《けんそう》を織りなしていく。

そんな都市の南方、繁華街の一角で、周囲と異なった喧騒を広げる場所があった。

『戦いの野《フォールクヴァング》』。

四方を壁で覆《おお》われた、都市最大派閥【フレイヤ・ファミリア】の本拠《ホーム》である。

白や黄の小輪が揺れる美しい原野が広がり、敷地の中央の丘には『神殿』あるいは『宮殿』と見紛《みまが》う巨大な屋敷が建っている。都市の中にあって世俗から切り離された雄大な光景は一枚の絵画のようですらある。

そこで繰り広げられているのは、激しい『殺し合い』だ。

「フレイヤ様の寵愛《ちょうあい》をこの身に‼」

「御身《おんみ》のために、御身の愛に報《むく》いるために！」

「おおおおおおおおおおおおおおおおおおおおおおおおおおっ！」

武器を振りかざすのは多くの団員達である。

Lv．1を始めとした下位団員、最も層が厚いLv．2と3の中堅、最も高い者はLv．4まで。種族バラバラの眷族《けんぞく》達は今日も女神の寵愛を得るため、何より女神の力にならんとするために、同じ派閥の人間としのぎを削り合う。よく晴れた空に相応《ふさわ》しくないほど過激な剣戟《けんげき》の音が間断なく打ち上げられ、吸い込まれていた。

そんな中、オッタルは堂々と広大な庭を突っ切っていく。

血と雄叫《おたけ》びが飛ぶ戦場に一瞥《いちべつ》もくれず、戦士達のすぐ横を闊歩《かっぽ》しながら。

彼に飛びかかる者はいない。正確にはできない。いくら血気盛んな団員達でも、猛烈な一撃を頂戴して今日一日をふいにすることは御免《ごめん》なのだろう。かつて、ほぼ全ての団員が徒党を組んで襲いかかってきたことがあるが、あの時は全員が返り討ちとなった。

オッタルも入団当初は受けていた『洗礼』だ。今はいない多くの先達に痛めつけられ、血を吐き、それでも女神の力となるため、ひたすらに戦い続けていた。

懐かしく思うと同時、若干《じゃっかん》その眉《まゆ》をひそめる。戦う才がないにもかかわらず、フレイヤに見初められた有能な治療師《ヒーラー》からは「蘇生三歩手前くらいの治療するのもうしんどいんですけど……」という訴《うった》えの半眼の眼差《まなざ》し、もとい苦情が来ていたからだ。

眷族同士の容赦ない闘争は、戦士としてではなく、団長としてのオッタルからしてみれば頭の痛い案件だ。厳《いか》めしい顔をして黙りこくってみたが「その強面《こわもて》で誤魔化そうとしても無駄ですから……」とダメ出しされてしまった。

首領としての素質はとある小人族《パルゥム》と比べるべくもないオッタルは、しかし、この『洗礼』を止めるつもりはなかった。

これこそが【フレイヤ・ファミリア】。

女神の寵愛が欲しい、美神に相応しい己に至りたい――望みは様々《さまざま》だが、オッタル達《たち》眷族の根源の想いは一つである。

すなわち、全てはフレイヤのために。

故にこそ戦い続ける。磨き続ける。弱さを脱却し、高みを目指し続ける。

オッタルもその初志は変わらない。

今も、あの頃も。

「フレイヤ様、よろしいでしょうか」

丘の上の屋敷に入ると、オッタルは真っ直ぐ主神の神室《しんしつ》へ向かった。

今日は珍しく、フレイヤは『バベル』の最上階ではなく本拠《ホーム》の中にいた。

一人きり、瀟洒《しょうしゃ》な椅子《いす》に腰かけ本をめくっていた銀髪の女神は目を向けてくる。

「何か用？　オッタル」

「しばらく、お暇《いとま》を頂きたいのです」

頁《ページ》をめくる手を止め、へぇ、とフレイヤは興味深そうに目を細めた。

従者であるオッタルがフレイヤの側を離れることは自主的にはないと言っていい。

そもそもフレイヤの側に控えることができるのは、身の回りの世話をする女性の侍従を除けばただ一人。言わば最も寵愛《ちょうあい》を授かっている眷族が彼女のお付きになれるのだ。【フレイヤ・ファミリア】の中で最高の誉《ほま》れでもある。

そんなフレイヤに忠誠を誓い、崇拝し、側で彼女に尽くし続けるオッタルが、側を離れるという。主神といえど気にならない筈がないだろう。

「どこへ行く気？」

「ダンジョンへ」

答えは簡潔な一言。

一方で、フレイヤもその答えは予期していたようだった。驚きも見せず微笑《びしょう》を作る。

「この前は一人で『遠征』に行って、49階層まで進んだのだったかしら？　帰ってきた貴方はボロボロだったし、流石《さすが》に似たようなことは許さないわよ？」

オッタルは体が鈍《にぶ》らないよう定期的に『鍛練《たんれん》』を積んでいる。随分と前のことになるが、前回の『鍛練』は単身でダンジョン遠征に向かうことだった。限界まで階層を下ったのだ。

49階層『大荒野《モイトラ》』にて階層主《バロール》を仕留めきれなかったのはオッタルにとって忸怩《じくじ》たる記憶で、いつか雪辱《せつじょく》を晴らしたい事柄であるが、今回の目的は違った。

「37階層、迷宮の孤王《モンスターレックス》……『ウダイオス』討伐《とうばつ》へ向かいたいのです」

その申し出はフレイヤの予想の範疇《はんちゅう》外のようだった。

驚くことこそしなかったが、フレイヤは面白《おもしろ》そうに唇を曲げた。

「【剣姫】が単身で撃破した『ウダイオス』は、『剣』を装備したとのことです。それを、手に入れたいのです」

三ヶ月前のことだ。

アイズ・ヴァレンシュタインが深層の階層主ウダイオスを単独で撃破したという偉烈が知れ渡った。当時オラリオはその話題で持ち切りとなり、アイズ自身もLv．6へと上り詰めている。長いオラリオの歴史の中でも『ウダイオス』が『剣』を装備するなど未確認であった。アイズから情報を聞いたギルド公式の発表によれば、一対一、ないしは少人数での戦闘がドロップアイテム『ウダイオスの黒剣』が発生する条件と考えられるという。

オッタルはぜひ、その『超』がつく稀少素材《レア・ドロップ》を入手したいと告げる。

Ｌｖ．７にして最強の冒険者である彼の力に耐えられる武器は極めて少ない。

故《ゆえ》に確保したいのだと。

「嘘つき」

しかし、フレイヤはオッタルの言葉を一蹴《いっしゅう》した。

その銀の瞳で、オッタルの『本心』を見透かす。

「燃えてしまったんでしょう？　【剣姫】の偉業を聞いて、心が」

「……」

「貴方はいつもそう。Ｌｖ．７に至っても、未だに満足していない」

オッタルは何も答えなかった。フレイヤもそれを咎《とが》めようとしなかった。

麗《うるわ》しの女神は笑みを浮かべ、眷族の申し出を受理する。

「いいわ。行ってきなさい」

彼女が課す条件はたった一つだった。

「より強くなって、私を夢中にさせてね？」

フレイヤに拾われたオッタルは、すぐに女神の眷族の末席に名を連ねはしなかった。

彼が『恩恵』を授かったのは数年を経て、はっきりと自我が確立した頃《ころ》。

それまでフレイヤが直々に彼の面倒を見ていた。恐らくは『魂』の輝きに惹《ひ》かれるものがあったのだろう。といっても、オッタルと名付けられた幼児は泣きも笑いもせず、とことこと女神の後を付いていくだけで可愛げの欠片《かけら》もなく、「張り合いがないわね」とフレイヤも肩を竦《すく》めたそうだ。

そして、オッタルがLv.2昇格にかけた年月は、二年。

実際に『神の恩恵《ファルナ》』を授《さず》かって戦い始めるまで――果てなき闘争に身を置くまで空白期間があったので、【ランクアップ】に必要としたのは実質一年。少年と呼べる年齢まで成長したオッタルは、【ファミリア】の中で徐々に頭角を現していった。

「ウオオオオオオオオオオオオオオオオオオオッ！」

少年にあるまじき野太《のぶと》い雄叫《おたけ》びを上げ、オッタルも【ファミリア】の洗礼を受けた。

凄まじい派閥内競争。

過激極まる熾烈《しれつ》な『殺し合い』。

今と変わらない『戦いの野《フォールクヴァング》』の原野で、彼も多くのフレイヤの眷族達に交ざって戦った。

身の丈ほどもある剣を振りかざし、自分より遥《はる》かに年上で、体が大きく、何より話にならないほど強い団員達に斬りかかっては薙《な》ぎ払われ、血を吐く毎日だった。

あの頃の『洗礼』は最も苛烈《かれつ》だった。

オッタルはそう記憶している。

――自分《おまえ》は何故《なぜ》戦うのか。

誰かに問いかけられたことも、自問したこともなかった。

疑問を差し込む余地はなかった。

だって簡単だ。オッタルにはそれしかできなかったからだ。

名前も、『恩恵』も、食べ物も着るものも住む家も、感情も温《ぬく》もりもフレイヤからもらった少年には彼女こそが全てだった。拾われたあの日から、オッタルの世界は極論、女神だけで完結していた。

無愛想で朴訥《ぼくとつ》な彼ではフレイヤを喜ばせることはできない。返せるものが存在しない。

故に力だった。

強さだ。

強さしかない。

オッタルは強さを求めることしかできない。

何より、フレイヤが輝くことを望んでいたから。

飽《あ》くなき意志で力を欲し、強さを追求する『武人』の根源《ルーツ》は、至極単純なものだった。

彼の原風景はいつだって女神と邂逅《かいこう》した冷たい月夜。

そして、強靭な勇士達《エインヘリヤル》が殺し合う、あの『戦いの野《フォールクヴァング》』だ。

黄昏《たそがれ》に染まる原野は光り輝き、幾つもの武器が突き立っていたとしても、それはまるで美しい黄金《こがね》の海のようだった。

「今日もくたばらなかったかい」

「……ミア」

体は襤褸《ぼろ》のごとく傷付き果て、片目は潰れ、仰向《あおむ》けに倒れながら、東から迫る宵闇《よいやみ》をよく見上げていたあの頃。オッタルに声をかけるのは決まって一人のドワーフだった。

ミア・グランド。

オッタルと年が二十以上も離れた【ファミリア】の先達。

当時の彼女はドワーフらしく低身長で可愛らしくも美しく――ゲフンゲフン。とにかく『美の神』の眷族の名に相応《ふさわ》しい容姿を持っていた。しかし外見に反して性格は男勝りにして単純で、当時から彼女は『女傑《じょけつ》』というよりは『肝っ玉の母』なんていう貫録を持っていた。

彼女はオッタルが死なないように、フレイヤから見守るよう頼まれていたらしい。

「いい迷惑だよ、まったく」

なんて言いながら、彼女は動けないオッタルの襟首《えりくび》を摑《つか》み、ずるずると引きずって屋敷へ運んでいた。

ミアは【ファミリア】の中でも特殊な眷族だった。

彼女はフレイヤを敬《うやま》っていない。フレイヤ自身、彼女を対等に扱っている節があった。とある街で酒場を営《いとな》んでいた彼女は勧誘《スカウト》を受けて入団する羽目になったらしく、何でも『借り』があるのだそうだ。嫌々ながらも派閥に籍を置いているのが透けて見えた。

そのような背景もあり、【ファミリア】の中で唯一フレイヤのために戦わない彼女の周りには、敵が多かった。

だが、彼女はそれも拳《こぶし》一つで黙らせた。

『戦いの野《フォールクヴァング》』に出れば直ちに襲いかかってくる団員達が、返り討ちに遭ったのは数知れず。嘘のように堆《うずたか》く積まれる人の山の高さも計り知れず。

彼女はあまりにも強過ぎて、豪快だった。

そもそも当のフレイヤがそんなミアの行動を楽しんでいたのだ。彼女の武勇伝に腹を押さえて笑っているところを見た時など、当時のオッタルは目を疑ったものだ。

「そら、さっさと食いなバカタレども！」

「「「…………おかわり」」」

何よりミアが振る舞う料理は絶品だった。

朝から夕方まで殺し合う団員達も、屋敷の中に存在する凄まじい規模の『特大広間《セスルームニル》』に全員集められ、無言でミアの料理と酒をかき込み続けていた。彼女の飯《メシ》があったからこそ当時の団員達は英気を養い、【ファミリア】史上最も苛烈な『洗礼』をくぐり抜けることができたのかもしれない。――とそんな風にあの頃を回顧すると、オッタルは常々《つねづね》思うことがある。死闘を繰り広げた後にありつける、彼女《ミア》の料理を知らない今の団員達はひょっとしたら不幸なのかもしれないと。

ミア・グランドはただ当たり前のように強く、当然のようにのし上がり、当時のオッタルでは届かない遥《はる》か高みにいた。

彼女は気付けば、あっさり団長という座についていた。

「どうすれば、お前を超えられる？」

声変わりもしていない少年のオッタルは、尋ねたことがある。

気を失って屋敷に戻ることもできなかった深夜。月が照らす原野の真ん中でわざわざミアが鍋《なべ》を沸《わ》かし――食えない者がいることは最も気に食わないことだったらしい――杓子《しゃくし》でシチューをかき交ぜる中、傷付いた体でじっと彼女を見つめながら。

まだ知識も経験も足りなかった、決して『武人』ではなかった少年が発する問いかけに、調理を続けるミアはちらりと一瞥《いちべつ》した。

「考えな」

「考える……？」

「アタシは強くなるなんてどうでもいいと思っちゃいるが、それでもいつだって、何に対してだって、考えるようにしてる。頭の足りないドワーフなりにね」

「……」

「考えないヤツは生きていけないよ。どんな時も、どんな場所でも。『化物』どもがひしめき合う今のオラリオなら尚更ね」

ミアの言葉は、やはり単純だった。

それは当時のオッタルが求めていた解答では決してなかった。

しかしそんな単純極まりない彼女の教えは、オッタルの心に深く根付くことになる。

「考えた先でどうしても自分を納得させられないようなら、そこで初めて聞きな。じゃなきゃ何も身に付かない。アタシの経験談だ」

調味料を混ぜ、杓子ですくって味を確かめるミアは、笑いながら木の椀《わん》になみなみとシチューをよそった。

「ま、はっきりしていることは……食べないヤツは強くなることも、成長することもできないってことかね」

差し出される椀を黙って見つめて、オッタルは静かに受け取った。

立ち昇る湯気に目や鼻を温められながら、香ばしい匂いのシチューをかき込んだ。

その日、オッタルは一人で鍋の中身を平らげた。

それからの彼はフレイヤが目を丸くするほどよく食べるようになり、豪傑《ごうけつ》の名に見合う体付きを得るようになる。

「ミア、【ファミリア】を出るというのは本当か？」

「いつかの話だよ。今じゃない。それに、あの女神はアタシを完璧に放り出しはしないだろうさ。心底溜息《ためいき》をつきたくなるけどね」

「……行くな。俺はまだお前を倒していない」

声変わりを迎える頃、既にミアの身長を追い抜かしていたオッタルは感情を押し殺した、低い声音で告げた。

ミアはいずれ【ファミリア】から離れるだろうという話をフレイヤから聞いた時のことだ。仲間としての彼女を引き止めたかったわけではない。そう、決して、きっと。ただ自分が考える強さを得るにはまだミアが必要で、彼女をどうしても超える必要があったのだ。

「アタシなんかに執着してどうするんだ、バカタレ。もっと広くものを見な。成長したのは図体だけかい」

「……」

ミアとの関係は不思議なものだった。

母と子なんて呼べるものではなく、肩を並べる戦友でもない、同僚の域を出ない関係。あえて言うならば、子供が年長者に我儘《わがまま》を言う間柄か。

黙《だま》るオッタルに対し、振り返ったミアは「それにね」と言い、美しくも可憐《かれん》な相貌《そうぼう》の中で唇を吊《つ》り上げた。

「アンタがアタシを追いかけるように、これからアンタを追いかける連中がわんさか湧いてくるだろうさ」


月を彷彿《ほうふつ》させる造りから『銀の屋敷』とも呼ばれる本拠《ホーム》を出て、ダンジョンへ向かったオッタルはあっさりと『中層』を踏破した。

得物である大剣と厚みを帯びた軽装、食料や水を詰めた背嚢《はいのう》一つ。

それだけが彼の装備だった。

彼《か》の【猛者《おうじゃ》】がダンジョンを進む光景に、ある者は怯《おび》えるあまりすぐに道を開け、またある者は遠巻きに見ながら興奮を覚《おぼ》えた。主神のお付きを務める彼が迷宮滞在用の装備を纏《まと》って単身ダンジョンの奥深くへ出向くことは中々ない。18階層に存在する迷宮の宿場街『リヴィラの街』では「オッタルを見た！」という話題で持ち切りとなった。

都市最強の存在に冒険者が良くも悪くも浮き足立つのなら、モンスターはひたすらに掃討された。彼我の力の差がわからない本能だけで襲いかかる怪物から剛剣で粉砕《ふんさい》され、大量の灰がオッタルの進路に沿って舞った。

人も怪物も、決して彼の歩みを止めることはできない。

——その筈だった。

「…………」

25階層から始まる『水の迷都《みやこ》』に辿《たど》り着き、迷宮最大の瀑布《ばくふ》『巨蒼の滝《グレート・フォール》』を横目に三層分の断崖絶壁を駆け下りた後。

28階層への連絡路を進もうとしたオッタルは、その『気配』に、無言で背後を振り向く。

『巨蒼の滝《グレート・フォール》』の終着点である27階層の滝壺《たきつぼ》、その周囲の岸に立つ猪人《ボアズ》の前に現れるのは——一振りの銀槍《ぎんそう》を携えた猫人《キャットピープル》だった。

「アレン……」

彼だけではない。

完全武装した小人族《パルゥム》の四つ子が、黒妖精《ダーク・エルフ》が、広い岸の中でオッタルを囲む。

「……フレイヤ様の伝令か？」

「寝惚《ねぼ》けてるんじゃねえ、オッタル」

地上で何かあったのかと言外に問うと、アレンは静かな口調で否定した。

凶暴な彼にしては珍しい言動だったが、しかしその眼差しだけは違った。

アレンの両の瞳は、かつてない戦意に満ちていた。

「ク、ククク……磨き抜かれし剣《つるぎ》こそ世界が望む楽園ならば、我々もまた世界の一部に至るまで……」

意訳すると『戦い合って極め合うのが【ファミリア】暗黙の了解というのなら、それは我々《われわれ》第一級冒険者にも当てはまります』と告げるエルフのヘグニも、いつにない剣呑《けんのん》な雰囲気を纏《まと》っている。

酷烈な派閥内競争は何も下位団員のものだけではない。

当然、第一級冒険者であるアレン達も主神《フレイヤ》のために高みを目指す身だ。派閥の中でも、都市の中でも『最強』を掲げるオッタルを引きずり下ろすのは彼等の中で何らおかしなことではない。日々『洗礼』を繰り広げる【フレイヤ・ファミリア】の中で、地上での幹部同士の戦闘だけは禁じられている。

だが、フレイヤは迷宮での戦闘に関しては何ら言及していない。他派閥を余計に刺激しないための施策だった。

そして今回のダンジョン進行は『とある少年』を鍛《きた》えるためのフレイヤの勅令《ちょくれい》でもない。オッタルが猛牛《ミノタウロス》を鍛えていた時とは違う。

よって、戦える。

「待て。せめて後にしろ。今は……」

「黙れよ、オッタル。あの方の眷族である以上、僕達もいつまでもお前の下で甘んじるわけにはいかない。我慢《がまん》ならない。お前を倒して、お前を超える」

口を開いたオッタルの言葉を断ち切るのは小人族《パルゥム》のアルフリッグ。

Lv.7の立場で見下ろすオッタルが気に食わないと、弟達も言葉を続ける。

「スカすな猪《いのしし》」

「お前ちょうどいい経験値の塊《かたまり》だから」

「エクセリアうめー」

「…………」

そろそろオッタルは怒っていい。

「やるぞ。今日こそ潰してやる」

第一級冒険者達の戦意が拡大する。

背嚢をその場に落としたオッタルは、顔色を変えず、怒りも、嘆きも、苦渋も浮かべることなく、ただ得物をもって応戦の構えを取った。

猫人《キャットピープル》、黒妖精《ダーク・エルフ》、小人族《パルゥム》は、一斉に飛びかかった。

時は移ろう。

日々の『洗礼』は心身を鍛え上げ、欠かさない思考の研鑽《けんさん》は『技』と『駆け引き』を培《つちか》い、呆《あき》れるほど食べるミア手製の料理は鋼のような筋骨を作り上げ、それらはオッタルを相応しい『強者』に変えていた。

齢《よわい》十七歳の時点で彼は絶対的な副団長に上り詰めていた。

能力はＬｖ．５に。

だが、自己の成長以上に変遷を迎えたのは周囲との関係だった。

因縁の相手、あるいは『腐れ縁《くされえん》』とも呼べる【ロキ・ファミリア】の三首領とは既に出会いを果たしており、常にしのぎを削り合う間柄だった。

【ファミリア】の後《のち》の幹部の中では、まずヘグニとヘディンが加わった。

次はアルフリッグ達ガリバー兄弟。

最後にアレンとその『妹』。

美神に選ばれた彼等はオッタルと同等か、それ以上の速度で昇華《ランクアップ》を遂《と》げていく『英雄』の器《うつわ》の持ち主達だった。

そして、その頃には既にミアは【ファミリア】を抜けていた。

結局彼女とは決着を付けられなかったが、彼女が言い残した言葉は理解できた。

オッタルはいつしか、追う立場から追われる立場になっていた。

ヘグニとヘディンが、ガリバー兄弟が、アレンがオッタルをまるで仇《かたき》のごとく追随した。過去の彼と同じように女神のために己を鍛え抜き、肩を並べるなんて糞喰らえ、必ずや追い抜かさんと激して高みへと駆け上がって来た。ある時『深層』への『遠征』だというのに、モンスターそっちのけで八人で殺し合ったこともあったほどだ。『遠征』は無論失敗し、さしものフレイヤにも盛大な溜息を吐かれたので、以後は起こらないように各々が自粛しているが（あくまでも『自粛』である）。

既に突入していた迷宮都市《オラリオ》史上最悪の時代、『暗黒期』も彼等とともに渡り歩いた。

多くの出会いと別れもあった。

オッタル以上の【ファミリア】の先達は全員息絶えた。

アレンの隣から『妹』は消えていた。

彼等《ら》彼女等《ら》はみな、『英雄』の試練に振り落とされたのだ。

【フレイヤ・ファミリア】の最高幹部にして最強戦力はこうしてでき上がった。間違いなく、オッタル達は【ファミリア】歴代の中でも最も強い強靭な勇士《エインヘリヤル》であった。

気付いたら、オッタルは団長になっていた。

本当に気付いたら。

戦うことに没入するあまり、派閥の首領としての自覚はなかったほどだ。

しかし立場が変わってもオッタルの進むべき道は変わらない。やるべきことは変わらない。

愚直に、ひたすらに、病的に、愚かなまでに強さを求める。

そしてアレンが、アルフリッグ達が、ヘグニとヘディンが、その背中を猛追する。

けれど。

非常に、とても、この上なく悪いと思っているが——オッタルは彼等が眼中になかった。

敬意を示すことはあっても、あくまでアレン達はオッタルの『背後』にいる者達だった。

彼の眼差しは常に『前』にある。

過ぎ去ってしまった、『あの時代』にある。

「それ以上、強くなってどうするんですか？」

ある日、呆れる若い団員に言われたことがある。派閥の『洗礼』の後処理を任され、よく死んだ魚の目をしている治療師《ヒーラー》の少女だった。

愚問であった。

全くもって愚問であった。

しかし少女にそれを指摘するのも酷だった。

彼女は、何も知らないのだから。


そう。

誰もがオッタルを『頂天』と讃《たた》えた。

誰もがオッタルは『最強』と畏《おそ》れた。

その名声こそが、彼の闘争心を一層に駆り立てていることに気付かずに。

巌《いわお》のように、鋼のように、ちっとも小揺るぎもしない顔付きとは裏腹に、その心奥は岩漿《マグマ》のごとく真《ま》っ赤《か》に煮え滾《たぎ》っていることを理解せずに。

――【猛者《おうじゃ》】の人生はこれ以上なく過酷で、そして華やかなものだ。

誰かがそんなことを言ったそうだ。

オッタルの答えはただ一つ。


『笑わせるな』

ミアと、宿敵である『あの三首領』だけは、その真意を理解してくれるだろう。


「くそが!!」

アレンの盛大な痛罵が激しい剣戟の中で交わる。

首に飛んでくる銀槍《ぎんそう》を、オッタルは大剣で難なく弾き飛ばした。

27階層の滝壺には『穴』が開いていた。『巨蒼の滝《グレート・フォール》』の真横をブチ抜き、内部の迷宮部に続く巨大な『穴』が。『魔法』の余波で貫通したその穴を経由し、第一級冒険者達の戦場は巨大な広間《ルーム》に移っていた。

水晶でできた広い陸《おか》を水流が囲み、生え渡る群晶《クラスター》がきらめく。

常人では追えないほどの高速移動を行う六つの影が、結晶《クリスタル》の中を行き交っては反射する。

オッタル達を獲物と勘違いした哀れなモンスター達は、その戦場に立ち入っただけで弾け飛ぶか、八つ裂きにされた。

「……ぬんっ！」

水流に囲まれた広い陸《おか》、いや『島』の真ん中で、オッタルは攻防の応酬を繰り返していた。

猫人《キャットピープル》が残像を残すほどの速度で槍の雨を降らし、既に改変魔法《ダインスレイヴ》を用いて戦王と化した黒妖精《ダーク・エルフ》が壮烈な斬撃をもって陸《おか》を断ち切り、四つ子の小人族《パルゥム》がこの世に二つとない連携をもって四方八方から間断ない攻撃を繰り出してくる。猪人《ボアズ》の武人は第一級冒険者達による怒涛《どとう》の猛襲に晒《さら》されていた。

しかし、苛立ちを隠せないのは攻め続けているアレン達の方だ。

僅かな斜線しか見えないほどの銀槍《ぎんそう》を片腕の手甲《てっこう》のみで弾《はじ》き飛ばし、破格の威力を秘める黒剣を大剣の一振りで相殺《そうさい》し、前後左右から同時に放たれた四つの得物も返す大剣で円を描いて全て叩き落とす。

はっきりとアレン達の顔が歪んだ。

その岩のような素肌に掠《かす》り傷の類はあれど、武人の肉体に依然として致命傷はない。

一振りの大剣をもって立ち回るオッタルに、殺意を漲《みなぎ》らせるアレンが一気に飛び出す。

「軽過ぎる。もっと飯《めし》を食え、アレン」

「てめぇは俺のお袋か死ねッッ‼」

受け止めた槍ごとアレンの体を羽根《はね》のように吹き飛ばす。

宙を飛ぶ猫人《キャットピープル》の青年は激昂しながら空中で体をひねり、水晶の柱に着壁、表面に罅《ひび》を刻んだかと思うとそのまま超速の矢となった。

空間ごと貫く凄まじき突貫を、身をよじって回避。

空を切った銀槍《ぎんそう》が陸《おか》を穿《うが》って衝撃と円窪地《クレーター》を生み、そして水晶の破片《はへん》が巻き上げられる。

無数の欠片《かけら》によって視界が遮《さえぎ》られ、オッタルが目を眇《すが》めた一瞬後、ガリバー兄弟が隙を見逃さず攻めかかった。

「防ぐな！」『弾くな！』『不意打ちの意味とは！』『その筋肉で時空を捻《ね》じ曲げるな！」

「捻じ曲げてはいない」

瞬時に同時攻撃を防ぎ、末弟《グレール》の言葉に律儀に返答する。

地を這う獣のごとく、攻撃すら届かない低い位置から連携攻撃を仕掛けてくる四兄弟に、オッタルは腰を低く落として全て対処してのけた。

「低い視点の利に頼り過ぎだ。上も取れ。でなければ活きん」

「助言とは余裕だな！」

「舐《な》めてかかるか、オッタル！」

「そうではない。ただ、上背を伸ばすだけでも戦略の幅は広がる」

「「「「お前今《いま》全世界の小人族《パルゥム》を敵に回したからな?」」」」

「……すまん」

目から光《ハイライト》を消し、かつてないほどの殺意を帯びる四つ子に、オッタルは素直に謝った。

絶殺の陣形を敷いて、四方からの突撃。捨て身とばかりの包囲攻撃は武人の命をも脅《おびや》かすものだ。選択を誤れば即座に討たれる怒りの攻撃を前に、オッタルは刹那《せつな》の判断で左脚を足もとへ振り下ろした。

凄まじい踏み込み——震脚をもって陸《おか》を粉砕し、ガリバー兄弟の小柄な体を吹き飛ばす。

「【永久《とわ》に滅ぼせ、魔《ま》の剣威《けんい》をもって】」

直後、横手から超短文詠唱《えいしょう》が響き渡った。

「【バーン・ダイン】!」

突き出されたヘグニの右腕から炎の咆哮《ほうこう》が放たれる。

射程は超短距離《ショートレンジ》、その代わり効果範囲内にいる数多《あまた》の敵を根こそぎ吹き飛ばす威力特化の爆炎魔法。足もとに展開された黒の魔法円《マジックサークル》によって更に威力が増幅された紅蓮《ぐれん》の輝きに——

オッタルは渾身《こんしん》の力で大剣を下段から上段へと振り上げた。

「おおおおおっ!!」

「っっ!」

大瀑布《ばくふ》の声をかき消すほどの剛斬音が轟《とどろ》き渡る。

その威力をもって爆炎をかき消したオッタルは、『魔法』の後に続いて斬りかからんとしていた黒妖精《ダーク・エルフ》を二の剛閃で迎撃した。直ちに翻《ひるがえ》った大剣の切っ先が黒剣と衝突し、ヘグニの二段攻撃を阻む。

「力の化身め。我が秘《ひ》の剣《つるぎ》をもってしてもその巨軀《きょく》を断てないか。やはり貴様こそ魔境の頂《いただき》に立つ者だ、オッタル！」

「俺のわかる言葉で話せ、ヘグニ」

普段とは目付きも口調も異なるヘグニと激しい鍔《つば》迫《ぜ》り合いを演じ、目と鼻の先で言葉を交わしながら、大剣を切り払う。力負けしたヘグニは後方へ跳んで群晶《クラスター》の上に着地した。

爆炎の余波を被り、軽装の表面や肌を焦《こ》がしているものの、オッタルに損傷《ダメージ》らしい損傷《ダメージ》はない。一連の激しい攻撃にも屈せず、凌《しの》ぎ切る。

『完全防御』。

法外の膂力《りょりょく》から繰り出される攻撃を恐れられがちなオッタルだが、その真骨頂《しんこっちょう》は『防御』にあるとアレン達は知っている。

彼の防御とは培われてきた『技』と『駆け引き』の結晶にして総決算だ。

揺らぐことのない強靭な足腰、いかなる攻撃にも対応するm《ミリン》単位の体捌《さば》き、ことごとく『技』を見切る眼。尋常ではない『耐久』の能力値《アビリティ》も加わって、まさに不動の要塞のごとく攻撃を凌ぎ切る。証拠に――オッタルは『島』の真ん中から動いていない。

アレン達は舌打ちをし、その『完全防御』を再三打ち崩そうとした。

実際、相手は六人。

アルフリッグ達だけでなくアレンとヘグニも連携していたのなら、さしものオッタルも追い詰められていただろう。『切り札』を切らなくてはならなかっただろう。

だが、彼等は決して馴れ合おうとしなかった。

「邪魔をするんじゃねえ、小人族《パルゥム》ども！」

「こっちの台詞《セリフ》だ糞猫《くそ》」『そこら中を駆けずり回りやがって』『ガキか貴様は』『ちね』

「目障《めざわ》りだ、戦士達。我が覇道《はどう》の前に立ってくれるな、うっとうしい！」

攻撃進路を阻むドヴァリンとグレールにアレンが槍を振るい、ベーリングとアルフリッグが反撃、そんな彼等を呪剣《カースウェポン》によって拡大された斬撃範囲をもってヘグニがオッタルごと斬り払わんとする。

【フレイヤ・ファミリア】の第一級冒険者達は一対一にこだわる。

オッタルを一人の力で倒すことに心血をそそいでいる。

でなければ、手に入れる勝利など女神の眷族として相応しくないとばかりに。

協力をして『最強』を打倒しようなど、そんな半端な覚悟を有する者などいない。

故に彼等の戦闘では何が発生するかというと――究極の乱戦《バトル・ロイヤル》である。

行き交う攻撃の乱閃は数え切れず、舞い散る火花と魔力の残滓《ざんし》はとどまることなく。他の冒険者が目にすればそれだけで矜持《きょうじ》が叩き折れるような光景が広がる。それは互いが互いを仕留めんとする激闘だ。

速度をもって間断なく襲いかかってくるアレンを、連携を駆使するアルフリッグ達を、比類なき斬撃と『魔法』を放つヘグニを、オッタルはことごとく受け止めては防ぎ、大剣をもってはね返した。

「——轢き殺す」

そして。

アレンの殺意が募る。その体がぐっと沈む。

次に来るのは『最速』の一撃だ。

アルフリッグ達とヘグニが顔をしかめる中、オッタルは初めて『全力』を防御にそそぐ姿勢を取った。

今から始まる攻撃を受け損なえば、彼とて命を刈り取られる。宣言通り全てを轢き殺すアレンの『必殺』が来る。

高まり続ける『魔力』にオッタルが大剣で応えようとした——しかし、その直前だった。

「【永伐《えいばつ》せよ、不滅の雷将《ヴァリアン・ヒルド》】」

勇壮なる哀れな不死兵、と。

短い魔法名とともに、戦場を光で埋めつくす迅雷《じんらい》が放たれた。

「「!!」」

巨大な迅雷の一閃に、オッタルとアレンだけでなく、アルフリッグ達とヘグニも目を見開いてその場から飛び退いた。

戦場を縦断する雷光が水流を蒸発させ、水晶の陸《おか》を容易《たやす》く抉《えぐ》る。

『島』の半分が崩壊し、荒波が起こり、水と雷の飛沫《ひかり》が広間《ルーム》に舞い散った。

オッタル達が振り返る先、開いている大穴から出てくるのは、長刀《ロンパイア》を持つエルフだった。

「戦いを止めろ、阿呆ども」

【フレイヤ・ファミリア】最後の第一級冒険者ヘディンが、展開していた魔法円《マジックサークル》を解除しながら『ルーム』に足を踏み入れる。

「てめえ、遅れてきた分際で何のつもりだ！」

「「「「戦いを止めろとはどういうことだ気障《キザ》エルフ」」」」

「下がれよ宿敵。闘猫《アレン》の言う通り、今更現れた戦士たらぬ者に戦う資格なし」

六者六様ならぬ六者三様の言葉を荒げるアレン達に、ヘディンは心底億劫《おっくう》そうに、懐《ふところ》から一通の手紙を取り出した。

「フレイヤ様のお達しだ」

「！」

「『オッタルを邪魔してはダメよ』……だそうだ。あの方の筆跡も確認しておくか？」

広げた手紙をひらひらと揺らすヘディンに、アレン達は目を見張る。

そのやり取りを眺めていたオッタルも察した。アレン達が自分と戦うため先に出ていく中、ヘディンはフレイヤに命じられ、戦いを止めに来たのだろう。

「フレイヤ様が直接許した階層主討伐だぞ？　オッタルに遂行させないのはあの方の神意《しんい》を踏みにじるのと同義。お前等がはしゃぎ回ってどうする、馬鹿《ばか》どもが」

「「「「ぐっ……！」」」」

「『遠征』の件から少しは学べ。フレイヤ様のためというなら考えを及ばせろ、愚図《ぐず》ども」

馬鹿、愚図、と容赦ない発言にアレン達の顔が歪みに歪む。というかビキビキッ！　と額に盛大な青筋を走らせる。

声を詰まらせる彼等に、ヘディンは鼻を鳴らした。

「……どうしてここがわかった？」

「『水の迷都《みやこ》』全体を揺るがしていれば嫌でもわかる。他の冒険者達が新種のモンスターでも現れて暴れているのではと逃げ帰っていった」

およそ三層分の迷宮に伝わる震動と衝撃を放ち続けていたことを指摘されれば、返す言葉もない。呆れながらオッタルに歩み寄ったヘディンは、一本の万能薬《エリクサー》を投げ渡した。

「必要ないだろうがな。階層主《ウダイオス》と戦うより消耗したのは事実だろう」

「すまない、ヘディン」

「……私も盛大な『馬鹿』に成り下がって、お前を討ちたかったよ。オッタル」

妖精《エルフ》は盛大に眉をひそめ、そう吐き捨てた。

その時ばかりは彼が蔑《さげす》む『馬鹿』を心底羨《うらや》むように。

第一級冒険者同士の戦闘は、女神の意思によって唐突に終わった。

絶賛消化不良のアレン達の不服の眼差しが向けられる中、オッタルは何も言わず出発する。

穴を抜けて、滝壺に戻り、次層への階段を下って。


そこから目的地へ向かうまでに、都市最強《オッタル》といえど半日かかった。

アレン達に時間を取られたので、多少は足を速めたのだが。

二つ目の安全階層《セーフティポイント》を素通りし、二つの層域を抜け、『下層』を後にして『深層』へ。

37階層『白宮殿《ホワイトパレス》』。

たった一層からなる層域にして、管理機関《ギルド》が定める『真の死線《トゥルー・デッドライン》』の始まり。

しかしそんなダンジョンの最大危険領域でも、男の歩みを止めることはできなかった。

『リザードマン・エリート』が、『ルー・ガルー』が、『スカル・シープ』が、『スパルトイ』が、たった一度大剣を振るわれるだけで粉砕される。『戦士系《ウォーリアー》』、そして『生ける屍《アンデッド》』のモンスターは足止めもできずに撃破されていった。

遭遇瞬殺。

それが叶わなければ『深層』で単独迷宮探索《ソロ・プレイ》など到底不可能だ。

裏を返せばそれができるからこそ、オッタルは誰からも心配されることなく、誰の力を借りることもなく、たった一人で『深層』を進むことができる。この層域において数の暴力などオッタルにとって脅威にすらならない。むしろ発生する『魔石』の処理――不用意に放っておけば『強化種』を生んで最悪『血濡れのトロール』のような事件が起きかねない故の対応――をしなければならないことの方が面倒だった。正確に『核』を狙ってほぼほぼ灰の山に変えていくが、大斬撃の余波で死に絶えた個体は『魔石』ごと胸部を踏み潰さねばならなかった。

白亜の大迷宮《ラビリンス》を震わせ、冒険者に重圧を与える筈の薄闇をも制圧して、37階層の奥へ奥へと進行していく。

そして、辿《たど》り着いた。

「……久しく感じる程度には、時間が空いていたか」

『玉座の間《ま》』。

次層への階段が存在し、オッタルの目標が出現する階層中心部の地帯《エリア》。

オッタルが立ち止まったのは特大の『ルーム』の一つだった。

これまでの迷宮部とは異なり、視界がはっきりと利くほど燐光《りんこう》が灯《とも》っている。頭上は他の地帯《エリア》と同様、天井が見えないほど高い。

モンスターの影も形も見えない、ただの広大な空間に思えたが——ビキッ、と。

「来るか……」

オッタルがやって来たのを契機とするかのように、床に地割れのごとき亀裂が走る。

放射状に広がる深い罅《ひび》と同時に広間を包むのは大きな震動。まさに巨大な我が子を産み落とそうと母胎《ダンジョン》が唸《うな》り声を上げている。次には巨大な漆黒の体軀《たいく》が地面を突き破り、白亜の岩盤を撒き散らしながら、完全に姿を現した。

骸《むくろ》の王は、産声《うぶごえ》を上げる。

『——オオオオオオオオオオオオオオオオオオオオオオオオオオオオオオオオオオッッ!!』

迷宮の孤王《モンスターレックス》『ウダイオス』。

この階層における『生ける屍《アンデッド》』の頂点にして、骸骨《がいこつ》のモンスター『スパルトイ』をそのまま巨大にしたかのような圧倒的威容。下半身は床に埋めたままの『深層』の階層主は闇が充満する眼窩《がんか》の奥、瞳に当たる朱色の怪火《かいか》を侵入者《オッタル》に向けた。

剣姫《アイズ》が前回の階層主《ウダイオス》単独撃破を成し遂げ、ちょうど三ヵ月。

次産間隔《インターバル》が経過し、この領域に足を踏み入れる者が現れたことで、目覚めたのだ。

オッタルが背にしていた広間《ルーム》の通路口が、床から槍衾《やりぶすま》のごとく射出される数多の逆杭《パイル》によって塞がれる。『ウダイオス』を撃破しない限りこの場からもう脱出はできない。階層主はここを王の処刑場としたのだ。

だが、もとよりオッタルにはここから逃亡するつもりなど毛頭ない。

「【剣姫《けんき》】が見たもの、そして超えたもの……全て暴かせてもらうぞ」

『墓荒らし』と呼ぶにはあまりにも剛毅で強過ぎる武人の男は、骸《むくろ》の王が上げる大咆哮《ほうこう》に怯みもせず、己の大剣を振り鳴らした。


戦闘の序盤は、一方的だった。

『ウダイオス』最大の武器とされる逆杭《パイル》をオッタルはその巨体に似合わぬ素早さで躱《かわ》し、あるいは床に大剣を叩きつけることで射出される前から無効化した。敵の懐に近付き、射程距離に入るや否や巨大な右腕の攻撃《スイング》が敢行されるが、オッタルは『完全防御』をもって何と、階層主の驚愕とともに凶悪な一撃を受け止めた。丸太のような両足で僅かに地面を削った彼は、そのまま大剣を巧みに振るい、骨の部位《パーツ》を繋ぎ合わせる水晶球《すいしょう》——『核関節』を破壊する。

右手首から上が轟音《ごうおん》を立てて脱落し、『ウダイオス』は絶叫を上げた。

「温《ぬる》い」

実は【フレイヤ・ファミリア】の中で階層主《ウダイオス》の『効率的な攻略法』——というかオッタルくらいにしかできない戦術——は既に発見されているが、オッタルはそれに頼らなかった。ここで剣姫《アイズ》が見た『黒大剣《こくだいけん》』を拝《おが》めぬまま倒してしまったら次の機会はまた三ヵ月後。流石のオッタルもそのような手間暇《ひま》は御免被《ごめんこうむ》る。故に、彼の戦闘方針は誤って撃破してしまわぬよう追い込むことだった。

階層主は雄叫びを上げて広間中から雑兵《スパルトイ》を召喚するも、やはりそれもオッタルにとってもものの数ではない。凄まじい剣撃でまとめて撃砕し、あるいは地面から撃ち出される敵の逆杭《パイル》も利用して、共倒れを誘発する。

Lv．7。

剣姫《アイズ》でさえも限界を超えて打倒した敵に難なく優勢をもぎ取るオッタルには、『頂天』たる貫録があった。その階層主より遥かに小さい人の体には、階層主を超える能力《ステイタス》が秘められている。彼はまさに迷宮の孤王《モンスターレックス》に劣らない『小さき巨人』に等しい。特大の剛腕を大剣一本では ね返す様はまさにそれを立証する光景で、同時に目を疑ってしまう絵に違いなかった。

Lv．6の潜在能力《ポテンシャル》を秘める『ウダイオス』にLv．5で単身挑んだ少女には驚嘆を禁じ得ない。だが同じ条件で打ち倒せるかと問われたならば、できる、とオッタルは答える。少なくとも『黒大剣《こくだいけん》』を使わない、オッタルの知る『ウダイオス』相手ならば。

度重なる鍛錬の果てに培《つちか》われた戦闘技術と閃き。

肉体一つでここまでのし上がってきたオッタルの強さとは、純然たる『強さ』だ。

宿敵である小人族《パルゥム》のような『頭脳』や『勘』もなければ、王族《ハイエルフ》の突き抜けた『魔力』もない。

老兵《ドワーフ》の抜きん出た『力』や『打たれ強さ』も持ち合わせていない。

オッタルの真の武器とは己が肉体と精神のみ。

彼の不断の努力と不屈の信念の結晶は剣姫《アイズ》の『風』と同等以上の優位性《アドバンテージ》をもたらす。

何より──オッタルには剣姫《アイズ》にはない凄まじい『経験』があった。

途方もない『場数』と、理不尽極まる『死地』を乗り越えてきた。

そして、屈辱極まる『情け』を与えられてきた。

それこそがオッタルと剣の少女を隔絶する要素だ。

素質と才能、そして十年にも満たない努力では覆《くつがえ》せない『泥の記憶』こそが、オッタルをここまで強くした。

『────────────ツッッ!!』

「！」

漆黒《しっこく》の骨の部位《パーツ》を切り刻《きざ》まれては粉砕されていく『ウダイオス』が、業を煮やしたかのように、これまでとは音色が異なる叫喚を上げる。

待望の前兆にオッタルが双眼を細めていると、『それ』は召喚された。

伸びて、伸びて、まだ伸びる。

『ウダイオス』正面の地面から現れる特大の逆杭《パイル》。

それは柄《つか》を有していた。

それは六M《メドル》もの刃を有していた。

それは紛《まぎ》れもなく極厚の長剣だった。

「あれか」

これまで、世界でたった二名の冒険者しか確認していなかった『黒大剣《こくだいけん》』。

その剣の様は黒曜石から切り出されたものよりも滑らかで、妖しく、そして破壊的な存在感を放っていた。天然武器《ネイチャーウェポン》を始め、モンスターが手にする武装の中でも最上位に当たる代物だとオッタルが認めていると、『ウダイオス』はその『黒大剣《こくだいけん》』を振りかぶる。

肩、肘《ひじ》、手首。

それぞれの核関節が燃え盛る星のごとく輝きを発する光景に、冒険者の本能が、【猛者《おうじゃ》】の警鐘が初めて危険を提示するが――――オッタルは回避行動を取らなかった。

両の足をその場に縫い付け、大剣を構える。

敵の『必殺』と理解しておきながら、受け止める選択を取る。

その愚か者に、骸の王は容赦なく剣《つるぎ》を薙《な》ぎ払った。

炸裂する。

「ぐッッ――――!?」

核関節にそそぎ込まれた大量の『魔力』の爆発、そして階層主《かいぶつ》の膂力。

その二つが組み合わさった破光の斬撃に、オッタルの体が、初めて後退した。

縫い付けられていた両の足が地面を削り、凄まじい二本の線を広間《ルーム》に描く。

肩当てや胸当ては黒大剣の威力によって全て弾け飛び、体そのものにも激しい裂傷と高温度の魔力光による火傷が刻まれていた。そして構えていた大剣が──【ゴブニュ・ファミリア】に作らせた第一等級武装が、びきっ、と音を立てて罅を走らせる。

顔を上げれば、そこは焼け野原に似た風景が広がっていた。

あれだけ地面から突き出ていた逆杭《パイル》がごっそり消失し、斬撃の効果範囲内は歪《いびつ》な更地《さらち》と化している。巻き込まれた雑兵《スパルトイ》の運命などもはや語るまでもないだろう。必殺の剣を抜いた骸の王はまさに絶対強者の威光をもって戦場に君臨していた。

『完全防御』は破られなかったが、オッタルの体が耐えられなかった。その威力を押さえ込めなかった。

数か所の骨に及ぶ損傷《ダメージ》が、オッタルの無力に失望している。

「……まだ、青い」

自嘲《じちょう》する。

久しぶりの、本当に久しぶりの焼けるような肉の痛みに、オッタルの相貌から珍しく感情がこぼれた。

──敵の必殺はもう見た。

──その『味』も覚えた。

──ならばもう、『最強』たる猛者《オッタル》が負ける道理はない。

確たる分析が幻聴となり、神々と人々の声を借りて、煩《わずら》わしい名声として脳裏に響く。

「……何が『最強』なものか。こんな男《もの》が『最強』であってたまるか」

武人の顔が歪む。

静かに、深く歪む。

ボロボロになった男を見据える骸の王が、追い詰めるように地面から逆杭《パイル》を射出した。

夥《おびただ》しい突起群を、男は避けない。躱さない。脇腹が、肩が、頬が血を吐いて抉られる。

オッタルの体は、痛みと自嘲、そして怒りが渾然となった『熱』に支配されていた。

鋭い錆色《さびいろ》の双眼が見据えるのは階層主。

その巨大の存在を通して、『過去の情景』を見る。

オッタルが追い求める、『真の最強』達を睥睨《へいげい》する。

なんたる脆弱《ぜいじゃく》。

なんたる惰弱《だじゃく》。

この脆《もろ》い身であの高みに至れる筈がなく。

己の弱さを呪い、剣を掴む左手をだらりと下げ、右の拳をあらん限りの力で握り締める。

そして。

視線の先の存在を、過去の記憶を乗り越えるため──オッタルは唇を開いていた。

「【銀月《ぎん》の慈悲、黄金《こがね》の原野《げんや》。この身は戦《いくさ》の猛猪《おう》を拝命せし】」

響き渡った詠唱。

漆黒の墓標のごとき逆杭《パイル》に囲まれながら紡がれるその呪文に、【ウダイオス】が驚愕の感情とともに反応する。

「【駆け抜けよ、女神の神意を乗せて】」

詠唱を阻止しようと放たれる一本の、閃光の速さを纏う逆杭《パイル》。

眉間に迫りくるそれを、難なく右手で鷲掴みにしたオッタルは粉々に砕いた。

そして短文詠唱を終えて、呟《つぶや》く。

己のたった一つの『魔法』を。

「【ヒルディス・ヴィーニ】」

誰かが言った。

【猛者《おうじゃ》】の人生はこれ以上なく過酷で、そして華やかなものだと。

噴飯《ふんぱん》ものである。

オッタルの人生は、決して華やかなものではなかった。

むしろ土と泥、血と屈辱にまみれた『敗北』の連続だった。

彼には才能があった。

信念もあった。

まさに『英雄』の器を持っていた。

ただ、そんな彼以上の『化物』が周囲には存在していたのである。

ギルドと同様、迷宮都市の誕生から寄り添い続けてきた『二大最強派閥』。

【ゼウス・ファミリア】。

【ヘラ・ファミリア】。

二つの【ファミリア】が積み重ねてきた千年の歴史、千年の『洗礼』が、オッタルに降りかかったのである。

「がっっっ――!?」

最初の敗北は『一撃』だった。

頭を鷲掴みにされ、地に叩きつけられた。

石畳を粉砕し、当時Ｌｖ．３に至っていたオッタルを一瞬のうちに昏倒《こんとう》させた男は、【ゼウス・ファミリア】の末端の構成員だった。男は美神への侮辱を謝って、何事もなかったように去っていった。

次の敗北は『一閃』。

オッタルでは視認も許されなかった手刀が彼の体を廃屋に突っ込ませた。

撫でられたと気付いたのは意識を失う寸前。自分より年下の少女は【ヘラ・ファミリア】の幹部だった。オッタルが目にしたことがないほどの『才能の権化』は肩透かしを食らったように失望の一瞥を投げ、立ち去った。

【フレイヤ・ファミリア】史上、戦いの野《フォールクヴァング》で繰り広げられる『洗礼』が最も苛烈だった理由は、これだった。

いや、『奴等』の『洗礼』と比べれば、オッタルという冒険者を築き上げてきた原野の戦いは『洗礼』ですらなかった。ただの、『飯事《ままごと》』だった。

【フレイヤ・ファミリア】の前に立ちはだかる二つの巨頭、『真の最強』。フレイヤに身を捧げる眷族達は主《あるじ》に塗られた泥を払拭し、栄光をもたらそうと躍起になっていたのだ。そして千年の壁は、彼等の崇高なる使命などあっさり一蹴した。男神《ゼウス》と女神《ヘラ》の眷族達は嗤《わら》いもせず、ただただ興味がなさそうだった。

遥か昔日、迷宮都市《オラリオ》に身を置く前、フレイヤは女神《ヘラ》との抗争に敗北したらしい。

その当時、多くの眷族を失ったのだそうだ。

衝撃だった。

何故か胸を切り裂かれた。

頂点に君臨するのが相応しい彼女の顔に泥がつくなど。

「私を救界《マキア》に参加させるために、男神《ゼウス》に勧誘《スカウト》するよう頼まれたらしくてね。何故か勝ったあっちの方が激昂していて、憎悪に駆られていたけれど。まぁ、天界で恒例だった二神《ふたり》の『夫婦劇《ちゃばん》』に私も巻き込まれたというわけね」

神室《しんしつ》で葡萄酒《ワイン》を楽しんでいたフレイヤは、気紛《きまぐ》れのように昔話を聞かせてくれた。

「伴侶探《オーズ》しは諦《あきら》めた。負けたら協力するという賭けだったから。約束は守るわ。たとえ迷宮都市《オラリオ》の冒険者をけしかけられたとしても、自分の眷族《こ》を信頼するあまり、たった、一、人、で、戦、わ、せ、た、……いえ、い、う怪物の力を見誤った私のせいだもの」

フレイヤは、気紛れな風であることが相応しい。

そんな彼女が縛られるなど、あってはならない。

呆然と立ちつくしていたオッタルは尋ねてしまった。

貴方はこのままでいいのですか、と。

「復讐《ふくしゅう》の女神ほど哀れな者はない。だから――私はあの女神《おんな》を頂点《あそこ》から引きずり下ろした後、顔に葡萄酒《ワイン》をかけてやるつもり。そして言うの。よくも私の眷族《モノ》を奪ってくれたわね、って」

片手に持つ葡萄酒《ワイン》を揺らし、静かに、冷たく笑うフレイヤの細められた瞳に、とある激情《ひかり》が見えてしまい、オッタルは拳を握り締めた。必ずや女神の神意を遂げ、彼女が受け入れている汚点をそそいでみせると誓った。――結論から言えば、フレイヤの『意趣返し《いしゅがえ》』は彼女自身が萎えて成就することはなかったが、それは未来の話だ。

履行された約束を守るフレイヤは迷宮都市《オラリオ》に縛られる運命。

ならばこの『英雄が生まれる地』を彼女の玉座に変えようと、オッタルは他の眷族達とともに身を捧げた。

そして——敗北し続けた。

いくらあがいても届かない。際限が見えぬ。

己が目指そうとしている『高み』とは一体どれほどのものなのか。

当たり前だ。峻厳《しゅんげん》たる絶峰《ぜっぽう》を登れたとして、誰が天を駆け抜ける『雷霆《らいてい》』に届くと思うだろう。もし手が届いたとしても、その雷光によって焼き滅ぼされるだけだ。

常人ならば意志を折る『絶望』の頂《いただき》を、しかしオッタルは目指すのを諦めなかった。

彼は不屈の闘志と己の弱さへの唾棄《だき》を糧に、強さを求め続けた。

「——面白い」

雨打つ地に倒れ伏し、それでも衰《おとろ》えないオッタルの眼光を見て。

都市最強の冒険者、いや世界最強の男神《ゼウス》の眷族、Ｌｖ．８の傑物《おとこ》は言った。

「——あと十年経ったら夫にしてあげる」

炎荒ぶる迷宮に叩きつけられ、それでも決して折れないオッタルの意志を目にして。

世界最恐《さいきょう》の女神《ヘラ》の眷族、Ｌｖ．９の女帝《おんな》は笑った。

彼等《ら》彼女等《ら》はことごとくオッタルを見逃した。

主のために楯突《たてつ》く輩などいつでも倒せるとばかりに止めを刺さず、むしろより『強く在れ』と言わんばかりに屈辱のその先へ駆り立てた。

オッタルは彼等を恨《うら》まなかった。

ましてやフレイヤに憎しみを抱くこともなかった。

彼の殺意の矛先は、自分自身だった。

なんたる脆弱。

なんたる惰弱。

この脆過ぎる身で、一体何を摑むつもりなのか。

オッタルの己への殺意と憎悪は、強大な意志と飽くなき強さに対する飢えへと昇華し、彼を頂きの先へと駆り立てることとなる。

英傑に相応しい『武人』は、こうして形作られていった。

彼がLv．5以降に【ランクアップ】した契機には、全て【ゼウス・ファミリア】と【ヘラ・ファミリア】が関わっている。

一度目は十五年前。そして二度目は七年前──。

それが真っ当な勝負ではなかったことをオッタルは知っている。恐ろしき『隻眼の竜《せきがん》』に敗れた彼等は自分達の無様を嗤い、無力を呪い、衝撃に立ちつくすオッタル達『次代の器』に発破をかけ、全てを託したのだ。

『俺達を超えてみせろ、英雄の雛《ひな》ども』


都市最強、唯一のLv．7。

『頂天』。

【猛者《おうじゃ》】オッタル。

彼は未だあの最強であった冒険者達の背中に辿り着けてすらいない。

女神への忠誠を誓う生粋の武人は、多くの者がそうであるように、そして他者以上の覚悟をもって高みを目指し戦い続けていく。

最強に至らんがために。

あの背中を超えるために。


風が満ちている。

涼しく、『魔力』を秘めた微《かす》かな風だ。

それはそよ風となって迷宮の空間に吹いていた。

無残ながらくたに成り果てた骸の王が居座る、広大な広間《ルーム》に。

『グッ……ガッッ……⁉』

右腕を失い、頭部の左半分を粉砕され、顎骨も肋骨も、漆黒の骨の部位《パーツ》をことごとく失った『ウダイオス』は、刻み込まれた『致命傷』に呻吟《しんぎん》の破片をこぼしながら、眼下を見た。

『絶撃』を放った猪人《ボアズ》は悠然とそこに立っている。彼は完全に砕け散った大剣を一瞥し、放り投げた。

階層主の背後に突き立つのは、吹き飛ばされ、罅割れた『黒大剣』。

王の剣をも失った『ウダイオス』は力つきたように、風前の灯火にあった眼窩の奥の怪火《ひとみ》を、ふっと消失させた。

オッタルの目の前で数多の骨の部位《パーツ》が轟然と崩れ落ちる。

形成された骨の墓場の中心で佇立《ちょりつ》するのは、きらめきを放つ巨大な紫紺の『魔石』だった。

「勝ちやがったか……」

耳に届いた呟きに、オッタルは振り返る。

遥か後方にたたずんでいるのはアレン達、第一級冒険者だった。

骸の王の崩御に合わせて通路口を塞いでいた逆杭《パイル》も消滅し、広間《ルーム》に足を踏み入れている。

勝ったことに何ら疑問を抱いていない呟きを発したアレンを始め、アルフリッグが、ドヴァリンが、ベーリングが、グレールが、ヘグニが、ヘディンが、傷付いたオッタルを真っ直ぐ見据えている。

彼等の眼差しが告げる意志はただ一つ。

——お前はいつか俺が倒し、俺が超える。


そこにいたのは、自分自身《オッタル》だった。

ミアを、男神《ゼウス》と女神《ヘラ》を打倒せんとしていた、かつての自分。

オッタルは、笑った。

唇の端を僅かに吊り上げただけの、笑みとも言えない笑みで、けれど確かに笑ったのだ。

そして彼は言ってやった。

歴史を繰り返すように。

「俺に執着してどうする、阿呆どもめ」


【フレイヤ・ファミリア】による『ウダイオス』討伐の報は淡々とギルドに伝えられた。

まさか【剣姫《けんき》】に引き続き、二度目の単独の打倒がなされたとはギルドも冒険者達も夢にも思わないまま。
それから時間は過ぎ――。

本拠《ホーム》の神室《しんしつ》。

用を済ませ帰ってきたオッタルに、椅子に腰かけるフレイヤは目を細めた。

「聞くのを忘れていたけれど、何か得るものはあった？」

「己の未熟さ……そして目指す頂きとの差を、再認識しました」

彼女の前に立つオッタルはありのままを答えた。

それを聞いたフレイヤは、ふふっ、と堪らずといった風に笑う。

「……何か？」

「だって、強くなるためにダンジョンへ向かった筈なのに、貴方ったら『弱さが見つかった』なんて言うんですもの」

確かにその通りだ。オッタルは何も言い返せない。

無骨な表情のまま、片方の耳を曲げる眷族の姿に、くすくすと肩を揺らしていたフレイヤは、あらためて『本命』について尋ねる。

「他に得たものは？」

「……こちらになります」

済ませた『用』――【ゴブニュ・ファミリア】に作らせ受け取った専用武器《オーダーメイド》を、背の鞘《さや》から引き抜く。

二M《メドル》を超えるオッタルの身の丈にも迫ろうかという巨大な武器。

漆黒の大剣。

稀少素材《レア・ドロップ》『ウダイオスの黒剣』から作り出された第一等級武装を、オッタルは水平にして両手で持った。まるでかしづく騎士のように膝をつき、女神の視界へ収める。

「銘《めい》は？」

「良ければ、御身の唇から頂けるでしょうか？」

オッタルはフレイヤからの拝名を望んだ。

己の弱さをあらためて認めさせた怪物《モンスター》の刃に誓いを刻み、女神の名付けた銘に報いることで、より自分は強くなれるだろう。

そしていつしか、あの『過去の情景』を超えてみせる。

フレイヤはオッタルの気概を理解し、尊ぶ。

そして、しばらく考えてから告げた。

「それじゃあ――《覇黒《はこう》の剣《つるぎ》》と」

笑みとともに、そう名付けた。

「貴方に立ちはだかった過去の闇をいつか制することを祈って、そう名付けるわ」

「頂戴いたします」

深々と一礼し、立ち上がる。

女神が見守る目の前で、未だ『最強』に至らない武人は目を瞑《つむ》り、構えたその黒大剣《つるぎ》に誓いを立てるのだった。

――この身は飽《あ》くなき強さを求めるためだけに。

それぞれの昔日

Familia Chronicle

chapter

3

1

アレンは、いつも『妹』を背負《せお》っていた。

親を失った後も。

居場所が消えた後も。

泣きじゃくる『妹』を抱えながら、どこまでも歩いた。

彼等は『迷子《まいご》』だった。

力のない子猫だった。

アレン達が歩む風景は、いつも廃墟《はいきょ》だった。

どこまでも延々《えんえん》と瓦礫《がれき》の骸《むくろ》が続き、後でそこが『廃棄世界』なんて呼ばれていたことを知った。大陸の中で最も広大な、一夜で滅んだ大国の成れの果てだと。凶暴なモンスターが住み着き、とてもではないが人が暮らせる領域ではないと。

つい昨日までは平穏な生活を送っていた筈《はず》なのに、顔が思い出せない両親と暮らしていた筈なのに、気が付けば自分達の家は『廃墟』に変わっていた。何かが光った気がした。両親は消えていた。

そして自分達は二人になった。

『迷子の迷子の子猫たち。

お前たちのうちはどこにある？』

首を失った獣人の銅像が尋ねてくる。

そんなものはわからない。

そんなものが存在するのかも定かではない。

空を飛ぶ鳥達は、何も教えてくれない。

ただあるかもわからない安息だけを求めて、『妹』を守り、どこまでも続く廃墟の世界をさまよい続けた。

力のない子猫《アレン》は、愚図《ぐず》な『妹』のために力をつけるしかなかった。

でなければ彼女に足を引っ張られ、自分も死んでしまうからだ。

彼等の世界には恐ろしい『魔物』が蔓延《はびこ》っていた。それは爪《つめ》と牙《きば》を持つ異形の形をしていたり、『人の形』をした醜悪なものもいた。アレンはそれと何度も戦い、殺して、逃げ延び、『妹』の手を引っ張った。

雨に打たれるのはしょっちゅうだった。

空を覆う灰の暗雲が晴れる日はなかった。

血を見ない日もなかった。

『妹』の泣き声が、途絶《とだ》えることも。

家族の愛に餓《う》える『妹』は何度だってアレンを苛立《いらだ》たせる。
服の裾《すそ》を摑《つか》んで離さない、か細い指はいつだってアレンの癇《かん》に障《さわ》る。
何度突き放そうと思ったかわからない。
何度拳《こぶし》を振り下ろそうと考えたかわからない。
何度見捨てようと、心が揺らいだか覚えていない。
だがそれでも、しかしそれでも。
アレンは血が混じる唾《つば》を吐きながら、泣き疲れて眠る『妹』を背負い続けた。

転機が訪れたのは、居場所が瓦礫の山に変わった二年後、アレンが六つの時だった。
風が吹いたのだ。
気紛《きまぐ》れな女神の風が。
『一緒に来なさい』
幼いアレン達を見下ろす女神は、ただ手を差し出した。
ローブで身を隠す彼女は、しかしそれでもなお美しかった。
『妹』は見惚《みほ》れながらも、彼女のことを怖がった。

何か大切なものを奪われるのではという子猫の本能だった。

その銀の瞳《ひとみ》に魅入られるアレンは、『妹』と、目の前に立つ女神を見比べた。

泣き虫で、救いようのない馬鹿で、壊滅的に歌が下手糞で、何度だってアレンを苛立たせ、そして弱い。

そんな涙を浮かべる『妹』を見つめた後――アレンは女神の手を取った。

2

欲しいものは何もなかった。

兄弟揃って器用な手先は大概のものを作り出せたし、何より小人族《パルゥム》だからと言って大概のことを諦めることが癖《くせ》になっていた。

 ガリバー四兄弟は、とある工業都市の生まれだった。

 両親に先立たれはしたが、そこは四人も揃えばなんちゃらの知恵、苦しいなりに生きていくことは可能だった。

顔はそっくりで、性格もまぁ似たり寄ったり。

長男が少しだけ損をするくらいで、仲が悪いわけでもなかった。

ガリバー兄弟は生計を立てるために自然と細工《さいく》職人になっていた。いつも煤《すす》だらけで、前掛けに分厚い手袋をつけていた。大小沢山の工房の煙突《えんとつ》から上がる黒い煙に、汚《きったな》そうだなー、と淀《よど》んだ夕暮れを見上げながら、よく四人並んで買い物帰りの路地《ろじ》を歩いていた。

職人となった兄弟はここでも力を合わせれば、大抵のものは作ることができた。美しい腕輪や華麗《かれい》な耳飾《かざ》り、芸術的な金銀細工《きんぎんざいく》も。彼等は最後まで気付かなかったが、工業都市一の腕を持つ『幻の職人・巨匠《ガリバー》』なんて、一人の人物として呼ばれるようになっていた。

『幻』と呼ばれていたのには理由がある。

可愛《かわい》い顔だとか言ってやべぇヒューマンとか女神とか、とにかくソッチの危ない趣向の者達にアルフリッグが攫《さら》われかけ、それから極力外を出歩かなくなったのだ。長男《アルフリッグ》が攫われたということは、同じ顔の弟達も狙われるということと同義である。彼等は岩が剝《む》き出しの、まるで洞窟のような工房の奥に引きこもるようになった。小人族《パルゥム》だからと言っても、何かを奪われることはやはり嫌だった。

岩の奥の工房はいつも薄暗く、小人族《パルゥム》の視覚がなければ碌《ろく》に生活もできなかっただろう。

ただ兄弟全員、お互いが考えていることはいつもわかった。

声をかける時は大抵「なぁ」「ん」とかで、返事も「それ」「ああ」と会話とも呼べないものばかり。酷い（凄い？）時など一日中喋《しゃべ》らず意思疎通を成立させていたこともあった。彼等はドワーフの親方を介して注文される品を、黙々と作り続ける生活を送っていた。

そしてこれは当然であるが、腕が良ければ製作者の名は広がる。

辺境の都市の中で『ガリバー』という名は轟《とどろ》くようになっていた。

だから前向きに考えれば——彼等は『運命』を自分達の力で引き寄せたことになる。

『この首飾りを作ったのは貴方《あなた》達？』

ある日、岩の奥の工房に一柱《ひとり》の女神が訪れた。

彼女は巨匠《ガリバー》の作品をたまたま見つけ、その美しい細工に興味を持ち、『幻』と呼ばれる兄弟の居場所を突き止めたのだ。

四兄弟は固まった。比喩抜きで生まれてこのかた拝んだことのない美貌《びぼう》の持ち主が、自分達の汚い工房兼《けん》住まいに現れたからである。彼等は人形のようにガチガチになって女神にお茶を出した。女神はそんな様子を見てクスクスと笑っていた。

四兄弟、椅子《いす》に座りながら呆《ほう》けて見惚れる中、女神は教えてくれた。

彼女は迷宮都市に居《きょ》を構えていて、こうして折を見つけて『出会い《エインヘリヤル》』を探しに外界へ出るのだと——その『出会い』とは迷宮都市にはない人材を求め、強靭な勇士に相応《ふさわ》しい『魂』を見つけ出すためと知ったのは後のことだ——。今回は偶々《たまたま》、その旅の途中でガリバー兄弟の作品を見かけ、その素晴らしい造形に興味を持って会いにきたのだと言う。『美の神』にそんな評価を頂戴するなど誉れも誉れで、四兄弟は舞い上がっていいのか混乱していいのかわからなかった。一人が動転すれば三人が動転する。こんな時も以心伝心し合う愉快な兄弟に、女神は目を細めて笑っていた。

まるでその『魂』の輝きを歓迎するように。

『貴方達は、外の世界に興味はないの？』

女神の問いに、四兄弟は顔を見合わせた後、答えた。

『興味もあるし、外を旅してみたいと思ったことはあります』

『ですが私達は小人族《パルゥム》で、しがない子飼いの細工師』

『勝手に出ていけば、仕事を斡旋《あっせん》してくれる親方に申し訳が立ちません』

『ドワーフの親方は私達が出かけることを許さないでしょう』

彼等を囲むドワーフの親方は、あまりいい人物ではなかった。

ガリバー兄弟の才能を見抜いておきながら自分の縄張りに隠し、小人族《パルゥム》だからといって不当に扱った。不幸なのは小人族《パルゥム》故の自己評価の低さか。ガリバー兄弟の世界は狭いこともあって、扱いが不当であることにさえ気付かなかった。

話を聞き終えた女神は、ゆっくりと微笑みかけた。

『貴方達の首飾りが欲しいの。どうか私に作ってくれない？』

彼等は飛び上がり、それを快諾《かいだく》した。

期限を尋ねられ、五日、いや四日で作ってみせると意気込んだ。

女神が工房から去った後、四兄弟は手を取り合って輪舞《ロンド》を踊った。

自分達は必要とされた！

その腕を見込まれて！

しかもあんな美しい女神様に！

こんな嬉しいことがあるなんて！

小人族《パルゥム》達は強欲ではなく、無欲だった。

女神の誉れだけで死んでもいいと満足してしまうくらい、純粋だった。

だから強欲な者にずっと『搾取《さくしゅ》』され続けていることにも気付けなかった。今までも、その後も。

放っておけばずっと小躍りしそうだった小人族《パルゥム》達は、長男の一声で直ちに首飾りの作成に取りかかった。大事に取っていた黄金まで用いて鋳造し、精緻な意匠を凝らしに凝らす。必ずや魂の傑作を作り上げ、『炎金の首飾り《ブリンガル》』と名付けようと決めた。

そして四日後。

うきうきとする彼等の工房を訪れたのは女神ではなく、ドワーフの親方だった。

『お前達、もう出ていっていいぜ』

えっ？　と疑問を浮かべる兄弟に、彼は下卑《げび》た笑みを浮かべた。

『お前達の人数分、四晩あの女神様にいい思いをさせてもらったからな。ははは、もう死んでもいいぜ』

女神はそのドワーフに交渉を持ちかけていた。

彼等を解放してほしいと。

強欲なドワーフが見返りに求めたのは金でも名誉でもなく、女神自身だった。

その時、ガリバー兄弟は、誰《だれ》一人除くことなく、肺腑《はいふ》を凍《い》てつかせたのがわかった。

四人の頭は真っ白になりながらも、一つの『意志』に支配された。

声を交わさずとも、合図を送らなくても、彼等は一糸乱れぬ動きで男を自分達の塒《ねぐら》へ引きずり込み、『惨殺』した。

あの美しい女神を汚《けが》した浅ましき屑《くず》を抹殺せんと四つの『殺意』を一つにした。

どこにそんな声を隠し持っていたのか、凄まじい咆哮《ほうこう》を上げながら、力で上回る筈のドワーフをめった刺《ざ》しにしては鎚《ハンマー》や工具で殴り続け、飛び散る悲鳴など委細構わず激情の言いなりとなった。

小人族《パルゥム》達は確かに無欲だった。

だが決して彼等は無害ではなかった。

彼等は女神にしか気付けないほどの、勇士たる『資格』を持っていた。

『やめろっ、アルフリッグ！』

『どれだけ壊《こわ》すつもりだ！』

『肉親《おれたち》でもドン引きする‼』

『うるせぇこのクソ屑は絶対に許さねぇ殺す殺す殺す魂まで消滅させてやるッこの程度で終わりなんて甘すぎんだろうが愚弟《ぐてい》どもぉオオオオオオオオオオオオオオオオオオオオ‼』

『『『す、すんません』』』

その中でも長男《アルフリッグ》の怒りは手に負えるものではなかった。

兄弟の中で最も怒らせてはならないのは彼であると、ずっと一緒にいた弟達も初めて知った。

それほどまでにアルフリッグは既に亡骸《なきがら》と化していた親方を執拗《しつよう》に壊し続けた。その日から、弟達は普段貧乏くじを引かされがちの兄を本当に怒らせてはいけないと誓った。

『殺してしまったの？』

全てが終わり、彼等から激情が去った後。

工房を訪れた女神は、紅く染まった洞窟を見て、悲しそうな顔をした。

『貴方達を手に入れるためなら、つまらない男と一夜をともにするくらい、安かったのに』

そして、項垂《うなだ》れるアルフリッグ達に、女神は微笑《ほほえ》んだ。

『私が欲しがった本当の首飾りは……貴方達自身』

彼等は泣いた。

子供のようにみっともなく泣いた。

それは親を失ってから決して得ることのなかった他者の『愛』だった。

女神の『愛』は四人等しく、穢《けが》れさえ厭《いと》わなかった。

ガリバー兄弟は彼女に忠誠を誓った。

自分達なんかのために、腐った汚物と四つの夜をともにした女神の神意《しんい》に報いるため、彼女の眷族に加わった。

欲しいものは何もなかった。

だが、欲する寵愛が生まれた。
無欲だった小人族《パルゥム》は強欲となり、それ一つのみを望んだ。
それだけのことだった。

3

ヘグニは無能の王だった。

正確には、戦うことしか能のない黒妖精《ダーク・エルフ》だった。

神時代《しんじだい》において黒妖精《ダーク・エルフ》は稀少《きしょう》だ。

遥《はる》か『古代』、モンスターが『大穴』より地上に進出する中、一族の霊峰『アルヴ山脈』を守るため黒妖精《ダーク・エルフ》達は戦った。そして無数の異形どもに蹂躙《じゅうりん》され、その数を極限まで減らした。

逆に白妖精《ホワイト・エルフ》――現代では一般のエルフとされる白の系譜《リヨス》――は民を切り捨てられなかった当時の王族《ハイエルフ》の決断によって、『アルヴ山脈』を下り、生き繋いだ。

黒妖精《ダーク・エルフ》は白妖精《ホワイト・エルフ》を『臆病者《おくびょうもの》』、『恥晒《はじさら》し』と言って罵《ののし》る。

そしていつしか黒の一族の復権を狙っていた。彼等は生き残っていると言われている黒の王族《ハイエルフ》が立ち、自分達を率いることを夢見ているのだ。

そのためにも彼等は――というより森に引き込もる頭の固い一部の黒妖精《ダーク・エルフ》が――隆盛を誇る白妖精《ホワイト・エルフ》をとどめようと躍起《やっき》になっていた。『魔法』や『魔力』の差異はあれ、肌の色が異なるだけの同胞にもかかわらず。

ヘグニは王族《ハイエルフ》ではなかったが、黒妖精《ダーク・エルフ》の森都《みやこ》の『戦王』として担がれていた。

彼は人が苦手だった。正確には、使命だとか何とか言って誇りや矜持《きょうじ》を押し付けてくる同胞が怖かった。彼はもともと繊細《せんさい》で傷付きやすいエルフだったのだ。本来ならば、同胞達から惨《むご》い仕打ちを受けていただろう。

だが、幸か不幸か彼には戦《いくさ》の才能があった。

彼の剣技は想像を絶するほどで、『森の射手』と名高いエルフの弓も魔法も通用しなかった。彼と対峙《たいじ》する白妖精《ホワイト・エルフ》達は怯え、逆に彼を擁する黒妖精《ダーク・エルフ》達は歓喜した。

そのために、酷使された。

彼の氏族は同じ森に別の国を構える白妖精《ホワイト・エルフ》との戦争に明け暮れていた。ヘグニは戦端が開かれる度、いつも戦士達の先頭に立たされた。挙げる首級の数が少なければいつも罵《ののし》られた。里で叩《たた》かれている陰口も知っていた。いつしかヘグニは生来の性格も相まって、他人の瞳が何よりも怖いものに感じるようになってしまった。

大陸の辺境も辺境、巨大な湖に浮かび森林で覆われた妖精の孤島『ヒャズニング』。人知れず黒妖精《ダーク・エルフ》と白妖精《ホワイト・エルフ》の二つの国を内包する閉鎖世界。

周囲とは隔離され、凝り固まった自意識の成れの果てに至《は》った戦いの続く場所。

広い筈の世界の中で自分がどこにいるのかもわからない彼は、大聖樹と木々の枝葉が空を覆い隠す広大な神秘の森が、墓場だと思えた。

それと同時に、何も変えられない自分が何よりも矮小《わいしょう》で、愚かな存在だと唾棄《だき》するようになった。

やがてヘグニは自分以外の存在が見えなくなる闇を好むようになった。闇だけは彼の味方だった。太い大樹の根の上で片膝を抱え、すり減った体を『闇《ダイン》』に抱かれるのが日課となった。

ある日のことだ。

特に熾烈《しれつ》な戦いを終えて疲れ果てた彼は、身を委ねた闇の先で夢か幻か、とある『魔女』と出会った。

『心身も、【魂】さえもそこまですり減らして、何も変えようとしないの？』

魔女の問いかけに、ヘグニは片膝をぎゅっと抱き締め、目を伏せながら答えた。

『何も変えられないんです。俺の意志は薄弱で、屑だから。沢山の目に失望されて、糾弾されるのが怖い。嘲笑われるのが怖い。俺は生きていることが恥ずかしい。だから、せめて……この愛剣《けん》とともに戦って死にたい』

ヘグニには気になる存在がいた。

相手の白妖精《ホワイト・エルフ》達を統べる、もう一人の『王』だ。

彼は自分とは違って美しく、凛々《りり》しかった。その金の髪も、鋭《するど》い眼差《まなざ》しも、無能の『王』として担がれる自分とは雲泥《うんでい》の差だった。『王』という称号はヘグニを散々苦しめたが、『王』たらんとしている彼は眩《まぶ》しくて、羨望を抱いて、嫉妬を覚えた。

劣等感の塊であるヘグニは、あの男に勝ちたかった。刺し違えても剣で貫きたかった。

戦いの果てで、今やそれだけが望みとなっていた。

『そう。じゃあ貴方を解き放ってあげる。解き放った先で、貴方の望みを叶えればいい』

魔女は、最後に笑った気がした。

ヘグニが顔を上げると、彼女はもうどこにもいなかった。

疲れ果てた夢が見せた幻想だと、彼はそう理解した。

熾烈《しれつ》さではなく醜さを極めていた妖精達の争いは、その日を境に激化することになる。

剝き出しとなった高慢な妖精達の矜持は、真の醜悪さを露呈するようになった。

——だから、美を尊ぶ女神に滅ぼされるのも必然だったのかもしれない。


ヘディンは若き賢王だった。

だが同時に、自分以外の全てを見下す妖精の権化とも呼べる白妖精《ホワイト・エルフ》だった。

理知的な佇まいの彼の本性は『苛烈』である。

一度怒れば《ひとたびいか》その相貌は醜く歪み、楯突《たてつ》く者を惨殺する暴君にして冷君《れいくん》であった。

ヘディンは白妖精《ホワイト・エルフ》の森都《みやこ》の『理王』として讃《たた》えられていた。

もとより王族《ハイエルフ》ですらないのだ。深い森の住まう『田舎者《いなか》』どもが行う『王国ごっこ』であることはヘディン自身が一番よく理解していた。そして馬鹿馬鹿《ばかばか》しい『ごっこ』の延長だったとしても、王として祭り上げられた以上、責務をこなさなければ無能な民が死ぬことも重々承知だった。

ヘディンは自分が無能ではなく、有能であるからこそ王の責務から逃げなかった。逃げることは自分が最も唾棄している雑輩に成り下がるのと同義であった。それは彼の矜持が許さなかった。

彼の目下の悩み――というより苛立ちの種は、都を攻め続けてくる黒妖精《ダーク・エルフ》どもだった。同じ森に住んでおきながら、同胞を根絶やしにすることしか頭にない真の蛮族ども。ヘディンは非効率の極みと断じて、他の白妖精《ホワイト・エルフ》を押さえ込んで和平の使者を送った。しかし、対する黒妖精《ダーク・エルフ》達は『我等の聖女《ヒルド》を取り戻す』の一点張りであった。

エルフ同士が戦い続けてきた長い歴史の中で、疲れ果てたエルフ達は一度だけ、一時的な不侵略の契りを結んだことがある。その証として黒妖精《ダーク・エルフ》側から差し出されたのが『奇跡の癒《いや》し手』聖女ヒルドだった。そしてヘディンは、彼女の血の系譜だった。

白《ホワイト》と黒《ダーク》などと言っても、もともと同じ種族だ。子の肌の色はどちらにも適応しうる。一代のみ交ざった黒妖精《ダーク・エルフ》の血は当然薄くなり、ヘディンは当然のように白妖精《ホワイト・エルフ》の特性を色濃く受け継いだ。

聖女《ヒルド》の末裔《まつえい》とはヘディンであり、血の永遠の伴侶《ヒルド》とはヘディンだった。

そして黒妖精《ダーク・エルフ》の要求とは彼から一滴残らず血を絞り出し、譲渡することに他ならない。

――馬鹿共が。

ヘディンは吐き捨てた。和平は決裂した。

辟易《へきえき》するほどの戦の日々。もはやエルフ達が忌《い》み嫌う筈のドワーフよりも好戦的となった『使命と誇り』の傀儡《くぐつ》どもは飽きることなく戦い続けた。ヘディンも『王』である以上、凄まじき指揮を取り、強力な先天性の『魔法』をもって黒妖精《ダーク・エルフ》達を駆逐した。彼の存在は黒妖精《ダーク・エルフ》達にとって恐怖の象徴で、白妖精《ホワイト・エルフ》達にとっては強烈な旗頭だった。

永遠に繰り返される戦いの中で、ヘディンと黒妖精《ダーク・エルフ》側のもう一人の『王』の才の成長は皮肉にもとどまることを知らず、狭い世界でありながら卓越した能力となった。外の世界の人間が見れば『神の恩恵《ファルナ》』を授かっていないなどと信じられないほどに。彼等の力は、いつしか自分達を閉じ込める世界に収まりきらないものとなっていた。

くだらない。くだらない。くだらない。

心の中で同じ言葉を吐き捨てるようになったヘディンが王冠を剝ぎ取り、国を捨てようかと考えたのは一度や二度ではない。そしてその先で妖精の国は滅び、世界の瑕疵《かし》とも言える己の汚点が永久に残り続ける事実に顔を歪めたことも数えきれない。醜悪な世界の中で、ヘディンも矜持の奴隷となっていたのだ。

ある日のことだ。

開け放たれた大窓から大聖樹が見える夜の王の一室で、一人酒に走っていたヘディンは、酩酊が見せる迷夢の結晶か、とある『魔女』と出会った。

『全てを理解しておきながら、国の奴隷で在り続けるの？』

魔女の問いかけに、ヘディンは酒杯をあおり、せせら笑った。

『私は王を名乗った。愚かしくも狭い世界にも過ぎずとも責務は全うする。どんなに辟易したとしてもだ。投げ出せば無能以下の存在に成り下がる。奴隷と無能ならば、私は……【俺】は前者を取ろう。何より死ぬ時は、戦場でと決めている』

ヘディンには気になる存在がいた。

黒妖精《ダーク・エルフ》どもの中で刃となって煌《きら》めく、もう一人の『王』だ。

『王』でありながら『王』を全うしない、全うできない彼はこの世界の被害者だった。であるくせに、彼は誰よりも強かった。百の無能を一の才で覆《くつがえ》すほどの規格外。無様な無能と限りない有能が同居する矛盾の塊を、ヘディンは蛇蝎《だかつ》のごとく嫌った。同時にそれは奴にだけは負けられないという強い対抗心であり、この世界の中でヘディンが彼だけは認めていることに他ならなかった。

矜持の塊であるヘディンは、自分を唯一殺しうるあの男に勝ちたかった。刺し違えても己の雷で穿《うが》ちたかった。

この世界で救いがあるとすれば、それは奴との決着をつけること。それだけだった。

『なら、貴方を王の軛《くびき》から放ってあげる。それからどうするかは、貴方が決めなさい』

魔女はそう微笑んで、持っていた酒杯を差し出した。ヘディンは笑みを歪め、それを飲み干した。

ヘディンが酔いから醒めると、彼女は消えていた。

愚かな夢を見たと、彼は水で喉を潤《うるお》した。

怯えながらも王の威光を利用する妖精達の増長は、その日を境に止まらなくなる。

愛し合うことも知らず蔑むばかりの彼等は、自分達の無能さを曝《さら》け出すことになった。

――故に、愛なき世界を女神があっさり見限るのも無理からぬことだったのだろう。

黒妖精《ダーク・エルフ》と白妖精《ホワイト・エルフ》の戦争は、とうとう全ての民を巻き込んだ総力戦となった。

何も知らず、何ものにも染まっていない子供以外が武器を持ち、聖戦だと言って最後の一戦に臨もうとしていた。あれよあれよと高まる決戦の機運は異常ですらあったが、ヘグニもヘディンも止めようとはしなかった。王も国もこの一戦で滅ぶというのなら、念願の戦場に身を委《ゆだ》ねるのも悪くないと思ったのだ。

神秘の森の中央地帯、二つの国の境界線で開戦はなされた。

やはり優秀な指揮者が存在する白妖精《ホワイト・エルフ》が終始有利であったが、それもヘグニがヘディンに斬りかかるまでだった。指示を出す余裕がなくなったヘディンが目の前の戦いに集中し出すと、次第に形勢は覆っていった。兵の地力は黒妖精《ダーク・エルフ》の方が上だった。ヘディンの有能な指揮に寄りかかり続けていた白妖精《ホワイト・エルフ》達のツケである。

二人の王が二人だけの熾烈な戦いを繰り広げていると、周囲のエルフは一人、また一人と倒れていった。気が付けば、戦場に立つのはヘグニとヘディンだけとなっていた。

紅《くれない》の花を咲かせ、血走った目を見開き、怒りの形相を浮かべる二人の戦いはまさに死闘だった。彼等を縛る民と国はもうないにもかかわらず、お互いに目の前のエルフにだけは負けられぬと力の限りをつくした。

そして三つの夜が明け、それでもなお決着をつけられずにいると。

唐突に、その『魔女』は姿を現した。

『決着、つかないわね。貴方達の望みを聞いて、生き残った方を迎えようと思っていたのだけれど』

数多の戦士の亡骸に囲まれ、血の川に浮かぶ島の中心《だいいち》。

肩で息をし、ぼろぼろに傷付いたヘグニとヘディンの真横、汚れていない水晶の一つに彼女は腰かけていた。

はっとする二人が振り返ると、脚に両の頬杖《ほおづえ》をついて、両の手の平に顎《あご》を乗せていた女神は、目を細めた。

『ごめんなさいね。貴方達の国、滅ぼしてしまったわ。だってあまりにも醜《みにく》いんだもの』

告げられた言葉に二人は時を止めた。

同時にヘグニは直感的に、ヘディンは論理立てて悟った。エルフ達の間で高まっていた決戦の機運は彼女の仕業。神託《オラクル》とばかりにエルフ達にお告げを授け、その矜持を刺激し、破滅へと煽動《せんどう》していったのであろう。閉鎖的な世界の中に真実にして唯一の『神』が現れたなら妖精達も信じきって従うだろう。

『民を虐《しいた》げる王と、王を酷使する国。一体どちらが醜悪なのかしら？　今回に限って言えば、私は後者の方が溜息をつきたくなるほど見ていられないと思った』

よくもここまで極まったものだわ、と。

世界の美をかき集めて一つにしたかのような女神は、呆然とするヘグニとヘディンの前で笑い続けている。むしろ慈悲の心さえ覗かせながら、『永遠に続く呪いから解き放ってあげなくちゃ』と告げた。

女はまさしく『魔女』であり、『女神』だった。

彼女の『愛』に救われた者がいる反面、『愛』故にこうして破滅をもたらす。

正と負の二面性。奔放で残酷。

しかし、永久の争いの牢獄にいたヘグニとヘディンの目には、その神性が崇高なものとして映った。

『本音を言うとね？　輝かしい貴方達を束縛する二つの国が、ちょっと許容できなかったの。だから少し乱暴な手で――――貴方達を横取りすることにしたわ』

息を呑む二人の王に、女神は何の悪びれもなく、そうのたまった。

語った内容、どれも真実。

何一つ嘘をついていない女神は、最後の問いを発した。

『この子達の魂は私が預かった。そして、貴方達を縛る世界は壊れた。私は貴方達を連れて帰るつもりだったけれど……貴方達は、どうしたい？』


二人の答えは決まっていた。

ヘグニは嫌悪極まる自分自身を誰よりも肯定してもらうことで光を得た。彼女の前だけでは闇に身を委ねる必要はなくなった。

ヘディンは己より相応しき『王』に会うことで責務から解放された。解放されることを許された。

傲慢で残酷な女神に、彼等は救われたのだ。

その日から、ヘグニとヘディンは女神に魂を奪われた。

4

雪が降っていた。

美しくも残酷な白の破片《はへん》が天から、凍《こご》える体に積もっていく。

その身は孤独《こどく》だった。

その身は寒かった。

抱き締めてくれる者も飢《う》えを癒《いや》してくれる者もいない。

凍《い》てついていく手足がどうしようもない現実だった。

汚《きたな》らしい体が変わりようのない真実だった。

どうしてこんなにも汚くて、貧《まず》しくて、空っぽで、冷たいのだろうと、もはや何千にも及んでいる同じ疑問が灰のかかった心の海に浮かんでは消える。

どうすればこの身はこの身じゃなくなるのだろうと、儚《はかな》くすり減っていく思考の片隅で、真剣に考え続けた。考え続けて、生きるのを止めようとした。

その時だった。

『——大丈夫？』

耳を癒《いや》すソプラノの声が響いたのは。

落ちようとしていた瞼《まぶた》をこじ開けて、彼女を見た瞬間、目は大きく見開かれていた。

途方もなく美しくて、富んでいて、満たされていて、温かなものが、そこにはあった。

こんなものが本当に世界に在るのだと、初めて知った。

『今から私は貴方《あなた》を助けようと思うのだけれど……貴方は、何か望むものはある？』

まるで、いつもと趣向を変えるように。

あるいは、この身に宿る魂《ねがい》の輝きを見透かしているかのように。

目の前の存在はそんなことを尋ねてきた。

そんなものは、ある。

あるに決まっている。

これほどまでに美しくて、富んでいて、満たされていて、温かなものがあると知って、胸に抱くものは一つだけ。

それは羨望でも憧憬でも嫉妬でもなく――『渇望《かつぼう》』だった。


わたしは、あなたになりたいです。

わたしをやめて、きれいで、あたたかい、あなたになりたいです。


そんなことを言われるとは真実、思わなかったのだろう。

瞠目《どうもく》した彼女は、声を上げて笑い出した。

『神《わたし》になりたいですって？　貴方、どこまで欲張りなの！　そんなことを言う子、今までどこにもいなかった！』

彼女の愛に救われた者はいた。彼女に忠誠を誓った者はいた。

けれど、彼女になろうとした者など誰一人としていなかった。

彼女は笑う。

銀の髪の女神は笑い続ける。

おかしくてしょうがないと言わんばかりに。

興味が湧いたとばかりに。

『それじゃあ——をあげる。代わりに——————を私にちょうだい？』

顎を微《かす》かに下げる。

そうして女神は、救いのない貧民街《スラム》で、手を差し伸べながら尋ねた。

『貴方の名前は？』

少女は、唇を震わせた。

『——シル』

爆発が起こる。

それも鼻を突き刺す異臭とともに。

ドボス！　と形容しがたい音を放って、黒い煙がもくもくと上がり始めた。

鍋《なべ》の上で起こった惨事もとい小爆発に対し、冷静に火の元を消し、う～ん、と。

少女は首を傾《かし》げた。

結わえた薄鈍色《うすにびいろ》の髪を揺らしながら。

「なにかこう、違うような気がするんですよねぇ……」

狭い調理場である。

どこかの酒場の造りを彷彿《ほうふつ》とさせる、まるで【ファミリア】の本拠《ホーム》の中に設けられたような充実した部屋で、少女は料理をしていた。

その迷走振りが窺えるほど、幾つもの食材は解体され、鍋を始めとした調理器具は焦《こ》げ付いていた。

「違うというか、もうなにか、色々逸《いっ》しているというか……」

少女の側で、うぷ、と口を手で押さえるのは同じ年頃の女性団員だった。

長い髪で顔を隠していても端麗《たんれい》とわかる容姿は、今は苦痛と悲壮に歪められていた。

まさしく彼女は迷走する料理の毒味――いや味見を任されている者であった。

「手をかけないで作っていた、最初の頃の方が遥《はる》かにマシだったといいますか……あの頃に戻ってほしいといいますか……」

「あぁ～、もう酷いヘルンさん！　私、これでも頑張ってるんですよ！」

「とても頑張っているのは重々承知なのですが……！」

諸手《もろて》を上げてプンスコ！　と怒る少女に、ヘルンと呼ばれた団員は体を小さくする。

身のこなしからして明らかに少女より強い彼女は、少女に対して決して敬意を忘れようとしなかった。故に苦しんでいるとも言えた。

「投げた賽《さい》はもうもとには戻りません！　であるなら、このままもう突き進んで限界を突き破り、唯一無二の究極で至高の料理に至るしかありません！」

机に出していた調理本を手に取り、熱心に読み込みながら覚悟を決する少女に、ヘルンは絶望的なまでに青ざめた。

どうすれば手をかけて、このような奇抜かつ奇怪かつ逸脱した料理が生まれるのか、疑問はつきない。これはもはや神の御業《みわざ》であると戦慄《せんりつ》する。

「この修行の成果をもって、ベルさんに喜んでもらうんです！」

がっくりと、ヘルンは項垂《うなだ》れた。

少女はまた新たに二、三品料理を作り、ヘルンが苦しみながら味見を済ませると、一番マシなものを籐籠《バスケット》に詰めた。

自分、いや他にも味見をしている者の犠牲の上に、とある少年の胃袋はギリギリで助かっているのだと思うと、ヘルンは逆恨《さかうら》みだとわかっていても恨めしい感情が止められなかった。

いやまぁ、少年も苦しみを乗り越えていることは重々承知なのだが。

「じゃあ、行ってきまーす！」

「あっ、お、お待ちください！　護衛の方は……！」

「だいじょうぶでーす！　孤児院に行ったら、そのまま酒場へ行っちゃうので！」

ぱたぱたと準備を済ませる少女の背に、色々諦めてしまったヘルンは最後に、声をかける。

「あの、気を付けてくださいませ………シ、シル様……」

散々ためらった後、告げられる言葉に。

少女――シルは破顔《はがん》した。

「はい、いってきます！」

オッタル

所属：【フレイヤ・ファミリア】
種族：獣人（猪人《ボアズ》）
職業：冒険者
到達階層：58階層
武器：大剣　大戦斧　大槌
所持金：237700000ヴァリス

ステイタス [Status]

	力	耐久	器用	敏捷	魔力
Lv.7	S999	S999	S991	S989	D566
	狩人	耐異常	魔防	破砕	剛身
	E	E	F	G	G

魔法 [Magic]

ヒルディス・ヴィーニ	???

スキル [Skill]

戦猪招来《ヴァナ・アルカンチュール》	任意発動《アクティブトリガー》。
	獣化。全アビリティ能力超高補正。
	発動毎に体力及び精神力《マインド》大幅減少。
我戦我在《ストルトス・オッタル》	戦闘続行時、発展アビリティ『治力』の一時発現。
	戦闘続行時、発展アビリティ『精癒』の一時発現。
	戦闘続行時、修得発展アビリティの全強化。
	戦闘続行条件は能力《ステイタス》に比例。

覇黒《はこう》の剣《つるぎ》 [Weapon]

【ゴブニュ・ファミリア】作。410000000ヴァリス。
ドロップアイテム『ウダイオスの黒剣』を素材に作り出された第一等級武装にして、オッタルの専用武装《オーダーメイド》。
金属属性《アダマス》を利用して『ウダイオスの黒剣』を加熱、疑似精製金属《インゴット》化させ鍛錬を施し、再び大剣に加工し直している。
鍛錬困難な一振りに【ゴブニュ・ファミリア】の上級鍛冶師《ハイ・スミス》が総出で作業にかかった。派閥の親方曰く「大双刃《ウルガ》を超えた」。
素材のままでも十分な武装だった黒大剣は、人の技術が加わったことにより『覇王』の名に相応しいものへと至った。

あとがき

執筆前。

編集長「今回の原稿、何ページくらいになりそう？」
原作者「砂漠編で一七〇ページ、書き下ろし短編あわせて二五〇ページくらいですかね？」
編集長「よし、それで行こう！」

締め切り当日。

編集長「終わった？」
原作者「はい、砂漠編三〇〇ページ終わりました！」
編集長「正座」

という出来事があったのですが、実際笑い話にならないくらい各巻のページ数増加が止まらない状況でこのままだとライトノベル作家として本当に本当に途轍《とてつ》もなくマズくて新シリーズ第一巻いきなり五〇〇ページとか馬鹿なの死ぬの？　なんていう絶望的な未来が待っているのではと本当に危機感に襲われながら何とか書き上げたクロニクル・シリーズ第二巻になります。前回から二年以上も空いてしまい申し訳ありません。

クロニクル第一巻と異なって描写しなければいけない登場人物が多かったとか、あの美神様の派閥だからやることなすことド派手《はで》になるから仕方ないとか、いくらでも言い訳のしようはあるのですが、本当にまずいと思っております。まさかあとがきを書く段階で最も鼓動が早くなるとは思いませんでした。冗談抜きでページ数制限しなければならないと強く思っています。次巻こそはヘビーではなくライトに……！

今回は前巻のあとがき通り、美神とその眷族達のお話を書かせて頂きました。

美神様の話になるとどうしてもエッチな感じになっちゃうなぁ、平気かな、大丈夫かな、と悶々《もんもん》としながら原稿を提出しましたが、何も言われなかったので「じゃあいいや」と上梓させて頂きました。ハーレクイン小説等々でも砂漠にロマンスはつきものなので許してください！

個人的に嬉しかったのは、今回のゲストヒロインの王子様（誤字にあらず）が成長してくれたことです。ガンガンGA様にも載せて頂いた今回の短編『アリィと八人の眷族《けんぞく》』はこの王子様の物語でもあったと思います。最後の軌跡を書かせてもらった時、胸に迫る、とても不思議な感覚を覚えました。

また、剣姫《けんき》ヒロインたちのファミリアと並ぶ『最強』の冒険者たちということで、既に触れましたが予定ページ数を遥かにオーバーして暴れ回って頂きました。今更の今更ですが、ちょっとキャラ濃すぎるな彼等、と本当に本当に嬉しいけれど悲鳴が止まりませんでした。

猪《いのしし》の武人と猫《ねこ》の戦車に関しては本編などでちょくちょく出番はありましたが、一番影が薄くなるのではと危《あや》うんでいた白妖精がすごく輝いてくれて、何だか妙に興奮しました。

小人族の四つ子に関しては『こんな兄弟』というイメージはあって、ノリノリでした。

黒妖精もやっと書けた！　という思いです。

つまり何が言いたいかというと、作者自身、もっと美神の派閥が好きになれました。

登場人物達を描かせてもらった一方で、今回の舞台を砂漠にしたのは完全に趣味ですが、こっそり既刊の中で世界観としてのキーワードを散りばめていたので回収したかったというのもあります。これからのクロニクル・シリーズでは都市の外のお話が主になっていくかもしれません。この作品の世界をゆっくり広げていけたらと考えています。


続いて書き下ろしの『過去編』ですが、ある種の『設定の開示』と作者は割り切っていて、このダンまちというシリーズを読み込んでくれている方ほど面白く感じて頂けるのではと思っています。叶うかはわかりませんが、主人公達の物語が終わる頃には、いつか男神《ゼウス》と女神《ヘラ》の『最強達』のお話を描きたいと野望を持っております。

あとがきまで長くなってしまい申し訳ありません。それでは謝辞に移らせて頂きます。

担当の松本様、北村編集長、そして関係者の皆様、またしても原稿の締め切りを引っ張ってしまいごめんなさい。それに伴ってイラストレーターのニリツ様にもご迷惑をおかけしてしまい、誠に申し訳ありませんでした……！　原稿が遅れに遅れる中、素晴らしいイラストを上げてくださって感謝の言葉もございません。読者の皆様にも今回の第二巻刊行まで随分待たせてしまいました。皆様、支えてくださって、待ってくださって、誠にありがとうございます。

また今回、砂漠という初挑戦の舞台の執筆にとても悩み、ＧＡ文庫の先輩のあわむら赤光《あかみつ》先生に厚かましくも原稿を読んで頂きました。お忙《いそが》しいなか快諾《かいだく》してくださったあわむら先生、沢山のご指摘、ありがとうございます。本当に助かりました。

次巻は恐らく極東の狐娘のお話になるかと思います。

初めて本編主人公が、がっつり絡んでくる予定です。あとすごい意外な人物のお話も出てくるかもしれません。待って頂けると幸いです。

ここまで読んでくださってありがとうございました。

それでは失礼いたします。

大森藤ノ

ファンレター、作品のご感想をお待ちしています

〈あて先〉

〒106－0032
東京都港区六本木2－4－5
SBクリエイティブ（株）
GA文庫編集部 気付

「大森藤ノ先生」係
「ニリッ先生」係

本書に関するご意見・ご感想は右のQRコードよりお寄せください。

※アクセスの際や登録時に発生する通信費等はご負担ください。

https://ga.sbcr.jp/

ダンジョンに出会いを求めるのは間違っているだろうか ファミリアクロニクル episode フレイヤ

発　行	2019年12月31日	初版第一刷発行
	2025年4月31日	第四刷発行
著　者	大森藤ノ	
発行者	出井貴完	
発行所	SBクリエイティブ株式会社 〒105－0001 東京都港区虎ノ門2-2-1	
装　丁	FILTH	
印刷・製本	中央精版印刷株式会社	

ISBN978-4-8156-0464-6
Printed in Japan
GA 文庫